桂文我上方落語全集

第二巻

四代目
桂文我

Pan Rolling

ごあいさつ

令和二年は、世界中が、青天の霹靂とも呼ぶべき状況となりました。

日本も二月までは平穏無事で、敢えて言うと、『桜を見る会』などを代表とする、政治家の話題で持ち切りでしたが、三月に入ってからは、ダイヤモンド・プリンセス号という豪華客船内で、新型コロナウイルスが蔓延し、それが見る見る内に、国内全域に広がるという事態に陥ったのです。

私も最初は、政府の報告や、マスコミ報道から、インフルエンザの変形ぐらいに思い、極めて楽観視していましたが、三月半ばからは緊張感が増し、全国一斉休校から、四月になると、緊急事態宣言が発動され、社会の動きが止まる様子を、目の当たりにしました。

ご多分に洩れず、我々の落語界にも影響があり、東京・大阪・名古屋などの寄席や、全国各地で催されている落語会も、開催中止や延期となり、芸能活動がストップすることになったのです。

仕事のキャンセルが続きましたが、三重県松阪市の山間部に住んでいる私は、毎日のように、山裾で蕨《わらび》・薇《ぜんまい》などの山菜を採り、夜は溜まっている演芸資料の整理・本の執筆・ネタの構成などを行い、多忙な日々を過ごしました。

『桂文我上方落語全集』の第二巻も、もっと早く刊行する予定だったのですが、『落語と古事記』（燃焼社）を始め、落語絵本の執筆などが重なった上、第二巻のネタの解説のボリュームが増し、間違いが無いように精査したため、予想以上の時間が掛かってしまったことは否めません。

第一巻の刊行後、私の許にも、パンローリング（株）にも、『第二巻の刊行は、いつですか？』という連絡を数多くいただいた上、予想以上に購入者も多く、第二巻の刊行は急務だったのですが、この時期の刊行となってしまいました。

やっと、三巻以降の刊行の目処も立ちましたので、今後もポピュラーなネタと、滅多に上演されない珍品を、半分ずつぐらいの割合で、採り上げて行こうと考えています。

近年、噺家のエッセイは数多く刊行されますが、古典落語を土台とした個人全集は、皆無に等しいと言えましょう。

それは、録音したネタを速記して刊行すると、大抵、その噺家の落語本というより、先人の名人・上手の速記集と変わらない内容になってしまうからです。

つまり、東京落語で言えば、『圓生全集』『小さん全集』『正蔵全集』になり、上方落語であれば、『米朝全集』『松鶴全集』『春團治全集』になってしまうことは間違いありません。

現在も、そして、今後も我々の手本となる先人の個人全集は、師匠や先輩から習ったネタを載せている上に、独自の工夫で開拓した落語を採り上げて、キチンと解説までされている点が大きいと思います。

落語は、大衆芸能でありながら、伝統芸能と言われる所以です。

この後も牛歩でありながら、石橋を叩いて渡るような慎重さを以て、芸能活動を繰り広げていきますので、宜しくご支援下さいませ。

最後になりましたが、私の東京公演に、ご夫妻で足繁く通って下さり、第二巻の刊行に於いて、身の余る言葉を賜りました小説家・江上剛氏、パンローリング（株）・後藤康徳社長、岡田朗考部長、組版の鈴木綾乃さん、編集作業の大河内さほさん、校閲の大沼晴暉氏に、厚く御礼を申し上げます。

第一巻でも述べましたが、慌てず、騒がず、丁寧に、ボチボチ参りますので、末永く、お付き合い下さい。

令和三年一月吉日　　四代目　桂文我

目次

強欲五右衛門

ごうよくごえもん

大和国・釜ケ淵は、二筋の川が交わって、水が渦を巻いてる。

ある年のこと、近年に無い大雨で、彼方此方《あちらこちら》から家財道具が流れてくる所へ、やって来たのが、強欲五右衛門という異名を取った、欲の固まりのような男。

川の中へ、碇《いかり》の付いた綱を放り込んで、引っ掛かった物をもらおうと考えて、大きな長持が流れてきたのを、一生懸命に引き上げてる所へ、五右衛門の家の隣りに住む、仏の又市と呼ばれてる善人が通り掛かった。

五「又市、良え所へ来た！　身体が半分、川へ浸《つ》かってるよって、助けてくれ！」
又「わしが助けてやらんでも、碇を放したら、助かるわ」
五「この碇は、死んでも放さん！　親戚の長持やよって、どうしても引き上げたい」

又「ほな、助けたる。（綱を引いて）ヨイショ！　何とか、引き上げた」
五「長持を引き上げたら、又市に用は無いわ。家へ帰って、茶漬でも食え」
又「何という言い種《ぐさ》じゃ！　親戚の長持と言うよって、助けたのに」
五「気に入らなんだら、初めから助けるな」
又「まだ、そんなことを言うてるわ。長持の中身は、何じゃ？」
五「大抵、蒲団が入ってるわ。（長持の蓋《ふた》を開けて）ソレ、見い！」
又「何やら、長持が動くわ。（蒲団を捲《めく》って）長持の底で、お婆《ば》ンが虫の息じゃ」
五「親戚のお婆ンやないよって、要らんわ」
又「薄情なことを言うな！　ほな、お婆ンは連れて帰るけど、文句は無いか？」
五「わしも男で、褌《ふんどし》を締めてる。文句は言わんよって、勝手に連れて帰れ！」
又「ほんまに、薄情な男じゃ。お婆ン、ウチへ来なはれ」

又市が老婆を背負て、家へ帰る。
医者に診せて、薬を呑《の》ませた。

又「私は、市場《いちば》の又市と申します。お婆ンは、何方《どちら》の御方で？」

婆「お助け下さいまして、有難うございます。中村の庄屋・矢壁良八の母親で、伜《せがれ》が私を長持へ入れて担ぎ出す時、大水が押し寄せて、流されたような塩梅《あんばい》で」
又「それは、気の毒な。ほな、中村のお庄屋に迎えに来てもらいますわ」
婆「宜しゅう、お願いします」

早速、又市が、川上の中村という村へ行くと、彼方此方で家が壊れて、目も当てられんような有様。

又「一寸、お尋ねします。お庄屋のお宅は、何方で？」
○「松の木の立ってる所の裏やけど、大水で流れてしもた。上の村の井上重兵衛という、叔父の家へ身を寄せて、大水で流された母親の弔いをしてるわ」
又「あァ、おおきに。（井上の家へ来て）井上重兵衛さんのお宅は、此方で？　私は、市場の又市と申します。お庄屋の母御のことで、お話がございまして」
重「お参り、有難うございます」
又「いえ、そうやございません。お庄屋の母御は、私の家に居《お》られます」
重「えッ！　お宅の村へ、亡骸《なきがら》が流れ着きましたか？」

又「いえ、生きておられます」
重「何ッ、生きてる！　鼻から、息をしてますか？」
又「目から、息は出来んわ」
重「コレ、良八！　お婆ンは、生きてるそうな」
良「えッ、ほんまですか！　(合掌して) 南無阿弥陀仏、南無阿弥陀仏」
重「生きてるのに、念仏を唱える奴があるか。一体、どういう訳で？　ほォ、釜ケ淵へ流れてきた長持を引き上げて。おおきに、有難うございました。ほな、直《じき》に迎えに参ります」
又「先に帰って、母御に伝えますわ」
重「直に、後を追います。コレ、良八。人間違《ひとまちが》いで、気落ちすることもあるよって、お前は行かんと、別の者が行く方が宜しい。久七、お婆ンを迎えに行きなはれ。お婆ンに間違い無かったら、『主人が御礼に上がるべき所でございますけど、取り込んでますよって、改めて、御礼に参ります』と言うて、五十両を渡してくるのじゃ。受け取らんと仰っても、無理にでも置いてきなはれ。五十両を持って帰ったら、久七を長持に入れて、川へ流すわ！」
久「無茶を仰らんように！　ほな、行ってきます。(表へ出て) しかし、寿命のある人は違うわ。あァ、大水で流された御方は気の毒や。（合掌して）どうぞ、良え所へお参りしとおくれやす。この家の表に、又市と書いた表札が出てるわ。（戸を開けて）又市さんのお宅は、此方でございますか？」

又「あァ、お庄屋の家に居られた御方で？　どうぞ、お入り」

久「お家、お達者で！　これも、此方様のお蔭。主人が御礼に上るべき所でございますけど、取り込んでますよって、改めて、御礼に参ります。（五十両を出して）些少《さしょう》でございますけど、これを納めていただきますように」

又「礼をもらうために助けた訳やないよって、この金は受け取れん」

久「それでは、私が困ります。この金を持って帰ると、私が川へ流される。（泣いて）助けると思て、受け取ってもらいたい！」

又「男のクセに、泣きなはんな。とにかく、この金は受け取れん！」

二人が揉《も》めてる時、又市の家の前を通り掛かったのが、隣りの家の強欲五右衛門。昔から「悪銭、身に付かず」「泡銭《あぶくぜに》は、身に付かん」と言うて、釜ケ淵で集めた物を金に替えて、博打を打つと、スックリ取られて帰ってきた。

隣りで揉めてる声が聞こえたので、中を覗《のぞ》くと、五十両を挟んで、二人が押し問答。

五「(又市の家へ入って) えェ、御免! 要らん金は、(金を掴《つか》んで) もらうわ!」
又「コレ、何をする!」
五「揉め事が納まるのやったら、もろたるわ。わしが長持を見つけたよって、お婆ンが助かった。要らん金やったら、もろたる!」
又「あの時、『何があっても、文句は言わん。わしも男で、褌を締めてる』と言うた」
五「褌は洗たよって、今は締めてない」
又「汚いことを言うな! とにかく、五右衛門の出る幕やないわ」
庄「(又市の家へ入って) 二人共、待ちなはれ」
又「あァ、お庄屋さん」
庄「話は、表で聞いた。何方《どっち》にも言い分があるよって、わしが裁くわ。この金は、わしが預かる。(財布を、懐へ入れて) とにかく、わしに任しなはれ。家の表に、町内の者も集まってるわ。わしの後を、皆で随《つ》いてきなはれ」
一「おい、喜助。お庄屋は、どんな塩梅で裁くつもりや?」
喜「人の居らん所へ行って、二人に二十両ずつ渡して、十両は庄屋が取ると思うわ」
一「お庄屋が、そんなケチなことをするか。取り敢えず、お庄屋に随いて行け」

庄「（釜ケ淵へ来て）長持を引き上げた所は、ここか？　財布を、川へ放り込む。二人が川へ飛び込んで、先に拾た者が、もらえるわ」
五「中々、良え裁きじゃ。『要らん！』と言う者が、財布を拾う訳は無いわ。さァ、放り込んでくれ！」
庄「（財布を投げて）ソォーーレ！」〔ハメモノ／水音。大太鼓で演奏〕
五「（着物を脱いで）ほな、お先ィ！」〔ハメモノ／水音。大太鼓で演奏〕
庄「先に、五右衛門が飛び込んだ。又市は、どうする？」
又「私は金槌やよって、沈んでしまいます。五十両が五右衛門の物になったら、申し訳無い。命に替えてでも拾てきますわ」
庄「いや、飛び込まんでも宜しい。あの財布に、五十両は入ってないわ」
又「最前、お庄屋が『先に、財布を拾た者がもらえる』と仰った」
庄「『財布を放り込む』と言うたが、『五十両が入ってる』とは言うてないわ。五右衛門に、大きな灸《きゅう》を据えてやるのじゃ。川へ放り込んだ財布の中身は、皆が見てない内に、おはじきと入れ替えた。おい、五右衛門！　ちゃんと、財布はあったか？」
五「（財布を持って）あァ、この通りじゃ！　財布の中身は、もらうわ！」
庄「コレ、皆の衆。財布の中身は、五右衛門にやってもええか？」

一「どうぞ、どうぞ！」
庄「又市も、それでええか？」
又「仕方が無いよって、五右衛門に譲りますわ」
庄「五右衛門、皆の言うことを聞いたか？」
五「あァ、おおきに！　これで暫く、遊んで暮らせるわ」
庄「その通り、遊んで暮らせる。皆、そう思わんか？」
一「遊べる、遊べる！　一晩中、女子《おなご》や子どもと遊べ！」
五「羨ましがって、ケッタイなことを吐《ぬ》かすな。（財布を触って）五十両にしては軽いし、小判にしては小さいな。五十両は、小粒で入れてあるか？」
一「その通り、小粒じゃ。指先で弾いて、一晩中、数えとけ」
五「ほォ、有難い！　（財布へ手を入れて）あッ！　財布の中身は、おはじきじゃ！」
庄「『財布を放り込む』と言うただけで、『五十両が入ってる』とは言うてないわ。おはじきで、女子や子どもと遊べ。これが、わしの裁きじゃ」
五「川へ飛び込んだのは、『骨折り損の、草臥《くたび》れ儲け』か。（沈んで）ブクブクブクッ」
一「お庄屋さん、五右衛門が沈んでしもた」
庄「心配せんでも、五右衛門は『河童』と綽名《あだな》を付けられるぐらい、泳ぎが上手い。直に、どこかの岸から上がるわ。川へ沈んで、頭を冷やした方がええ」
一「銭儲けにならんと、川の中へ沈んで、泡を吹くやなんて、情け無い男ですな」
庄「これが、ほんまの『泡銭、身に付かず』じゃ」

解説「強欲五右衛門」

近年、超大型台風が日本列島へ接近・上陸することが増え、全国各地で大雨・洪水の被害が増えましたが、それは日本だけではなく、世界各国の現状であることも見過ごせず、「地球規模の天候不順は、地球温暖化が原因」という意見にも、うなずかざるを得ません。

大雨・洪水の落語は、上演がまれなネタが多いようですが、その一つに「強欲五右衛門」があり、二代目桂文之助（文廼家文之助、昭和五年没。七二歳）が著した『文廼家文之助落語集』（三芳屋書店刊、大正四年）に掲載されました。

二代目文之助は、初代桂文之助（二世曾呂利新左衛門）の門弟で、明治三十三年六月、二代目桂文之助を襲名し、京都に住み、高座で活躍しながら、高台寺の近所に、文の助茶屋という甘酒茶屋も出したという、粋《すい》な生涯を過ごします。

二人の倅《せがれ》を、噺家・文の家かしく（後の三代目笑福亭福松）と、文の助茶屋の主人にさせましたが、現在、八坂の塔の近所に店を構える文の助茶屋は、わらび餅の名店として、全国に知られているのを、ご存知の方も多いでしょう。

「強欲五右衛門」は、速記本に眠る珍品で、『文廼家文之助落語集』は、古書店・古書市でも見ることが稀な珍本になっていたので、入手に苦労しましたが、約二十年前、大阪梅田・

浪速書林の書棚の隅で見つけることができました。

「この本は、いつ仕入れました？」と聞くと、「以前からありましたけど、お宅は持ってると思って、勧めなかっただけです」という言葉に、ガッカリするやら、嬉しいやら。

四万五千円の高値が付いていましたが、躊躇《ちゅうちょ》せずに購入し、内容を確かめると、「強欲五右衛門」の他、「鷹奴」「茶碗屋裁判」など、知らないネタが並んでいました。

それらのネタを構成し直し、高座で上演すると、それなりの手応えがあったので、「決して、高い買い物ではなかった」と思った次第です。

「強欲五右衛門」は場面転換が多く、難解な言い回しが多かったため、内容を整理し、五右衛門は勢いよく、又市は善人に、お庄屋は穏やかな人物にしました。

釜ケ淵は、大和国には見当たらず、奈良県と三重県の境の奈良県山辺郡山添村にありましたが、その場所とは思えず、場所を明確にする必要はないと考え、そのままにした次第です。

文筆家・演芸研究家の宇井無愁氏が、このネタの解説で、「文化末年、河内石川に大洪水があって、川上からの流れ物を熊手で掻《か》き寄せては、酒手にしていた土右衛門」「通り掛かったのが、又六」「現行話では土右衛門を五右衛門、又六を又市と変えている」と述べているだけに、当時は、そのような構成で上演されていたのでしょう。

元来のオチは、口に財布をくわえた五右衛門の頭上へ、葛屋葺《くずやぶき》の屋根が被さり、ヌッと顔を出した五右衛門が「五右衛門が、葛屋負うたが、おかしいか」となりますが、これは石川五右衛門の「五右衛門が、葛籠《つづら》負うたが、おかしいか」という芝居の名文句の駄洒落になっており、芝居の所作も見せるだけに、演者も楽しめたようです。

ここまで述べると、気が付く方もおられましょう。

ネタ全体が「釜淵双級巴《かまがふちふたつどもえ》」という、石川五右衛門を題材にした芝居のパロディになっているだけに、その芝居が評判になった頃に創作された落語と見ても間違いないと思います。

「釜淵双級巴」は、元文二年七月二十一日初日の豊竹座に、並木宗輔が書き下ろした浄瑠璃で、石川五右衛門親子が、七条河原で釜茹での刑になるという物語のラストで、「その身も共に打ち重なり、七条河原に名を残す、釜が淵瀬の物語、伝え伝えて」と語りますが、その「釜が淵瀬」を取り、芝居の演題にもなったことから、「強欲五右衛門」の冒頭の場面も、釜ケ淵に設定したのでしょう。

それだけに、オチを替えることはないのですが、芝居に興味のない方や、石川五右衛門のせりふをご存知ない方にもわかってもらうため、新しいオチを考えた次第ですが、従来のオチで演じる方が良いかとも思っています。

ちなみに、石川五右衛門が釜茹での刑に処せられた場所は、芝居や浄瑠璃では、七条河原になっていますが、実際は三条河原と言われ、また、釜茹での刑ではなかったという説もあるだけに、詳しいことはわかりません。

このネタの原話について、宇井無愁氏は「正徳四年、板・江島屋其磧作『商人軍配団《うちわ》』五

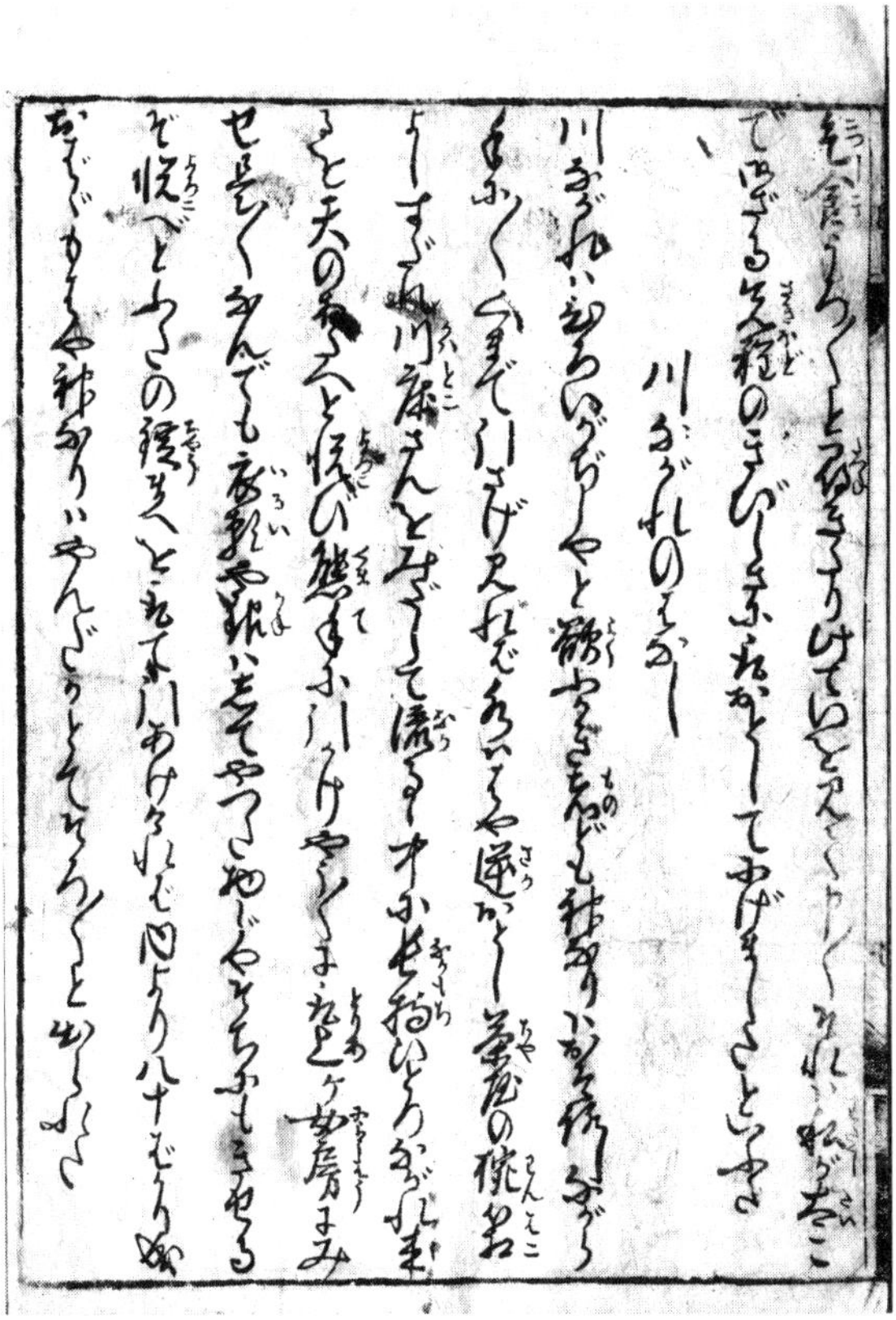

噺本『露五郎兵衛新はなし』（元禄14年刊）に載る「川ながれのはなし」。

噺本『露五郎兵衛新はなし』（元禄14年刊）に載る「川ながれのはなし」の挿絵。

ノ巻一・二の焼き直し」と述べていますが、もう少々時代が遡れるようで、元禄十四年六月十九日の京都の落雷・洪水を題材にした『露五郎兵衛新はなし』の中の「川ながれのはなし」と考えられましょう。

原文を紹介すると、「川ながれはひろいがぢしやと、欲ふかき者ども、神なりはおそろしながら、手に手に、くまで引さげ見れば、水ははや逆おとし、茶屋の椀箱、よしすだれ、川床、さんをみだして流るる中に、長持ひとつながれ来るを、天のあたへと悦び、熊手に引かけ、やうやうに取上、女房にみせ、是々、なんでも衣類や銀《かね》は、してやつた物じや。そちにもきせるぞ。悦べと、ふたの錠まへを取て引あけければ、内より八十ばかり成、おばば、もはや神なりはやんだかとて、そろそろと出られた」とある（原文の紹介は読みやすくするために句読を附して改変）。

現代語に改めると、「欲深い連中が『川を流れてくる物は、拾った者の物じゃ』と言って、雷を怖がりながらも、手に熊手を持って、川の様子を見ると、濁流で、渦を巻いている。お茶屋の椀箱・葦簾《よしず》・川床が流れてくる中で、長持が一棹《さお》流れてきたので、天からの賜り物と喜んで、熊手で引っ掛け、岸辺に引き上げ、女房に『この中の着物・飾り物は、お前の物にせえ』と、長持のふたの錠前を開けると、八十歳ぐらいのお婆さんが、『もう、雷は止んだかえ？』と言いながら、出てきた」となります。

「強欲五右衛門」の冒頭と同じだけに、これより古い書物の中に、それらしい話が載っていなければ、これが原話と見てもよいのではないでしょうか。

今後も頻繁に高座に掛け、良い所を残し、要らない所を削り、新しいアイデアを加えれば、後々まで語り継がれるような、面白い噺に仕上がるのではないかと考えています。

蛸芝居《たこしばい》

ここにございました船場のお店は、旦那・番頭・手代・女子衆《おなごし》・丁稚に至るまで、芝居好き。

毎晩、芝居の真似事をして遊ぶだけに、朝も起きられんので、旦那が起こして廻る。

旦「定吉、亀吉。早《はよ》う起きて、用事をしなはれ。寝ながら、見得を切ってるわ。わしが起こして廻るのは、阿呆らしい。楽しみながら、起こせんか。砂糖の紙袋《かんぶくろ》を被ると、烏帽《えぼ》子《し》のようになる。一反風呂敷を身に纏《まと》うと、素襖《すおう》になるわ。塵払いを持つと、三番叟《さんばそう》の形になるよって、三番叟を踏んで起こしたろか。（声を張って）アァラ、遅いぞや、遅いぞや。夜が明けたりや、夜が明けたりや。丁稚・女子衆、起きよ、お乳母《んば》ァ！」〔ハメモノ／舌出し三番叟。三味線・〆太鼓・大太鼓・能管で演奏〕

定「もし、亀吉っとん」
亀「(欠伸《あくび》をして)アァーーッ! お早う」
定「一寸、枕許《まくらもと》を見なはれ。旦さんが砂糖の紙袋を被って、三番叟を踏んではる。こんな旦那やよって、生涯、随《つ》いて行こかという気になるわ。声を掛けたら、喜びはる。イヨォーーッ、三番始まりィーーッ!」
旦「コレ! 早う起きて、定吉と亀吉は、表の掃除をしなはれ」
亀「ヘェーイ! (掃除を始めて)今日も一日、ボロカスに言われて、使われてなあかん。お金を遣うと減るけど、丁稚は使《つこ》ても減らんよって、丁稚ばっかり使てるわ。あァ、表の掃除は面白無いなァ」
定「芝居しながら、掃除しょうか。武家屋敷の幕開けは、水撒《ま》き奴《やっこ》と相場が決まってるわ。私は定吉やよって、定内《さだない》。あんたは亀吉やよって、亀内《かめない》になりなはれ。(芝居口調になって)何と、亀内!」
亀「何じゃ、定内!」
定「下郎奉公が、何になろう。夏は、布」
亀「冬は、ドテラの一貫で」
定「寒さを凌《しの》ぐ、茶碗酒」

亀「雪と遊ぶも、一興か」

定「さらば、掃除に掛かろうか。〔ハメモノ／水撒き。三味線・〆太鼓・大太鼓で演奏〕やっとまかせの八兵衛とな。掃けども掃けども、落ちくる木の葉。何と、うたといこっちゃないか」

亀「オッと！　掃除が済んだら、いつものように、お清どんの目を盗み、台所へ摘まみ食いにと出掛けよか」

定「それが、此方《こっち》の楽しみじゃ。そんなら、亀内。俺に随いて、こう来いやい！」〔ハメモノ／半唄・二人連れ立つ。三味線・大太鼓で演奏〕

旦「お向かいの路地へ入って行って、何をする。花道が無いよって、路地を花道に見立てた？　コレ、阿呆なことをしなはんな！　二人を一緒にしたら芝居をするよって、別々にします。定吉は、お仏壇。亀吉は、庭の掃除をしなはれ」

定「ヘェーイ！　（仏間へ来て）あァ、お仏壇の掃除も面白無い。（仏壇の扉を開けて）わァ、仰山の位牌が並んでるわ。立派な位牌は、誰や？　（位牌を持って）あァ、ご隠居はんか。天王寺参りのお供は、私に決まってたわ。『定吉、随いといでや』と言うて、いつも帰りに、ケツネを食べさしてくれはった。その内に、コロッと逝《い》ってしまいはって。懐で、位牌を温《ぬく》めたげます。（位牌を抱いて）ジンワリ、温もりました？　一番上へ置きますよって、（合掌して）良え所へお参りしとおくれやす。（位牌を持って）この位牌は、誰かいな？　わッ、婆や！　ほんまに、憎たらしい婆やった。竹屋のお菊婆というたら、町内の嫌われ者やったわ。今となったら懐かしいけど、猫撫《な》で声で、『定吉、定吉ィ』『へェ、何です？』『さァ、此方へ来い』。ゴォーンと、ドツいて。ほんまに、憎たらしい婆や。亡くなった時、ホッとしたわ。葬式の時、裏で笑《わろ》てた。間違《まちご》ても、良え所へお参りはしてないわ。死んでからでも頭痛《あたまいた》を患うように、位牌を逆様に立てといたろ。後で、元へ戻したげるわ。（位牌を持って）この位牌は、誰や？　あァ、位牌を持ってする芝居は無かったか？　あァ、あるある！　浪人者が宿屋の二階で、主人の位牌を立てて、悔やんでる所。よし、アレを演ったろ。（芝居口調になって）霊光院殿貴山聖徳大居士様。〔ハメモノ／青葉。三味線・当たり鉦で演奏〕先年、天保山御幸《みゆき》の折、何者とも知れぬ悪者の手に掛かり、敢えないご最期。その折、この定吉は、未だ前髪の分際。その前髪を幸いに、当家へこそは入り込みしが、合点の行かぬは、この家の禿《はげ》ちゃん。頭の威光を嵩《かさ》に着て、いつも抜け抜け、物を言う。今に手性を押さえなば、禿の素ッ首打ち落とし、修羅のご無念、晴らさせましょう！」

旦「（定吉の頭を叩いて）誰が、禿じゃ！　黙って聞いてたら、『禿、禿』と言うてからに。お仏壇の掃除はええよって、向こうへ行って、坊《ぼ》ンのお守りをしなはれ！」

定「ヘェーイ！　段々、用事が重となるわ。子どものお守りは、太閤秀吉さんでも嫌がったそうな。坊ン、此方へ来なはれ。（子どもを抱いて）あァ、子どもを抱いてする芝居は無かったか？　おォ、あるある！　忠義な奴《やっこ》が、和子様を抱いて、落ちて行く所。よし、アレを演ったろ。（芝居口調になって）あァ、浮世じゃな！〔ハメモノ／鍋蓋。三味線・銅鑼《どら》で演奏〕　この度の騒動以来、一家中は散り散りバラバラ。お労《いたわ》しいは、この和子様。一文《いちもん》奴の懐を、玉の寝床と思し召し、スヤラスヤラと御褥《ぎょし》なさる。あァ、お労しゅうございます。どりゃ、このベイが子守唄を唄うて進ぜましょう。（唄って）ネンネンよ、お寝やれや」〔ハメモノ／遠寄せ。大太鼓・銅鑼で演奏。三味線・「ネンネのお守りは、どこへ行った」の唄〕

亀「定吉っとんが坊ンを抱いて、芝居をしてる。こんな時、後ろから捕手《とった》が掛かるわ。後ろから箒《ほうき》で打ち掛かって、喜ばしたろ。（箒を持ち、定吉の後ろへ廻り、右の肩を打ち据えて）ヤァーッ！」

定「（箒を掴《つか》み、投げて）あの山越えて、里へ行った。〔ハメモノ／遠寄せ。大太鼓・銅鑼で演奏。三味線・「里のおみやに何もろた」の唄〕　デンデン太鼓に」

亀「（定吉の左の肩を、箒で打ち据えて）ヤァーッ！」

定「（子どもを放って）笙《しょう》の笛！」〔ハメモノ／ジャンジャン。大太鼓・銅鑼で演奏〕

旦「コレ！　坊ンを、庭へ放り出す奴があるか。早う、拾いなはれ」
定「(子どもを抱いて) アレ、首が無い？」
旦「それは、逆様じゃ！」
定「(元へ戻して) あァ、ありました」
旦「当たり前じゃ！　終いに、坊ンを殺してしまうわ。今度、芝居をしたら、店から放り出してしまう。定吉と亀吉は、店番をしなはれ！」
定「ヘェーイ！　(店へ出て) あァ、怒られましたな」
亀「坊ンを、庭へ放り出したらあかんわ。怒ってはるよって、もう芝居は出来ん」
定「私らが出来なんでも、表から来る奴にさせたらええわ。向こうから、魚屋の魚喜が来ました。芝居好きやよって、パッと頭で暖簾《のれん》を捲《めく》って入ってきた時、声を掛けたら、芝居をするわ。私が声を掛けるよって、あんたは下駄で、ドブ板を叩いて、ツケの代わりにしなはれ。ほな、行きますわ」
魚「魚喜、宜し！」
定「よッ、魚屋、魚屋！」〔ハメモノ／鯛や鯛。三味線・大太鼓・当たり鉦で演奏〕
魚「(芝居口調になって) ヘイ、旦那！　何か、御用はござりませんか？」
旦「また、役者が増えた。魚喜、堪忍して。それでのうても、ウチは素人役者が多て、困ってるわ。それより、今日は何がある？」
魚「ヘイ！　豊島屋莫蓙《てしまやござ》を撥《は》ね除《の》けて、市川海老十郎、中村鯛助、尾上蛸蔵！」
旦「尾上蛸蔵という売り物が、どこにある。ほな、鯛と蛸をもらおか。鯛は三枚に下ろして、片身は造り、片身は焼物。骨はこなして、汁にしょう。蛸は酢蛸にするよって、台所へ持って行って、擂鉢《すりばち》で伏せといて」
魚「ヘイ！　（役者気取りになって）君のお召しだ、鯛蛸両人。キリキリ、歩め！」
旦「そんな物が歩くかいな」
魚「歩かんよって、手で提げて行きます。お清どん、鯛と蛸を買うてもろた。鯛は井戸端へ置いて、蛸は台所へ持って行って、擂鉢で伏せとこか。井戸端へ戻って、釣瓶《つるべ》で水を汲まなあかん。（釣瓶で水を汲んで）カラカラカラ、ヨイヨイヨイ。井戸端を洗て、半分は此方へ置いて。さァ、鯛の鱗《うろこ》を外そか。（包丁で鯛の鱗を外して）ペリパリポリパリ！　（顔に飛んだ鱗を取って）あァ、鱗が飛ぶわ。（包丁で鱗を外して）どんな腸《はらわた》か、楽しみや。（包丁で鯛を突いて）プツッ！　あァ、良え腸や。この腸を見ると思い出すのが、先月見た『忠臣蔵六段目／勘平の腹切り』。両側から、二人侍が『勘平、血判！』『血判、確かに』。あァ、腸を掴んでしもた！」

手を払うと、井戸端に置いてあった釣瓶に当たった。

釣瓶は空回りをして、井戸の中へ、ドブゥーン！

その音を聞くなり、魚喜が井戸端へ片足を掛けて、「アァラ、怪しや！」

丁稚が棒を持って走ってきて、「訝《いぶか》しやなァ！」〔ハメモノ／水気。三味線・大太鼓で演奏〕

魚「今、この井戸へ釣瓶、はまるや否や。水気《すいき》ドウドウとして、盛んに立ち上るは、この身にとって、吉事なるか？」
定「それとも凶事か、何れにせよ」
魚「怪しき、この場の有様じゃなァ！」
旦「二人共、ええ加減にしなはれ！　魚喜、そんなことをしてる場合やないわ。横町の赤犬が、表の盤台から、ハマチを一枚、くわえて行った」
魚「イヤ何、ハマチの一巻を！」
旦「まだ、演ってるわ」
魚「やァ、遠くへ行くまい。後を追うて、おォ、そうじゃ！」〔ハメモノ／踊り地。三味線・〆太鼓で演奏〕
定「やァ、この定吉も！」

旦「(定吉の袖を掴んで) コレ、定吉。血相変えて、どこへ行く?」
定「どこへ行くとは、知れたこと。魚喜一人で、心元無し。この定吉が、加勢せんため」
旦「そちが行こうと、マダラマダラと待って居ようや」
定「それじゃと申して、このままに」
旦「血気に逸《はや》るは、猪武者《いのししむしゃ》。待てと申さば、待ちおらぬか!」
定「もし、旦さんも芝居してますわ」
旦「わしも釣り込まれて、こうなってしもた。そんなことより、酢蛸にする酢が切れてるよって、買うてきなはれ」
定「ヘェーイ!」

丁稚が行ってしまうと、旦那は辺りを片付けて、長火鉢の前へ座って、煙草を一服。

「何と、ややこしい家や。朝ご飯を食べるまでに、一幕済んでるわ」と、苦笑い。

最前から、この様子をジィーッと聞いてたのが、擂鉢の中の蛸。

蛸「何ッ、わしを酢蛸にする? 上手い御方じゃ、蛸なと上がれ。上がられて、たまるか。静かになって、誰も居らんような。よし、今の内に逃げたろ」

蛸が擂鉢の縁へ、二本の足を掛けると、ボチボチ擂鉢を持ち上げ出した。

蛸「（擂鉢を持ち上げ、見得を切って）ムムッ！」〔ハメモノ／銅鑼〕

持ってた擂鉢を放り出して、前足を二本結ぶと、これが丸グケのつもり。
レンゲ・擂粉木《すりこぎ》を、腰にブチ込むと、これが一本刀。
掛かってた布巾を取ると、目ばかり頭巾。
プゥーッと、墨を体に吹き掛けると、黒装束・黒四天《よてん》という出で立ち。
出刃包丁を持つと、ボチボチ壁の柔らかな所から、切り破り出した。

蛸「（包丁で、壁を切り破って）ムッ！」〔ハメモノ／石投げの合方。三味線・ツケで演奏〕
旦「台所が喧《やかま》しいが、どうした？　ウチは、呪われた家か？　皆が芝居好きかと思たら、
蛸まで芝居をしてるわ。逃げるつもりじゃが、何の逃がしてたまるか！」
擂鉢で伏せたら済むのに、旦那も根っからの芝居好き。

「この蛸を使て、芝居がしたい」という気があるだけに、ソォーッと蛸の後ろへ廻って、蛸が腰に差してるレンゲ、刀の鐺《こじり》を、「(レンゲを掴んで) エイッ！」。

蛸「(振り向き、後ろへ下がり、擂粉木を払い、墨を吹いて) プゥーッ！」〔ハメモノ／忍び三重。三味線・大太鼓・銅鑼で演奏〕

蛸が墨を吹くと、辺り一面が真っ黒。
暗転になって、ダンマリという気持ちになると、旦那と蛸が、暗闇の中で探り合い。

旦「(闇を探り、蛸を押さえて) エイ！」〔ハメモノ／安宅。三味線・〆太鼓・大太鼓で演奏〕
蛸「(旦那の手を掴み、投げて) ムムッ！」
旦「(蛸を、羽交い締めにして) エイッ！」〔ハメモノ／ツケ〕
蛸「(旦那を振り廻し、足で旦那の腹を打って) エイッ！」〔ハメモノ／ツケ〕
旦「(腹を押さえて) ウゥーン！」〔ハメモノ／ドロドロ。大太鼓で演奏〕
蛸「口程にも無《ね》え、モロい奴。今の間に、千尋《ちひろ》が海へ。おォ、そうじゃ！」〔ハメモノ／引取三重。三味線・大太鼓で演奏〕

定「今、帰りました。旦さんが、こんな所に倒れてはる。もし、旦さん！（芝居口調になって）ぇェ、旦那様えの！」
旦「あァ、定吉か。おォ、遅かった！」
定「まだ、芝居をしてはるわ」
旦「定吉、腹の薬を持ってきて。蛸に、当てられた」

解説「蛸芝居」

学生時代、神戸サンテレビの「上方落語大全集」という番組を、三重テレビがネットしていたため、三代目桂小文枝師（五代目桂文枝。平成十七年没。七四歳）の「蛸芝居」の映像を見ることができましたし、『上方落語』（筑摩書房刊）という本でせりふを覚え、アマチュア落語の会や、老人ホームの慰問などで演っていたのです。

ハメモノを省いた上、稚拙な表現でしたが、今より上演の喜びがあったのも事実でした。

アマチュアには、プロにはない面白さや、アイデアがあるだけに、アマチュアの高座を見ることは楽しく、勉強にもなります。

上方落語の歴史で、約二五〇年前から、大阪近辺で人気を博した初代桂文治（※桂の元祖的存在）が、プロとアマチュアの差を見せつけたのが、「蛸芝居」と言われていますが、あくまでも風評・伝承の域で、その証拠を伝える資料はありません。

しかし、後々まで脈々と伝えられ、明治初期から芝居噺で絶大な人気を博した初代桂文我らを経て、現在は上演頻度の高い芝居噺となったのです。

このネタは、桂吉朝兄（平成十七年没。五〇歳）に稽古を付けてもらいました。

吉朝兄は、若手の頃から高座姿が美しく、「蛸芝居」の他、「七段目」も習いましたが、稽

「蛸芝居」の記述がある桂右の（之）助の落語根多控（大正11年９月）。

古を頼むたびに、「教えんでも、勝手に演れるやろ」という返事ばかりでしたが、結局は吉朝兄の自宅で稽古を付けてもらうことになったのです。

また、自宅に泊めてもらい、夜明けまで馬鹿話もしましたし、平生も揉めることがなかったという、私にとって、とても有難い先輩でした。

何度かの稽古の後、高座に掛けてもよいという許可を得て、自分の会は元より、桂枝雀独演会、桂米朝一門会などでも上演した上、平成七年二月二十五日、大阪桜橋・サンケイホールで開催された、「桂雀司改め、四代目桂文我襲名披露落語会」の上演ネタにも選んだ次第です。

ふんだんに芝居の所作やハメモノが入り、コント仕立ての構成でありながら、値打ちを感じる一席に仕上がっているのは、先人の工夫と言うしかありません。

主人・丁稚・魚屋・蛸と、芝居の真似事で進むネタで、一番の見せ場は、蛸の所作と表情で、三代目桂小文枝師はデフォルメが効き、誠に奇麗でしたが、六代目笑福亭松鶴師（昭和六十一年没。六九歳）や、桂米朝師（平成二十七年没。八九歳）は、大胆な表現ではありませんでした。

三味線・太鼓・笛・ツケなどで演奏するハメモノは、演者と息が合うことが肝心で、このネタの場合、数は多くても、キッカケさえ外さなければ、演奏の難易度は低く、演奏者も楽しむことができます。

使用されるハメモノを、順番に紹介しましょう。

〔1〕三番叟……ネタの最初、砂糖の紙袋を被り、風呂敷をまとい、塵払いを持ち、三番叟の格好をした親旦那が、寝ている奉公人を起こす場面で演奏されます。

翁・千歳《せんざい》・三番叟が、祝賀の舞を舞う三番叟物は数多くあり、長唄は「翁千歳三番叟」「操三番叟」「舌出三番叟」「雛鶴三番叟」、常磐津に「式三番叟」、清元は「種蒔三番叟」「四季三葉草」、義太夫に「二人三番叟」「寿式三番叟」、新内は「子宝三番叟」、箏曲・河東節《かとう》・富本節にもあるそうで、昔から相当な数が創作されました。

新年や会場の柿葺落《こけら》としには、必ず最初に「三番叟」を上演したことから、物事の最初を勤めることを「三番叟」と呼ぶようになったと言い、現在でも芸能関係で前座を務めることを指す場合もあり、いまだに死語にはなっていません。

寄席囃子では、義太夫の「寿式三番叟」を下敷きにした「三番地《さんばじ》」を使い、三味線は陽気に弾きます。

邦楽の「三番叟」の鳴物は大鼓《おおかわ》や小鼓も入りますが、寄席囃子では〆太鼓と大太鼓で演奏し、笛は能管を吹き、大抵、他の楽器は使用しません。

〔2〕水撒き……丁稚が表の掃除をする場面で演奏され、立ち廻りや武芸の試合に使用される歌舞伎下座音楽の「修羅囃子相方」を、寄席囃子に改めました。
三味線を入れない「修羅囃子相方」は、歌舞伎下座音楽でも、幕開きで、奴が水を撒く場面に使用されますし、落語では、上方芝居噺「自来也《じらいや》」の幕開きのシーンで、「支度が出来たら、ボチボチ行きまひょ」というせりふから、演奏が始まります。

三味線は派手に演奏し、鳴物は〆太鼓・大太鼓を使用し、当たり鉦は自由に打ち、笛は入れません。

〔3〕半唄……箒を肩に担いだ丁稚が、向かいの家へ入って行く場面で演奏され、「二人連れ立ち」の歌詞を使用します。
「半唄」は、人物の出入りに使用され、思い入れに合わせ、唄を長く引っ張りますが、「半」は「小さい」という意味もあるだけに、「短く、小さい唄」ということでしょう。

上方芝居噺「自来也」では、「二人連れ立ち」と「奥の一間へ」を使用し、「瓢箪場」「柿の木金助」「梅吉道行」「天下茶屋」「染分手綱」「桜子」「嫁おどし」など、上演されることが皆無に近くなった芝居噺にも使われたそうです。

ゆっくり三味線と唄を演奏し、鳴物は大太鼓で「風音」を打ち、当たり鉦や笛などの他の楽器は入れません。

〔4〕青葉……丁稚が仏壇の前で、位牌を使って芝居をする場面で演奏されますが、この曲は「蛸芝居」のみに使用されます。

地唄「青葉」から採り入れたと思われる歌舞伎下座音楽を、寄席囃子では、夜の淋しい場所や墓場などで述懐するシーンや、幽霊のせりふなどで使用されるようになりました。

「青葉」は複数ありますが、どれも三味線は落ち着いて弾き、鳴物は当たり鉦を伏せ、表面を撞目《しゅもく》で打ち、笛は篠笛で曲の旋律通りに吹きますが、太鼓類は入れません。

〔5〕鍋蓋……丁稚が赤ん坊を抱いて芝居をする場面で演奏され、途中で「子守唄」が入ります。

この曲が歌舞伎で使用される所を見たことはありませんが、上方芝居噺「昆布巻芝居《こんまき》」で、笠原随翁種行と宮本武蔵が、木剣を使った鍋蓋試合の場面で演奏されるだけに、現在では演じられない歌舞伎「敵討巌流島／異人館《やかた》の場」の鍋蓋試合で使われる囃子だったと思われますし、寄席囃子で「鍋蓋」と呼ぶ理由も推し量られました。

「鍋蓋」の後は、噺家の子守唄に合わせ、「子守唄」の演奏に移り、噺家のせりふや所作に合わせ、ツケや銅鑼を入れます。

ゆっくり三味線を弾き、鳴物は〆太鼓や大太鼓は使わず、当たり鉦を入れますが、無くても良いぐらいでしょう。

演者の「浮世じゃなァ」のキッカケで銅鑼を打ち、篠笛を曲の旋律通りに吹きますが、いつも入れる訳ではありません。

「宇治の柴船」では、いずれかの奥方に惚れた若旦那が、船上で胸中を告白する場面でも使用されます。

〔6〕**鯛や鯛**……魚屋が役者気取りで、店へ入る場面で演奏されますが、歌舞伎下座音楽で使われる曲を、寄席囃子に採り入れました。
元来の歌詞は「鯛や鯛々。大阪町中（※町中を）、売り歩く。鰤《ぶり》、鱧《はも》、海鼠《なまこ》。鮑《あわび》に鮃《ひらめ》。鱚《きす》、鱚、鰯《いわし》に車海老」で、大阪を江戸に変える場合もあるそうです。

落語のハメモノは、「鯛や鯛々。浪花町中、売り歩く。烏賊《いか》、蛸、鮪《まぐろ》に。伊勢海老、鮑貝」や、「鯛や鯛々。大阪町中、売り歩く。蛸、鰈《かれい》、はまち。ご祝儀、もろこに池の鯉」と、中抜きの短い歌詞になりました。

三味線は陽気に弾き、鳴物は〆太鼓と大太鼓を各々のセンスで打ち、当たり鉦は自由に入れ、笛は篠笛で曲の旋律通りに吹きますが、いつも入れる訳ではありません。

〔7〕**千鳥**……魚喜が釣瓶を井戸の中へ落とした場面で演奏されますが、千鳥とは、群れをなして飛ぶ、チドリ科の水鳥の総称で、春や秋に日本へ飛んでくる旅の鳥を言うそうです。
群れ飛ぶ鳥の様子を表した曲ですが、歌舞伎下座音楽では「千鳥合方」と呼び、「ひらかな

盛衰記／逆艪《さかう》」「神霊矢口渡」などに使用され、海辺の立廻りや、海岸や海中の動作に使用されることが多いでしょう。

寄席囃子では「水気」とも言われ、「小倉船」で、海の中へ財布を落とした男が入ったフラスコ（※人間が入る大きさのガラス瓶）が割れ、海の底へ落ちて行くシーンでも使用されます。

三味線はハイテンポで弾き、歌舞伎下座音楽の鳴物では大鼓や小鼓を入れますが、寄席囃子は大太鼓で『水音』を打ち、当たり鉦の内縁を打ち鳴らし、笛は能管をあしらいますが、いつも入れる訳ではありません。

〔8〕踊り地……魚屋が犬を追う場面で演奏されますが、長唄「二人椀久」「吉原雀」では大鼓・小鼓が活躍し、三味線も存分に弾き、演奏者の腕前を披露します。

歌舞伎下座音楽の「踊り地」は、主に京都や大坂の色街の場面に使用され、「仮名手本忠臣蔵／七段目」は「花に遊ばば」、「伊勢音頭恋寝刃」は「伊勢に遊ばば」という歌詞になりますが、それを落語のハメモノに採り入れ、寄席囃子の「踊り地」となりました。

三味線は陽気に弾き、鳴物は〆太鼓と大太鼓を打ち、当たり鉦は自由に入れ、笛は篠笛で曲の旋律通りに吹きますが、いつも入れる訳ではありません。

ハイテンポの演奏は「早踊り」と言われ、「愛宕山」で芸妓が坂道を登る場面や、「七段目」で若旦那と丁稚が「仮名手本忠臣蔵／七段目」を演じるシーンのラストでも使用されます。

〔9〕石投げの合方……蛸が擂鉢を持ち上げ、見得を切る場面で演奏される曲です。

世話物で、泣き落としの後、愁いを含んだ仕種・せりふや、暗く淋しい場面の女形の出入りに使用される三下りの曲を、寄席囃子は本調子で演奏するようになりました。

芝居でも暗く淋しい場面で使われ、ゆっくり三味線を弾き、太鼓類・当たり鉦・笛は使用しません。

〔10〕忍び三重……蛸が墨を吹いた所で演奏されますが、「三重」という名称は声明《しょうみょう》から伝承されたようで、邦楽全般に使われる、唄の無い楽節を表しますが、曲の冒頭や終わりに使用されることが多いと言えましょう。
義太夫に「大三重」「愁三重」「念仏三重」「引取三重」「錣三重」など、数多くあると言われ、歌舞伎下座音楽の「忍び三重」は、蜩《ひぐらし》の声に似ているため、「蜩三重」とも言いました。

芝居では、暗闇で人々が互いに探り合う「だんまり」に使われ、落語では「本能寺」にも使用されます。

「だんまり」は、暗闇で互いに探り合う動作を形良く見せる、芝居の効果的な演出で、語源は登場人物は何も言わないことから、「黙り」が「だんまり」に変化しました。

三味線は三下りで演奏しますが、「蛸芝居」は「忍び三重」の後、すぐに二上りの「安宅」を弾くので、「忍び三重」も二上りのままで演奏することが多いようです。

鳴物は大太鼓で「風音」を打ち、キッカケのせりふで銅鑼を打ち、他の鳴物や笛は入れません。

ちなみに、歌舞伎下座音楽でも、「忍び三重」の弾き出しは、時の鐘を打つそうで、暗闇を忍ぶ雰囲気が出る曲だけに、銅鑼の音が付き物になるのは当然でしょう。

〔11〕**安宅**……蛸が墨を吹いた所から演奏されますが、演者によって、演奏の開始も少しずつ違い、親旦那が蛸を捕まえる動作から演奏が始まる場合もあります。

原曲の長唄「安宅の松」は、半ばの「葉越しの、葉越しの月の影」まで、本調子の陽気な演奏で進めますが、その後、篠笛入りの鄙《ひな》びた雰囲気が漂う合方からは、二上りで「裏のなァ、裏の背戸やの今年竹」という歌詞の落ち着いた曲に変わり、その合方を落語のハメモノに採り入れました。

ゆっくり三味線を弾き、ハンナリした演奏を心掛けるべきでしょうが、多少粘った弾き方でも効果が得られるので、演者の雰囲気に合わせ、弾き方を変えても良いでしょう。

鳴物は〆太鼓と大太鼓に銅鑼を使い、キッカケのせりふで大太鼓と銅鑼を入れ、三味線に合わせて演奏し、当たり鉦などの楽器は使わず、笛は篠笛で曲の旋律に付いたり離れたりしながら吹くと、曲全体が洒落た感じになります。

〔12〕**引取三重**……蛸が逃げ出す場面で演奏されますが、切腹し、息を引き取る幕切れの場面に使用する義太夫「引取三重」を、落語のハメモノに使用しました。

まれに演じられる「綱七」では、真田真九郎政輝が、主人・藤原淡海を腰元の錦木に頼むシーンで演奏されます。

「座頭殺し」「瓢箪場」「柿の木金助」「織屋騒動」「梅吉道行」「天下茶屋」など、芝居噺で使用されることが多かったようですが、ほとんど演じられないネタばかりだけに、詳細はわかりません。

三味線はハイテンポで弾き、鳴物は大太鼓で「風音」を打ち、当たり鉦や笛は入れません。

ハメモノの解説を長々と述べましたが、それを抜いては語れないので、お許し下さい。

所作の多い落語だけに、昔の速記本で見ることは少ないのですが、『名作落語全集・第5巻／芝居音曲編』（騒人社刊、昭和五年）に掲載された、初代桂小春團治（※後に舞踊家となり、花柳芳兵衛。昭和四十九年没。七一歳）の「蛸芝居」は、現在では省かれているギャグや、面白い展開が含まれており、わからない言葉の解説や、ハメモノの紹介もしています。

たいてい、仏壇の位牌の戒名を「冷（伶・霊）光院殿貴山大居士」としていますが、大名クラスか、寺に莫大な寄進をしなければ、院殿号をいただくことは可能にならないでしょうし、全体の字数も少ないのではないでしょうか。

しかし、仏壇の位牌の戒名を、丁稚が本当に読むのではなく、その時に思い付いた大層な戒名を使って、芝居の真似事をしたと考えれば、不思議ではありません。

その他、首を傾げる部分もありますが、重箱の隅をつつくようなことを言うと、この落語が楽しめなくなるので、その辺りは寛容であることが大切だと思います。

また、蛸が逃げて行く時、大抵は「明石の浦に」と言いますが、テレビ喜劇「てなもんや

『名作落語全集・第５巻／芝居音曲編』（昭和５年刊、騒人社）の表紙と、初代桂小春團治口演の「蛸芝居」の速記。

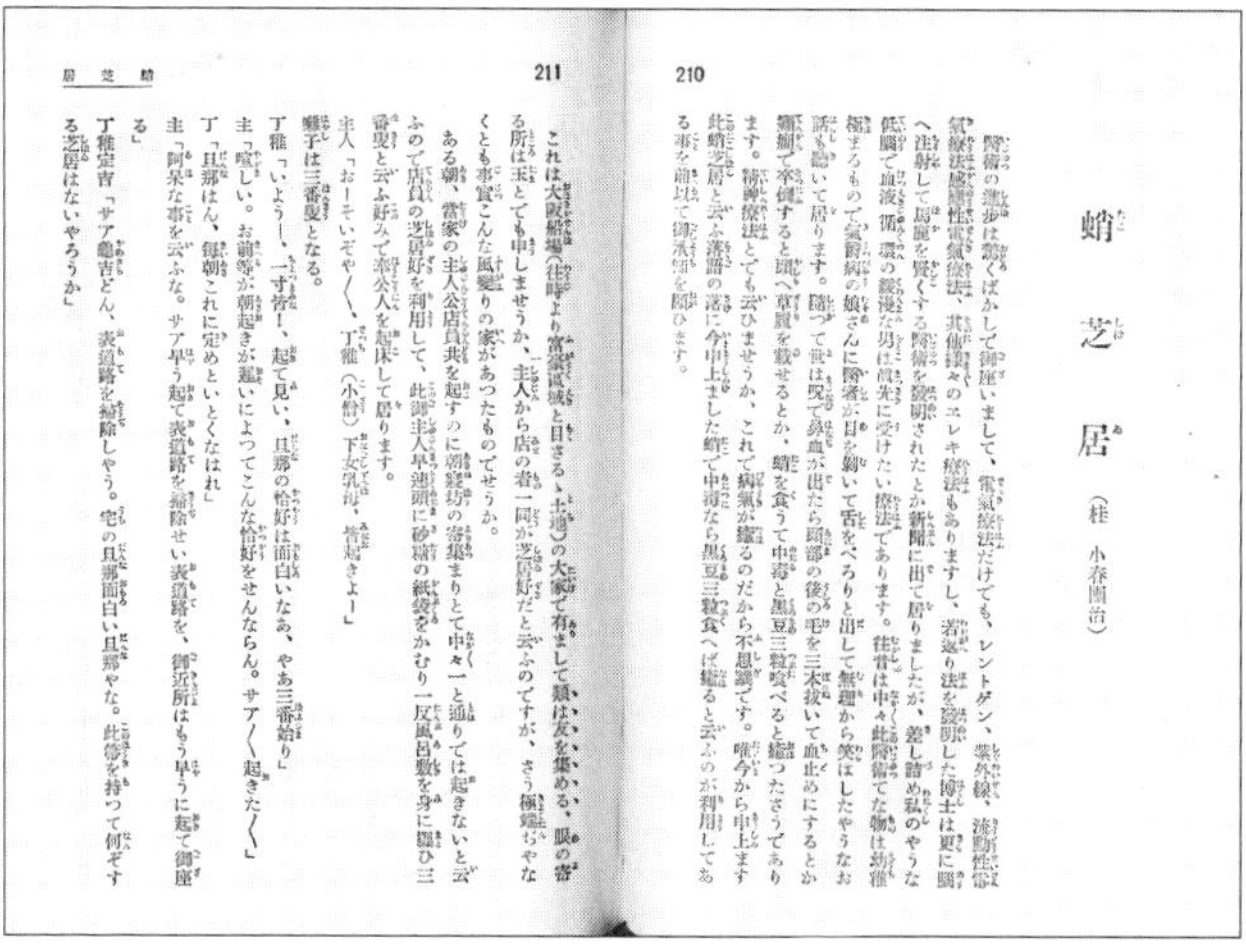

210

蛸《たこ》芝《しば》居《ゐ》　（桂　小春團治）

醫術の進歩は驚くばかしで御座いまして、電氣療法だけでも、レントゲン、紫外線、流動性電氣療法感應性電氣療法、其他種々のエレキ療法もありますし、若返り法を發明した博士は更に腦へ注射して馬鹿を賢くする醫術を發明されたとか新聞に出て居りましたが、差し詰め私のやうな低腦で血液循環の緩漫な男は眞先に受けたい療法であります。往昔は中々此醫術てな物は幼稚極まるもので氣狂病の娘さんに醫者が目を剝いて舌をべろりと出して無理から笑はしたやうなお話も聞いて居ります。隨つて昔は呪で鼻血が出たら頭部の後の毛を三本拔いて血止めにするとか癲癇で卒倒すると頭へ草履を載せるとか、蛸を食うて中毒と黒豆三粒喰べると癒つたさうであります。精神療法とでも云ひませうか、これで病氣が癒るのだから不思議です。唯今から申上ます此蛸芝居と云ふ落語の落に今申上ました蛸で中毒なら黒豆三粒食へば癒ると云ふのが利用してある事を前以て御承知を願ひます。

211　蛸芝居

これは大阪船場（往時より富豪區域と目さるゝ土地）の大家で有まして類は友を集める、眼の寄る所は玉とでも申しませうか、主人から店の者一同が芝居好だと云ふのですが、さう極端でなくとも事實こんな風變りの家があつたものでせうか。

ある朝、當家の主人公店員共を起すのに朝寢坊の寄集まりとて中々一と通りでは起きないと云ふので店員の芝居好を利用して、此御主人早速頭に砂糖の紙袋をかむり一反風呂敷を身に纏ひ三番叟と云ふ好みで奉公人を起床して居ります。

主人「おーそいぞや〳〵、丁稚（小僧）下女乳母、皆起きよー」

囃子は三番叟となる。

丁稚「いようー、一寸待ー、起て見い、旦那の恰好は面白いなあ、やあ三番始り」

主「喧しい。お前等が朝起きが遲いによつてこんな恰好をせんならん。サア〳〵起きた〳〵」

丁「旦那はん、毎朝これに定めといとくなはれ」

主「阿呆な事を云ふな。サア早う起て表道路を掃除せい表道路を、御近所はもう早うに起て御座る」

丁稚定吉「サア龜吉どん、表道路を掃除しやう。宅の旦那面白い旦那やな。此帚を持つて何ぞする芝居はないやろうか」

三度笠」（朝日放送・一九六二〜一九六八年）の作者・香川登枝（志）緒氏が、「昔は『千尋が海へ』と言うてたし、その方が広い海へ帰って行く感じがする」と仰ったので、そのせりふを使わせていただくことにしました。

オチの「黒豆三粒を飲むと、腹痛が治る」は、現在は忘れ去られた呪《まじな》いですが、捨て難い面白さがあるため、落語の世界だけでも伝えて行きたいと思っています。

京の茶漬

きょうのちゃづけ

昔、「京の茶漬、高松のあつかん」という言葉があったそうで。

当時の高松は、お客にお茶一杯も出さんでも、お客が帰り掛けると、「まァ、宜しいがな。あつかんで」と仰る。

「熱燗で、一杯呑《の》ませてくれる」と思て、座り直して待ってても、何も出てこんので、「ボチボチ、失礼します」と言うと、「まァ、宜しいがな。あつかんで」。

「あつかんで、あつかんで」と言うて、冷やも何も出てこん。

後で聞いたら、高松の愛想言葉で、「扱わんで」と言うてるそうで。

「何の愛想もございませんけど、どうぞ、ごゆっくり。扱わんで、あつかあんで、あつかんで」となったと申します。

そんなことも知らんと、何も出んのに、二時間も座って待ってた人があったそうで。

これに似た言葉に、「京の茶漬」がある。

京都では、お客にお茶の愛想もせんのに、お客が帰り掛けると、「お茶漬でも」。茶漬一杯で戻る訳に行かんので、「また、頂戴します」と言うて帰ることを見越して、お客が帰り掛けると、「お茶漬でも」。

これを「京の茶漬」と言うて、大阪者が「京都の人は、ケチや」と言うた言葉やそうで。

ある大阪の男が、「京都へ行っても、お茶一杯も出んけど、帰り掛けると、『お茶漬でも』と言うわ。今日は暇やよって、どんな味がする物か、京都へ行って食べてきたれ」と考えて、一杯の茶漬を食べるために、態々《わざわざ》、電車賃を払て、京都までやって来た。

○「えェ、こんにちは」
内「まァ、お越しやす。ほんまに、お久し振りで。どうぞ、お上がりを」
○「アノ、旦さんは居られますか？」
内「まァ、不細工なことで。最前、上《かみ》の方へ用足しに出まして。直に帰りますよって、どうぞ、お上がりを」
○「あァ、さよか。お目に懸かって、お話ししたいこともありまして。ほな、玄関で待たしてもらいますわ。（座って）煙草盆を、お借りします。煙草呑みは、煙草さえあったら、退屈せん。（煙草を喫《す》って）旦さんは、いつ頃、お出掛けで？　あァ、入れ違いでしたな。しかし、京都は羨ましい。春夏秋冬、清滝・高尾・嵐山と、良え所揃いで。それに引き替え、大阪は具合が悪い。お客を連れて行く所も、大阪城・天王寺の動物園。ほんまに、面白いことも何ともない。（呟《つぶや》いて）あァ、茶も出んわ。（煙草を喫って）旦さんが、ウチに寄ってくれはったことは、御存知で？　言うてもらうことも無いよって、御存知無いのも、当たり前ですわ。ヒョイと顔を出して、『近くへ来たさかい、寄った』と仰って。ほんまに、嬉しかったですわ。いつも気に掛けてくれてはりゃこそ、顔を出してくれはる。『ほな、帰る』と仰るのを、『仇《かたき》の家へ来ても、口濡らせという譬《たと》えもあるよって、一杯だけ呑んで帰っとおくなはれ』と言うて、無理に上ってもろて。その時、搾りたての蔵出しで、一寸も手がしてない上酒《じょうしゅ》が手廻ってました。並々と湯呑みに注いで、旦さんが一口呑むなり、『美味《うま》い！』と仰って。（煙草を喫って）その時、明石鯛・真鯛・本鯛、目の下三尺からある、立派な鯛が一枚ありました。包丁を持ちましたけど、ほんまの素人料理。引きちぎったような鯛の造りに、和歌山湯浅の醤油と、本山葵《ほんわさび》を摩って出したら、口に放り込むなり、『絶品！』と仰って。（煙草を喫って）気が付いたら、コロッと一升空いてました。八合は、旦さんが呑みはったと思いますけど。ほな、ウチの嬶《かか》が、炊き立ての飯を、茶碗によそてきました。『ウチの嬶が炊いた飯も、話の種に食べとおくなはれ』と言うたら、鯛の造りを、炊きたての飯の上へ置いて、口の中へ放り込むなり、『極楽！』と仰って。（呟いて）ほんまに、応えんな。知らん顔で、縫い物をしてるわ。（煙草を喫って）今、何時頃で？　あァ、昼ですか！　お腹の空き具合から、昼かと思いました。（煙草を喫って）近所で、お昼を取ってもらえるような店はありませんか？　はァ、無い。（呟いて）あァ、あかん！　向こうの方が、役者が一枚も二枚も上や。もう、諦めて帰ろか。（煙管を片付けて）この後、手控えた用事がありますよって、失礼します。お帰りになりましたら、旦さんに宜しゅうお言付けを」

内「『直に帰る』と申してましたのに、すんまへん。お帰りになりましたら、お内儀《ないぎ》に宜しゅうに。何にもおへんけど、お茶漬でも、どうどす？」

内儀《おかみ》さんも、もう一寸、辛抱してたら良かったのに、ウッカリと「お茶漬でも」。

この男は、この一言を言わしたさに、大阪から出てきただけに、「あァ、お茶漬！　ほな、頂戴します！」と言うて、座り込んだ。

「しもた！」と思たが、相手に座り込まれたら、仕方が無い。

「一寸、待っとおくなはれ」と言うて、心細うなりながら、台所へ行く。

この内儀さんも、ケチで出さなんだ訳やない。

朝は夕べのご飯の残りを食べて、次のご飯を炊くまでの間に、この男が来ただけで。

心細うなって、お櫃《ひつ》の蓋《ふた》を開けると、僅かな冷飯が、お櫃の底にへばり付いてる。

「これで、足りるかいな?」と思いながら、しゃもじでよそて、端にへばり付いてる分も削ぎ落として、お茶をタップリ注いで、漬物を付けて、

内「ほんまの、お茶漬どす。宜しかったら、どうぞ」
○「一寸、お腹が空いてますよって、お言葉に甘えさしていただきます。(呟いて)あァ、ほんまの茶漬や。お客が来た時ぐらい、温飯《ぬくめし》の一膳も出したらええのに。いえ、お茶漬が一番で。(茶を啜《すす》って)ご当地は宇治が近いよって、良えお茶が手廻ります。(茶漬を食べて)ほゥ、酸茎《すぐき》ですな。京都の酸茎は、酸っぽうて宜しい。大阪でも「酸茎、要らんかなァ」と言うて、売りに来ますけど、甘いよって、具合が悪い。(酸茎を食べて)あァ、この酸っぱさ! これさえあったら、おかずは何も要らん。ご飯は、何杯でも食べられますわ。(食べ終わって)アノ、お代わりをいただけませんか? 知らん顔をして、向こうを向いてるわ。アノ、奥さん。(茶漬を食べる音をさせて)ズルズルッ!(茶碗を見て)ほんまに、良えお茶碗ですな! 清水焼の薄焼で、縁を叩いても、チン

チィーンと、良え音がしますわ。空やなかったら、こんな良え音はしませんけど。こんな良えお茶碗を、近所の土産に買《こ》うて帰りたい。何方《どちら》でお買い求めになりましたか、教えとおくなはれ！」

空の茶碗を、グゥーッと、内儀さんの喉元へ突き出した。

ここまでされたら、内儀さんも辛抱たまらん。

空のお櫃の底が見えるように、前へ突き出して、

内「これと一緒に、そこの荒物屋はんで！」

解説「京の茶漬」

先代（三代目）桂文我師（平成四年没。五九歳）の十八番で、頻繁に高座に掛けていました。

昭和五十六年三月、内弟子修業を終え、師匠・二代目桂枝雀（平成十一年没。五九歳）以外の師匠方に稽古を付けてもらうことになり、最初にお願いしたのが、先代文我師だったのです。

文我・枝雀は、先輩・後輩でも仲が良かったので、師匠に頼んでもらいやすかったこともありますが、先代の落語を学ぶことに憧れがありました。

大阪市平野区加美正覚寺の文化住宅を訪れると、奥さんと二人暮らし。

紙製の表札に、情け無い字で「桂文我」と記され、玄関の扉を開けると、二階へ上がる階段の左右に、本が山積みになっていました。

奥さんがお茶を淹《い》れて下さり、落語の稽古となりましたが、「一体、どんなネタがええかな？」と聞かれたので、「教えていただける落語は、何でも結構です」と言うと、手帳を出して、ネタの演題が書いてあるページをめくり、「ほな、『死ぬなら今』にしょうか」。

陽気なネタではなく、若手が演るような落語でもありませんでしたが、「何でも結構です」と言った手前、断ることもできず、早速、稽古が始まりましたが、細かく、わかりやすい解説付きだったため、有難いネタを頂戴したと思いました。

この後、「くやみ」「短命」「京の茶漬」を教わり、「蛸坊主」という珍品も稽古していただいたのです。

元来、「京の茶漬」は、橘ノ圓都師（昭和四十七年没。九〇歳）が覚えていたのを、桂米朝師や、先代文我師に移されましたが、圓都師が覚えていなければ、また、長生きでなかったら、滅んでいたかも知れません。

圓都師は、「このネタを聞いて、お客さんが『茶漬が食べとなった』と言うてくれはったら、成功や」と仰ったそうです。

大阪の男と、京都の内儀の心理作戦の妙を味わうネタですが、煙管《きせる》でたばこを喫いながら、少しずつ内儀に詰め寄る塩梅《あんばい》が見所・聞き所で、この呼吸が難しい。

落語には、煙管をくわえて、一人で話すネタも数多くありますが、相手の様子を見ながら、探りを入れるネタの面白味は、「京の茶漬」が一番でしょう。

元来、「鯛が新しおましたよって」というせりふを繰り返す面白さで、内儀に迫るのですが、そのせりふを抜き、違う角度から攻めることにしました。

「鯛が新しおましたよって」というせりふの繰り返しは、先代文我師が絶品で、痩身《やせみ》の上、声も大きくなく、アッサリした芸風が、このネタに見事にマッチし、面白さが増幅したことから、「『京の茶漬』の文我」と言われたほどです。

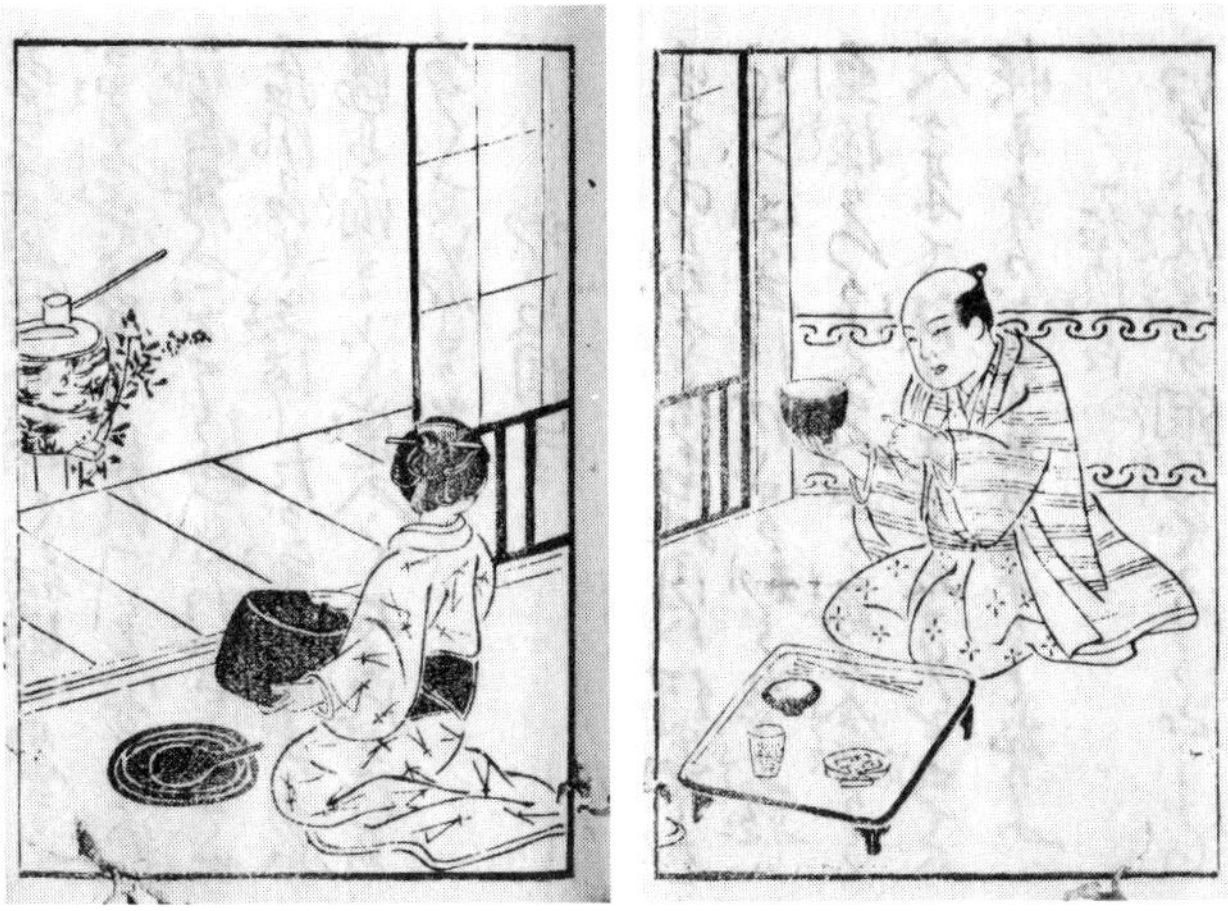

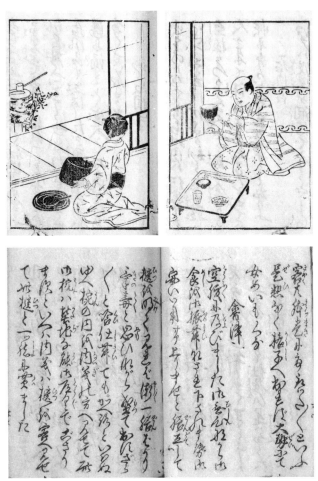

噺本『一のもり』（安永４年）に載る「会津」

このネタの原話は、十返舎一九が著した『弥次郎口』（文化十三年）とも言われていますが、それより四十年ほどさかのぼり、来風山人が編集刊行した『一のもり』（安永四年）に載っている「会津」が原話と思われ、その後、『一のもり』から噺の数を減らして刊行された『梅屋舗』にも掲載されました。

「会津」の原文は、「空腹に及びました。御無心なから、御食を御振舞なされ下されませ。御安い御用。サア上りませと膳立して、櫃を明て見れば、漸一膳ばかり。気毒と思ひながら盛て出す。さらさらと喰仕舞ても、かへろといはぬゆへ、椀の内を内義の方へ見せて、此御椀は堅地な能御道具でござりますといへは、内義は櫃を客へ見せて、此櫃と一ッ緒に買ました」とある（原文の紹介は読みやすくするために句読を附して改変）。

現代文に改めると、「客が『お腹が空きました。ご無理を言いますが、ご飯を頂戴することはできませんか?』と言うと、内儀は『それは、お安い御用です。それでは、お上がり下さいませ』と、お膳拵えをするために、お櫃の蓋を取ってみると、ご飯がお椀一杯分しか残っていない。気の毒なことをしたと思いながら、ご飯をお椀に盛って出す。客がサラサラと食べ終わっても、『お代わりは?』と言わず、お椀の内側を内儀に見せ、『このお椀は、堅地（※木地に漆を塗った麻布を張り、上漆をかけて仕上げた、上質の物）で、良いお品でございます』と言ったので、内儀はお櫃の内側を客に見せて、『このお櫃と一緒に買いました』」となります。

東京落語にも移植され、六代目三遊亭圓生師（昭和五十四年没。七九歳）の『圓生全集』（青蛙房刊）にも掲載されていますが、上方落語とは異なった演出になっていました。

大阪の商人が、京都で商いを終え、供の者に荷物を持たせて帰らせ、宿屋を出た所で、自分の金を荷物の中に入れたことを思い出します。

船に乗って帰る前に、昼飯が食べたくなり、知り合いの弥七の家へ行くという構成になっており、茶漬を食べに行くまでの理屈を付け、鯛も鰤《ぶり》になっていたり、かなり構成が変わっていました。

圓生師が幼い頃、名人と言われた三代目三遊亭圓馬（昭和二十年没。六四歳）に教わった通りだそうですから、圓馬の時代は、もっと細かい構成だったのかも知れません。

ちなみに、圓生師は大阪生まれで、幼い頃は義太夫語りだったこともあり、東京落語の名人でありながら、巧みな上方言葉で演じています。

能狂言《のうきょうげん》

山ガの藩のお大名が、江戸から国許へ、お帰りになる。
お城の大広間へ、家来一同が集まって、お殿様のご帰国を祝う。

山「殿に於かれましては、道中恙《つつが》なく、ご帰国に相成り、麗しきご尊顔の態を拝し、大慶至極に存じ上げ奉りまする」
殿「皆も堅固《けんご》で、喜ばしい。五月五日の端午《たんご》の節句は、例年通り、無礼講を申し渡すぞ」
山「ハハッ、有難き幸せに存じ上げ奉ります」
殿「江戸表に於いて、能狂言なる物を見て、面白う思うた。端午の節句には、能狂言を催せ。予は、大儀である！」

スッと、奥へ入ってしまう。

山「コレ、皆の者。殿の仰せの通り、五月五日・端午の節句には、能狂言を催せ」

甲「山坂氏、お尋ねしとうござる。身共は無学故、能狂言なる物を存じません。一体、如何なる物でございましょう？」

山「腰に大小をたばさみながら、能狂言を知らんと申すか。実に、恥さらしである！」

甲「恥を忍んで、お尋ね申す。何卒、お教え願いたい」

山「（咳をして）オホン！　能狂言と申する物は、知らん！」

甲「御存知無きことを威張られても、困ります。殿の仰せをお受けなされたのは、山坂氏でござる。何故、能狂言を知らずして、お受けなされた？」

山「存じおる者も居《お》るかと思い、お受け致したのじゃ。誰か、能狂言を存じておる者は居らんか？　何ッ、誰も存ぜぬとな。あァ、困った。端午の節句には、家来一同、切腹じゃ！」

甲「暫く、お待ち下され！　幼き頃より、切腹は嫌いでござる」

山「切腹の好きな者は、誰も居らん。あァ、困ったことに相なった。能狂言は、このような物と、思い当たる者は居らんか？」

平「山坂氏、思い付きました」
山「おォ、平岡氏か。いつも粗忽なことを申し、皆の失笑を買っておるが、時には良い智《ち》慧《え》が出るやも知れん。能狂言とは、如何なる物じゃ？」
平「山の中で、犬が猛り狂っておる姿を見たいのではござらんか？」
山「何ッ、犬が猛り狂う？　それは、野の狂犬じゃ！　平岡氏、下がれ！　皆の者、平岡氏と付き合うではない。皆に、粗忽が移る。平岡氏は、悪い人間ではないが、阿呆じゃ！　即刻、城内より去れ！　誰か、他に思い付くことは無いか？」
谷「今、良い智慧が湧きました」
山「まさか、野の狂犬ではなかろうな？」
谷「世の中、智慧者も居ります。高札場に『能狂言を存じおる者は、早々に城内に知らせるべし。褒美に、金十両を与える』という、高札を立てては如何で？」
山「中々、良い智慧じゃ！　皆の命が、十両で助かる。野の狂犬とは、大違いじゃ。早々に、高札を立てよ！」

高札は、只今のポスターの掲示板のような物で。
早々に高札を立てても、武士の知らん芸を、町人が知ってる訳が無い。

端午の節句が迫ってきた頃、お城下へ入ってきたのが、大坂の二人の若い噺家で。
師匠をしくじって、旅に出て、彼方此方《あちらこちら》で座敷をしてもろてるという塩梅《あんばい》。
茶店の床几《しょうぎ》へ、腰を下ろして、お茶を啜《すす》ってる。

○「こんな山ガの町で、大坂の噺はわからんわ。一寸、待て。向こうの高札に、『ならきゃうげん』と書いてある。能狂言は、噺より難しいわ。能狂言がわかる町やったら、噺は大丈夫や。『ならきゃうげんを存じおる者は、早々に城内に知らせるべし』。あァ、あかんわ。能狂言を知ってる者を捜してるぐらいやよって、噺もわからん。お侍が、能狂言を知らんとは、情け無い」

△「お前は、能狂言を知ってるか？」

○「能は難しても、狂言は面白て、笑う所が多いわ。小競り合いがあって、『やるまいぞ、やるまいぞ』と追い掛けて引っ込む、面白い芸や」

婆「お宅らは、向こうに書いてある物を知ってなさる？」

○「あァ、お婆《ば》ン。わしらは、能狂言を知ってるわ」

婆「お酒を呑んで、肴も食べとおくれ。お代は要らんよって、留守番をしてもらいたい」

○「ゆっくり、行っといで。酒や肴を御馳走になって、すまんな」

婆「ほな、頼みます！」

大急ぎで、お城へ走って行くと、「ウチに能狂言を知ってる者が来ましたよって、お召し捕りを願いまして、褒美の十両をいただきたい。ヘッヘッヘッ！」。

まるで、悪魔のようなお婆ン。

平「茶店に、能狂言を知りおる者が参ったとな！　コレ、皆の者。早々に茶店へ参り、その者を召し捕れ！　(茶店へ来て）婆、この二人か？　皆の者、召し捕れ！」

皆「ハハッ！」

○「一寸、待っとおくなはれ。何で、縛られなあかん！」

平「この二人を、城内に引っ立てよ！」

皆「ハハッ！」

平「(城へ戻って）あァ、山坂氏！」

山「おォ、平岡氏。まだ、居ったたか？　先程、城内より去れと申したであろう」

平「能狂言を知りおる者を、召し捕って参りました。如何、処刑致しましょう？」

山「コレ、何を申しておる！　能狂言を存じておられるのであらば、お教え願いたい。即刻、お二人の縄目を解け。誠に、失礼致しました。どうぞ、お許しを願いたい」
○「あァ、痛かった！　何で、こんな目に遭わなあかん」
山「粗忽の段は、平にお許しを。お二人に、お願いがござる」
○「ほゥ、何です？　フンフン、なるほど。端午の節句に、お殿様の前で、能狂言を演ってもらいたいと仰る」
山「皆の命を助けるために、お引き受けを願いたい。殿の御前で、能狂言を催していただきますれば、酒は呑み次第、御馳走は食べ放題。その上、五十両の御礼を差し上げる」
○「えッ、五十両！　酒は呑み次第、御馳走は食べ放題？　ほな、演ります」
△「安請け合いをして、大丈夫か？　能狂言は知ってても、演ったことは無いやろ？」
○「皆、能狂言を知らんわ。ええ加減な物を見せても、大丈夫や。お殿様が『一寸違う』と仰ったら、『流派で、演り方が違います』と言うたらええわ。一生、噺家を続けても、五十両は稼げん。ほな、演らしてもらいます」
山「早速のご承認、有難き幸せ。ご入用の品がござれば、お申し付け下され」
○「端午の節句までに、舞台を拵《こしら》えてもらいたい。衣装は金襴《きんらん》の縫い取りで、質屋に入れても、良え値が付くような物を。我々の丈に合わすよって、他の者の用は足さん。舞台が済んだら、我々が頂戴します。それから、お囃子が要りますわ」

山「ほゥ、木の生えておる？」
○「それは、林ですわ。お囃子で、鳴物です」
山「あァ、柿や桃？」
○「それは、ナリ物で。そうやなしに、太鼓とか」
山「下ろしにして、食べる？」
○「それは、大根ですわ。桶より一寸大きゅうて、表と裏の皮が、紐で締めてある。テンテンと音が鳴る、〽太鼓という物で」
山「そのような物は、城内にございません」
○「鼓は、如何で？」
山「あァ、川の畔《ほとり》？」
○「それは、堤ですわ。〽太鼓より小さい。右の肩に乗せて、ポンポンと鳴らす」
山「いや、存ぜぬ」
○「ほな、笛は如何で？　竹で出来てて、息を吹き入れて」
山「あァ、火が起こる？」
○「それは、火吹き竹ですわ。息を吹き入れたら、良え音がする」
山「おォ、祭の折に使う物でござるか？」

○「もっと太うて、高い音や、重たい音の鳴る、能管《のうかん》という笛で」
山「いや、存じませぬ。然らば、その音を若侍が覚え、口真似で務めては如何で？」
○「お囃子の音を、ご家来衆が口真似？　ほな、そうしとおくなはれ」
△「おい！　侍に、そんなことをさして大丈夫か？」
○「侍が難儀する顔で、囃子の口真似をするのは、銭を払ても見られんし、後々の話の種になるわ。お囃子を三人、お願いします」
山「これなる三名に、お教え願いたい」
○「一番右の御方は、太鼓を覚えてもらいますわ。腹の底へ力を入れて、テェーーン、テェーーンと言うてもらいたい」
甲「一体、誰が申すのでござる？　身共が、斯様《かよう》な恥ずかしきことを」
○「お殿様のためですし、切腹が嫌やったら、辛抱してもらいたい」
甲「然らば、覚悟を極めて。テェエエン、テェエエン」
○「もっと、大きな声を出しとおくなはれ。次の御方は、鼓で」
乙「お手柔らかに、お願い申し上げる」
○「勢い良う、タッポン、タポタポ、タッポンと」

乙「先祖の位牌に、申し訳無い」
○「いや、そんなことを言うてる場合やないわ。しっかり、演っとおくなはれ」
乙「タッポォーーン、タッポォーーン」
○「水溜まりに、石を放りこんでるような。次の御方は、顔色が変わってますわ」
丙「宜しく、ご指南下され」
○「お宅は、笛を演ってもらいます。腹の底から、ヒィーーッ！」
丙「それを申すのであらば、切腹の方がマシでござる」
○「そんなことを仰らんと、お殿様のために」
丙「はァ。（泣いて）ヒィーーッ！」
○「泣いたら、具合が悪い。太鼓・鼓・笛を、順に言うとおくなはれ」

三人の若侍が一間に籠もると、テェーーン、テェーーン、タッポンタポタポ、タッポン、ヒィーーッと、一心不乱に稽古をする。

座敷中に三人の声が渦巻いて、将に「悪魔の部屋」に変貌した。

端午の節句が迫って、いよいよ明日が本番の当日。

○「舞台も立派に拵えてもらいましたし、お囃子の稽古も励んでおられるようで」
山「お蔭様で、切腹は免れました。殿に出し物を問われましたが、如何申しましょう？」
○「酒ばっかり呑んでて、忘れてた。何でもええよって、わかりやすい物を演っとけ。ほな、『桃太郎』でも演ろか」
△「能狂言に、『桃太郎』があるか？」
○「無《の》うても、それらしゅう演ったら、形になるわ。いっそのこと、『桃大名』にしとけ。ほな、『桃大名』を演らしていただきます」
山「ほゥ、『桃大名』と申されると？　爺が山へ、婆が川へ。桃から子どもが生まれて、鬼退治。ハテ、どこかで聞いたような話でござるな」
○「その方が、お殿様も喜ばれますわ。明日は、しっかり演らしていただきます」

この晩も呑むだけ呑んで、高鼾《いびき》で寝てしまう。

ガラリ夜が明けると、いよいよ本番の当日。

大広間に立派な舞台を設えて、正面にお殿様、周りを家来一統が取り囲んで、能狂言が始まるのを、今か今かと待ってる。

舞台の袖には、金襴の縫い取りがしてある衣装を着た噺家が二人。

紋付・袴のお囃子衆は、舞台の上手に控えて、顔色は真っ青、唇は紫色。
ブルブル震えて、テェーーン、テェーーン、タッポンタポタポ、タッポン、ヒィーーッ
という声をキッカケに、二人の噺家が舞台に現れた。

○「この山ガに住まいなす、一人の婆にて候。前の川にて、洗濯を致そうと存ずる」
甲「テェーーン、テェーーン！」
乙「タッポンタポタポ、タッポン」
丙「ヒィーーッ！」
○「アレアレ！　怪しげな桃が流れ参るは、如何なこと？」
甲「テェーーン、テェーーン！」
乙「タッポンタポタポタポ、タッポン」
丙「ヒィーーッ！」

鬼を「アァラ、やるまいぞ。やるまいぞ」と追い掛けて、舞台の袖に引っ込むと、お殿様は大喜び！

殿「見事、見事！　江戸で見たのも、これであった！」
誠に、ええ加減なことで。
殿「実に、天晴《あっぱ》れ！　暫く、城内へ止まり、出し物を替えて、催すように」
△「わァ、えらいことになった！　一体、どうする？」
○「明日は、『浦島太郎』を演ろか」
△「嘘がバレたら、お手討ちになるわ。早う、他の町へ行った方がええ」
○「ほな、そうしょうか。有難いことでございますけど、他の町からも呼ばれておりまして」
殿「何ッ、他の町に参るとな？　コリャ、皆の者。この者らを、他の町には、アァラ、やるまいぞ、やるまいぞ！」

解説「能狂言」

明治から戦前まで、落語の速記本が数多く刊行されましたが、その中で東京の三芳屋書店の速記集が、グレードの高さも、ボリュームも一番でしょう。

それらは「三芳屋本」と呼ばれ、古書店・古書市でも見掛けることがまれで、たまに出ていても高値で、一冊五万円の値が付いている本もあり、『かつら小南落語全集』『文廼家文之助落語集』などは、以前から幻の本に近い扱いを受けていました。

東京神保町の古本屋街で、落語の速記本を探すようになり、約五十年の月日が流れましたが、その間に馴染みの古本屋も増え、店に顔を出すだけで、珍しい速記本を取り置いてくれるようになったのです。

学生の頃から訪れていた豊田書房は、芸能全般に亘《わた》り、品揃えが充実している上、店主が芸能に造詣が深いため、いつも話し込んでしまい、時が経つのを忘れました。

店へ入った時の応対は、いつも同じで、店の奥で、ネクタイを締めた背広姿の店主が、私の顔を見るなり、「無い！」。

そう一喝する声も、店主が他界された今となれば、懐かしい思い出となりました。

一喝の後、「まァ、座りなさいよ」と、急に優しくなった上、お茶を出してもらい、昔話を聞くのが恒例となったのです。

平成七年、四代目桂文我を襲名した時、お祝いとして、店主から頂戴したのが、三代目三遊亭圓馬の速記集『圓馬十八番』(三芳屋書店刊、大正十年)で、この本に「能狂言」の速記が、「但馬の殿様」という演題で載っていました。

工夫をすれば面白くなると思い、その後、六代目三遊亭圓生師の速記も読み、録音も聞きましたが、どうやら圓生師も圓馬の速記から工夫されたようです。

結局、噺全体をコントにしてしまおうと考え、人が困惑する姿を楽しむ噺にし、ネタの中で演じる能狂言も、圓馬の速記にあった「仮名手本忠臣蔵/五段目」を「忠五二玉」にするという出し物ではわかりにくいので、誰でも知っている日本昔話の桃太郎を、「桃大名」にして演じることにしました。

コントにするのは、ネタ本来の味を消すことにもなりかねませんが、根本がコントの落語は、それで押し通しても良いのではないかと考えた次第です。

大名の要求に、家来が悩むおかしさは誇張したつもりですし、その後で登場する茶店の婆さんも味を濃くし、細かいギャグを数多く入れ込みながら、お囃子を勤める三人の侍の極端な真面目さと、緊張ぶりを表現することで、滑稽さを増す構成にしました。

ラストで「やるまいぞ、やるまいぞ」と言いながら、演者が立ち上がって、舞台の袖へ入るという演出もあります。

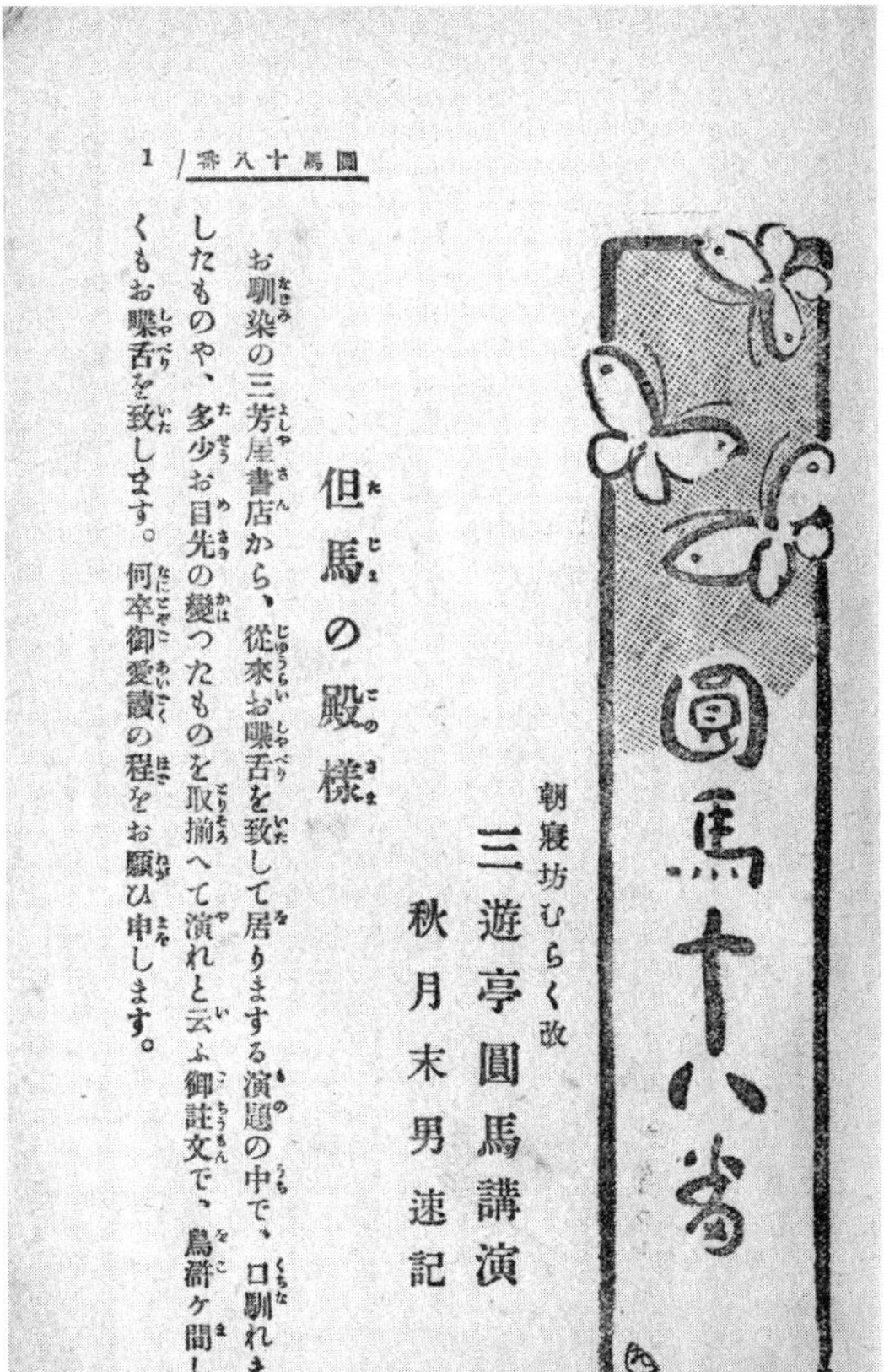
圓馬十八番

朝寝坊むらく改
三遊亭圓馬講演
秋月末男速記

圓馬十八番 1

但馬《たじま》の殿様《とのさま》

お馴染《なじみ》の三芳屋《よしや》書店から、従來《じゆうらい》お喋舌《しやべり》を致《いた》して居《を》りまする演題《もの》の中《うち》で、口馴《くちな》れましたものや、多少《たせう》お目先《めさき》の變《かは》つたものを取揃《とりそろ》へて演《や》れと云《い》ふ御註文《ごちうもん》で、烏滸《をこ》ヶ間《ま》しくもお喋舌《しやべり》を致《いた》します。何卒《なにとぞ》御愛讀《あいどく》の程《ほど》をお願《ねが》ひ申《まを》します。

『圓馬十八番』（大正10年刊、三芳屋書店）に載る、三代目三遊亭圓馬口演の「但馬の殿様」の速記。

形良く演じることができれば、形の美しさで、拍手の一つも送れましょうが、舞台の袖に入ってしまうだけでは、何の効果も得られず、「妙な終わり方の高座を見た」ということになりかねないため、座蒲団の上で正座をしたまま、体勢を整え、「やるまいぞ、やるまいぞ」と言って、丁寧に頭を下げて、舞台の袖に引っ込むことにしました。

内容に少し無理があるのは否めませんが、山間部の藩の珍事として、「昔だったら、こんなことがあったかも知れない」と思わせながら、聞き手を引っ張って行くことができれば、成功したと言えましょう。

元来は、伊勢国桑名が舞台のネタだったようですが、曽我廼家の喜劇が「但馬の殿様」で上演したため、圓馬も東京で「但馬の殿様」としたそうですし、「お能狂言」「能芝居」という別名もあるそうです。

桂米朝師も、若い頃に手掛けたものの、「磨きを掛けるようなネタにはならなんだ」と伺いました。その時「『新猿楽記』（※室町時代の風俗を書き表した書）を読みたいけど、手に入らんか?」と尋ねられたため、早速、古書店で探し、東洋文庫で刊行されているのを見つけたので、早々に届けると、満面の笑みで、「いや、おおきに。もう一遍、読んでみたかった」。

落語の「能狂言」から『新猿楽記』に話が移るとは、夢にも思いませんでした。

最近、十一代目桂文治さんの一番弟子・桂鷹治君が、「能狂言」を習いに来てくれたので、東京落語として、どのような形に仕上がって行くか、とても楽しみです。

紺田屋

こんだや

越後生まれの忠兵衛が、京都三条室町で、紺田屋という縮緬《ちりめん》問屋の店を出すと、品物が良うて、値が安いことで大繁盛して、奉公人を二十人も置く大店《おおだな》になった。

一人娘・お花は、今年十八で、町内では「今小町」と言われるような器量良し。

色が抜けるように白うて、スラッと背が高《たこ》うて、鼻は高からず、低からず。

鈴を張ったような目で、ニコッと笑うと、頬ベタに笑窪《えくぼ》。

忠兵衛夫婦は、目の中に入れても痛《いと》ないぐらい、可愛がってる。

ところが、お花が十八の声を聞いた時、ふとした風邪が元で、床に就いた。

次第に病いが重とうなって、今日明日という身になったので、病間に衣桁《いこう》を立て廻して、
綺麗な着物を掛けて、忠兵衛夫婦が励ましてる。

忠「お花、しっかりしとおくれ」
花「もう、あかんと思います。親に先立つ不幸を、お許し下さいませ」
忠「コレ、気の弱いことを言いなはんな！　昔から、『病いは気から』と言うて、お医者も『お花さんの病いは、薄紙を剥がすように良うなってる』と言うてくれてる」
花「自分の身体は、自分が一番わかります。今度という今度は、あきません」
忠「衣桁に掛けた着物を着て、外へ行けるようになるのじゃ。望みは、何でも聞くよって」
花「ほな、お願いがございます。もし、私が良うなかったら」
忠「縁起の悪いことを言いなはんな！」
花「どうぞ、終《しま》いまで聞いとおくれやす。火が嫌いですよって、火葬は堪忍してもらいますように」
忠「そう言うと、冬の寒い日も、焚《た》き火に近寄らなんだし、火鉢にも手も出さなんだ。そんなことは無いけど、もしもの時は、火葬にせん。お棺のまま、土に埋める」
花「髪も下ろさんと、お棺に納めて下さいませ。閻魔様のお裁きを受ける時、髪が無いと恥ずかしゅうございます。綺麗な着物を着て、髪を結うて、簪《かんざし》・笄《こうがい》で飾って、お化粧も念入りにして。首へ掛ける頭陀袋《ずだぶくろ》に、五十両を入れていただきますように」

忠「頭陀袋に入れるのは、三途の川の渡し銭になる、一文銭が六枚じゃ」
花「それは存じておりますが、親に先立つ不幸者。昔から、『地獄の沙汰も金次第』と申します。せめてもの親孝行に、閻魔様へ五十両を渡して、『後から参ります父母を、極楽へ通して下さいませ』と、お願いするつもりで」
忠「こんな身体になっても、親のことを考えてくれてる。そんなことは無いけど、もしも良うなかったら、五十両を頭陀袋に入れて、首へ掛けるわ」
花「どうぞ、宜しゅうに。それから、食べたい物がございます」
忠「やっと、食べ物が出てきた。一体、何じゃ？」
花「四条新町・糝粉《しんこ》屋新兵衛さんの、糝粉餅が食べとうございます」
忠「餅は、お腹を冷やす。達者になってから、何ぼでも食べなはれ」
花「どうしても、食べとうございます」
忠「五十両を引き受けて、餅を断るのも、ケッタイな話じゃ。ほな、買いに行かせるわ。コレ、定吉。四条新町の糝粉屋新兵衛さんの、糝粉餅を買うてきなはれ」
定「ほな、五十両ぐらい買うてきます」
忠「そこで、立ち聞きをしてたか。何ぼでもええよって、買うてきなはれ。今、定吉が買いに行った。好きな物が食べられるとなったら、顔色も良うなったような」

定「(帰って）旦さん、買うてきました」
忠「ほゥ、美味しそうじゃ。お花、餅が届いた。あァ、起き上がらんでも宜しい。（お花に、餅を食べさせて）どうじゃ、美味しいか？」
花「あァ、美味しい！　もう一つ、いただきとうございます」
忠「仰山食べると、身体に毒じゃ。さァ、ゆっくり食べなはれ。コレ、しっかりするのじゃ！　餅を、喉へ詰めた。早う、お医者を呼びなはれ！」

早速、医者が来て、手を施したが、息を吹き返さん。

親の嘆きは、如何ばかりか。

目を泣き腫らして、悲しみに沈んでる。

親戚が集って、「これでは、両親も参ってしまう。目の前に仏が居るよって、涙の種になる。早々に墓へ葬って、葬式を出すのが一番」と相談が纏《まと》まると、湯灌をした後、死化粧をして、艶《あで》やかな着物を着せると、髪を綺麗に結い上げて、上等の簪や笄を刺す。

当時は座棺で、お棺へ仏を納めると、回りに上等の反物を詰めて、五十両を入れた頭陀袋を首へ掛けると、蓋《ふた》をして、寺町の大雲寺の墓場へ葬った。

親戚・縁者が帰ると、店の者は片付けをして、床に就く。

草木も眠る丑三つ刻、ムクムクッと起き上がったのが、手代の新七。

皆の寝息を確かめると、ソォ──ッと廊下へ出て、音のせんように雨戸を開けて、庭へ出る。

懐へ入れてた履物に身を乗せて、音のせんように裏木戸を開けると、鍬《くわ》を担《かた》げて、闇の中を走って行ったのが、寺町の大雲寺。

真夜中だけに、寺の門は閉まってる。

懐から重りの付いた紐を出して、塀の中から出てる松の木の枝を目掛けて投げると、キリキリッと巻き付いた。

紐を頼りに、塀に足を掛けて上がると、墓石を足場にして、墓場へ下りる。

闇に透かして、ジィ──ッと目を凝らすと、新仏の墓が見えた。

お花の墓の前まで来ると、担げてた鍬で、土饅頭を掘り返す。

新「(棺桶の縄を包丁で切り、包丁を見込んで)〔ハメモノ/銅鑼《どら》〕(蓋を開けて)お嬢様、手代の新七でございます。墓返しは、私の欲得でする訳やございません。私の申しますこと、一通り、お聞きなされて下さりませ。〔ハメモノ/青葉。三味線・当たり鉦で演奏〕お嬢様の遺言ながら、天下通用のお宝を、土に埋めるは大罪。人の口には、戸が立てられません。お上の耳に入ると、旦那の首へ縄が掛かる。頭陀袋の五十両は、店の手文庫へ返しておきます。お店のため、旦那のため。どうぞ、お許し下さいませ！」

お花の首へ掛けてた頭陀袋を引っ張ると、首へ紐が引っ掛かる。

それを気が付かずに引っ張ると、顎が上がって、喉が伸びた。

花「ウゥーーン！〔ハメモノ／銅鑼〕（目を開けて）コレ、新七」

新「南無阿弥陀仏、南無阿弥陀仏！　化けて出るのは、ご勘弁！」

花「ここは、どこや？」

新「大雲寺の墓場で、お棺に納まって、埋められてます。お嬢さんは、死なはりました」

花「私は、死んでません」

新「いえ、死なはりました」

花「私は、生きてます」

新「死んでから、片意地なことを仰らんように。確かに、お嬢さんは死なはりました」

花「この通り、生きてます。何で、こんなことに？　あァ、思い出した。糝粉屋新兵衛さんの糝粉餅を食べたら、気が遠なって。喉に詰まった餅が取れて、スッとしました。喉に餅が詰まっても、息の通る隙間があったような。世の中には、不思議なこともある。
手を取って、お棺から出しとおくれ」
新「どうぞ、ご勘弁。お棺の中へ引きずり込んで、喉笛へ噛《か》み付いて、生き血を吸おうと」
花「そんなことはせんよって、出しとおくれ」
新「(お花の手を引いて)よいしょ！　旦那や、ご寮人さんが喜ばはります」
花「いいえ、お店には帰らん。私が帰ると、『生き返りの娘』と言われて、お店の暖簾《のれん》に疵《きず》が付く。余所《よそ》の土地で暮らすにしても、女子の一人旅は心細い。新七、私と一緒に旅をしておくれ。私が病いになったのは、何でか知ってるか？　ズゥ――ッと前から、お前のことを」

えらい娘があったもので、墓場で男を口説いてる。

その時、雲が切れて、お花の顔へ、月の光が射した。

死化粧をして、ニッコリと微笑む別嬪の顔を見て、新七の身体に稲妻が走る。

「お供をさせていただきます！」と、お棺に詰めてある着物や反物を出して、五十両を懐に、二人は手に手を取って、東の方へ旅立ってしまう。

そうとは知らん忠兵衛夫婦が泣き悲しんでると、「こんな店に居っても、出世の見込みが無い」と、店の金を掴《つか》んで、一番番頭が逐電する。

二番番頭、三番番頭も逃げて、終いには忠兵衛夫婦と丁稚だけが残った。

「これでは、店が潰れる。お花の菩提を弔うために、巡礼の旅に出よか」と、同業の者に店を譲ると、老夫婦が四国八十八所・西国三十三所の巡礼に出る。

年寄りの足で、四国・西国の札所を訪れて名所古蹟を見て廻ると、相当な暇が掛かる。

三年後、京都へ帰っても、帰る家は無いが、まだ金が残ってた。

忠「年は取ったけど、身体は達者じゃ。坂東にも札所があると聞くよって、江戸見物も兼ねて、東の方へ行ってみよか？」

内「命のあらん限り、お供をします」

老骨に笞《むち》打って、鈴鹿や箱根の難所も無事に越して、江戸へ着く。

道中は木賃宿に泊まっても、「江戸へ来た時ぐらいは、小マシな宿屋に泊まろう」と、浅草の観音様の近くへ宿を取って、明くる朝、浅草寺を参詣する。

忠「浅草は、立派な店が並んでる。あの店の暖簾に、紺田屋と染め抜いてあるわ。お江戸で、ウチと同じ屋号を見るとは思わなんだ。これも何かの御縁じゃで、あの店の前へ立たせてもらおか。（御詠歌を唱えて）ふるさとを　はるばるここに　紀三井寺。巡礼に、御報赦」
新「コレ、常吉。（銭を出して）御巡礼が来てなさるよって、これを渡してきなはれ」
常「ヘェ。（銭を渡して）御巡礼、旦さんからでございます」
忠「南無大慈大悲の観世音菩薩。（銭を受け取って）旦那様に、宜しゅうお伝えを」
常「ヘェ。（店に戻って）旦さん、渡してきました」
新「あァ、あの御方か。一寸、待った！　もう一遍、御巡礼の所へ行って、『御巡礼は、京都三条室町の御方やございませんか？』と聞いてきなはれ」
常「ヘェ。（表に出て）もし、御巡礼」
忠「あァ、最前の丁稚さん。何ぞ、御用かな？」
常「御巡礼は、京都三条室町の御方やございませんか？」
忠「えッ、何で知ってなさる？　確かに、京都三条室町に住んでました」
常「あァ、そうですか。さよなら」
忠「尋ねることは、それだけか？」

常「ヘェ。（店に戻って）御巡礼は、三条室町に住んでおられたそうで」
新「もう一遍行って、『縮緬問屋を営んでおられませんでしたか？』と聞いてきなはれ」
常「ヘェ。（表に出て）もし、御巡礼」
忠「また、最前の丁稚さんか。何ぞ、御用かな？」
常「御巡礼は、縮緬問屋を営んでおられませんでしたか？」
忠「何でも、よう知ってなさる。仰る通り、縮緬問屋を営んでました」
常「さよなら！」
忠「それで、終いか？」
常「（店に戻って）御巡礼は、縮緬問屋を営んでおられたそうで」
新「やっぱり、そうか！　もう一遍、行って」
常「纏めて、言うとおくなはれ。次は、何を聞きます？」
新「今度は、『紺田屋忠兵衛の旦那と違いますか？』と聞いてきなはれ」
常「ヘェ。（表に出て）もし、御巡礼」
忠「また来なさるかと思て、待ってました。今度は、何じゃ？」
常「御巡礼は、紺田屋忠兵衛の旦那と違いますか？」
忠「何で知ってなさるか、不思議じゃな。確かに、紺田屋忠兵衛じゃ」

常「さよなら！」
忠「また、帰りなさる。あの丁稚さんは、何じゃ？」
常「（店へ戻って）御巡礼は、紺田屋忠兵衛と仰ってました。もう一遍、行きますか？」
新「いや、わしが行く！　（表へ出て）もし、御巡礼」
忠「今度は、大人の御方じゃ。何ぞ、御用ですかな？」
新「旦さん、お懐かしゅうございます」
忠「何ッ、懐かしい？　私は、お江戸に知り合いは居《お》りませんわ」
新「御巡礼は、私の顔に見覚えはございませんか？」
忠「いや、知りませんな」
新「京都の紺田屋で奉公しておりました、手代の新七でございます」
忠「お花が死んだ晩、居らんようになった、新七！　あァ、達者やったか？　お花に死なれてから、番頭に金を持ち逃げされる、店は売り払う。夫婦で巡礼の旅に出て、お江戸へ参りました。お花が死んだのも悲しかったけど、新七が居らんようになったのも、辛かったわ。末に見込みのある御方と思たよって、お花と夫婦にして、紺田屋を継がそうと思てました。新七が居らんようになった時、店の金を持ち逃げされたのやないかと思たけど、何にも持って出なんだ。汚れ物まで置いて行ったよって、家内が洗濯をさしてもらいました。（笑って）わっはっはっは！　新七の顔を見ただけでも、お江戸へ来た値打ちがありました。今、どうしてなさる？」

新「お立ち寄り下さいました、紺田屋の主をしております」

忠「わしは、暖簾分けした覚えは無いわ。いや、怒ってない。京都の紺田屋は、もう無いのじゃ。今は、新七が紺田屋の主。しっかり、紺田屋の暖簾を守っとおくれ」

新「誠に、有難うございます。どうか、ウチへ来ていただきますように」

忠「いや、止めとこ。新七は今、立派な紺田屋の主。奉公人も居る所へ、昔の主が訪ねて行くと、あんたの顔を潰すことにもなりかねん。新七の達者な顔を見ただけで、十分じゃ」

新「そう仰らず、お越し下さいませ。実は、会うていただきたい方もございまして」

忠「お江戸に、知り合いは一人も居らん」

新「取り敢えず、ウチへ来ていただきますように」

忠「ほな、お茶の一杯もいただこか。婆さん、此方へ来なはれ。（店に入って）ほな、上がらしていただきます。ほゥ、結構な座敷じゃ。立派な床柱の前に、フカフカの座蒲団。はい、お茶を頂戴します。上等の座蒲団に座って、お茶やお菓子をいただくのは、何年ぶりじゃ。あァ、新七が来なさったわ。あァ、新七。いや、紺田屋の旦さん。ほんまに、贅沢をさしてもろてます」
新「どうぞ、ごゆっくり。それより、会うていただきたい方がございまして」
忠「最前も、そんなことを言うてなさった。一体、誰方《どなた》じゃ？」
花「(頭を下げて）お父っつぁん、お懐かしゅうございます」
忠「えッ、お花！　何で、ここに？　婆さん、わしらが死んだか？　一体、どういう訳じゃ？　新七が五十両を戻しに墓返しをしたら、お花の喉に詰まってた餅が取れて、息を吹き返したとな。紺田屋の暖簾に疵が付くと思て、二人で江戸へ出たか。阿呆！　何で、店に帰らん！　店の暖簾より、娘が大事じゃ。いや、愚痴なことは言わんとこ。婆さん、長生きはせなあかん。こんな良え日が来るとは、夢にも思わなんだ」
新「まだ、会うていただきたい者がございまして」
忠「いや、もう十分じゃ。この上、死んだ母親が出てくるのやなかろうな」
新「いえ、そんなことはございません。さァ、此方へ出てきなはれ」
忠「可愛らしい子どもが出てきたけど、お花の子ども？　ほな、わしらの孫か？　わしに似て、賢そうな顔をしてるわ」
新「この家に腰を落ち着けて、孫の守りをしていただけませんか？」
忠「あァ、誰が出て行くかいな！　可愛い孫の顔を見たら、『追い出す！』と言うても帰らん」

新「そうしていただきましたら、こんな嬉しいことはございません。そうと決まりましたら、早目に店を閉めまして、お祝いの宴《うたげ》を開かしていただきます」

忠「あァ、有難い。お花の葬式の後、お酒は一滴も口にしてなかった」

新「ほな、お膳の段取りをします」

忠「冷やを呑むと、お腹を壊しますわ。手間を懸けますけど、お酒は温《ぬく》めとおくれ」

花「お酒やったら、私が温めて参ります」

忠「一寸、待った！　お花は、止めとおくれ」

花「お父っつぁん、何ででございます？」

忠「お花のお燗（棺）は、信用ならん」

解説「紺田屋」

小学生の頃から浪曲好きだったこともあり、ハッピーエンドの物語が大好きです。「円満解決で終わるのは、落語の料簡に反する」という意見もあるでしょうが、聞き終えた時の爽快感は、ハッピーエンドの方があることは間違いないでしょう。

「紺田屋」は、人情味と怪談を絡ませた円満解決の、泣き笑いの一席になっています。夜中に墓を掘り返すネタは、「腕喰《かいな》い」「片袖」「真田山」などもありますが、いずれも地味な内容で、上演する噺家も少ないのですが、その中で不気味な場面を含みながら、大きなスケールで、ドラマチックにストーリーが展開するネタが、「紺田屋」と言えましょう。

しかし、お花の喉へ餅が詰まり、一度は医者に「死んだ」と診断された後、喉から餅が外れて、息を吹き返すことは、どう考えても不自然ですが、昔の医療技術の未熟さと、「世の中には、不思議なことも仰山ある」というせりふで凌《しの》ぐことにしました。

観客の頭の中に、「?」が灯るのは避けなければならず、止むを得ず、そんなことになった場合は、早急に「?」を解消する処置をしなければなりません。

学生時代、絶大な人気を博したアニメ映画「宇宙戦艦ヤマト」の続編、「さらば　宇宙戦艦ヤマト」で、死亡したはずの沖田艦長が生きており、医者の佐渡酒造《さけぞう》が「実は、わしの誤診でな」と言った時、「そんなアホな！　ごまかすのは卑怯！」と憤慨しましたが、死亡した者を物語で蘇生させるのが困難なことにも、気が付きました。

大きな矛盾を抱えていることや、人物や情景描写が複雑で、笑いが少ないことなどが、「紺田屋」の演者が減る要因になったことは否めません。

ただ、昔の速記本には数多く掲載されており、『名作落語全集・第1巻／開運長者編』（昭和四年）では、初代桂圓枝（昭和十九年没。六三歳）が「譽田屋」で、同年発行の大日本雄辯會講談社『落語全集・上巻』では、初代桂小南（昭和二十二年没。六八歳）が「黒木屋」で、雑誌の『はなし／弥生之巻』（明治四十一年）では、桂仁左衛門（明治四十四年没。五八歳）が、『上方はなし・第37集』（昭和十四年）では、五代目笑福亭松鶴（昭和二十五年没。六七歳）が「紺田屋」で載せています。

「譽田屋」も「こんだや」と読みますが、大阪府羽曳野市に誉田という地名があり、武家の時代に信仰が厚かった誉田八幡宮が、昔から知られていました。

そして、どの噺家の速記でも、四条新町の糝粉《しんこ》屋新兵衛さんの糝粉餅（※精白した粳米《うるち》を乾燥させて、挽いた米でこしらえた餅）は共通しているだけに、当時の人気菓子店だったことが知れましょう。

このネタの従来のオチも、紹介しておきます。

『名作落語全集・第１巻／開運長者編』（昭和４年刊、騷人社）の表紙と、初代桂圓枝口演の「譽田屋」の速記。

88

譽田屋（桂　圓　枝）

京都の三條室町に、譽田屋さんといふ、縮緬問屋が御座いました。舊家で極く御有福で、問屋仲間でも、一二と指を屈せられる御宅で御座います。御夫婦の仲に一人娘のお花さんといふ、嬢はんが御座います。お年が十八で、容色はよろしい。何にしろ、室町小町、今小町と謳はれて、近所でも褒い評判の嬢はんで、御夫婦は掌中の珠、蝶よ花よと、可愛がつて居られましたが、満つれば虧くる世の習ひとはいひながら、フトした風邪の心地でブラ〳〵病、サア、御兩親は、非常の驚き、醫者よ藥よ、加持祈禱と、色々と手の屆く限りお盡し遊ばしたが、思ふ樣に癒りません。ある日の事、御兩親は、お花さんの枕元へお出になりまして、

父「コレ、花や、今日は氣分はどうや、一寸えゝか。あんまりクヨ〳〵しては却つて病氣が癒りやせんで、心配せずに氣を確かに持つて居なされや」

と優しく、慰められますと、嬢はんは瘦せた兩手を合して涙を零しながら、

89

花「お父樣。お母さん。色々と御心配掛けて、何んともお詫の申上げ樣がおへんどす。妾も今度は、とても全快は出來んと諦めてますのえ。もし、妾が死んでしまうたかて、お力落しをせず、妾やと思つて、親類から、一人、子を貰てお貝れやすや。先立つ不孝はお詫び致します。草葉の蔭から御父さんやお母さんのお達者を祈ります」

母「コレ、お花、何にを(泣く)……そんな、心細い事をいふのやあらへん。一日も早よ、全快なつて、孫の顔が見たいと思つてるのに、ウハ……」

父「ナア、お花、病は氣からといふ事があるで、心丈夫に持つて居れば癒るで……」

と、御兩親は、口では言うては居りますが、娘の容體を見ますると、今日か明日かの大病で御座います。

母「お花や、一日も早よ全快でおくれや。貴女に先立れては、お父さんも、妾も此の先き、何樂しみに生きてるのどす。一日も早よ全快てなア」

と御兩親、交る〴〵娘さんの心を引立てお在に成ります。これも眞實、可愛い親心で。

父「ナア、お花、とは、いふもの丶人間は老少不定、いつ、どんなことがあるや知れん。もし、お前が先に亡くやうな事でもあつたら、心殘りの無い樣に、何んなりと言ひ置いたがよいで　お前の事なら、何んなりと聞いて上げるで」

譽田屋

忠兵衛夫妻が、新七・お花に巡り合い、その晩、新七の店に泊まり、上等の蒲団の上で横になり、嬉し涙を流します。

忠「これも皆、観音さんのご利益じゃ」
妻「ほんまに、そう思いますわ。この蒲団に引き替え、夕べ泊まった木賃宿の蒲団は汚なかった。ゾロゾロと虱《しらみ》が這い出してきて、夜通し、寝られなんだ」
忠「それも皆、観音（※虱のこと）さんのご利益じゃ」

このオチでは、聞いた後の爽快感が無いと思い、「ハッピーエンドであれば、それに相応しいオチはないか?」と、いくつか考えましたが、どれも納まりが悪いのです。
当時、私が催す落語会に頻繁に来られたお客様で、ペンネーム・川堀一檜氏が、「こんなオチは、いかがですか?」と教えて下さったのが、現在のオチとなりました。
また、「このネタに使うのなら、浅草寺のご詠歌にした方が良い」という指摘もありましたが、西国三十三所の札所・紀三井寺の「ふるさとを　はるばるここに　紀三井寺」というご詠歌の方が、老夫婦が上方から江戸まで来た時の苦労や風情が出ると思い、このご詠歌を入れることにしています。

元来、新七の墓返しは、自分の欲得で行うのですが、それより店の主人のことを考えた行いにした方が良いと考え、善人の行いに改めました。

この改変で、「毒のない物語になり、ストーリーの展開の面白さが薄くなる」という指摘があるかも知れませんが、聞き終えた後の爽快感につながる方を取りたいと思います。

このネタで使用されるハメモノは、新七が墓返しをする時の「青葉」と、お花が蘇生する時に打つ銅鑼ですが、「青葉」は三種類あり、全てが三下がりの曲で、地唄「青葉」から採り入れたと思われる歌舞伎下座音楽を、寄席囃子では夜の淋しい場所や、墓場などで述懐するシーン、幽霊のせりふなどに使用しました。

「紺田屋」で演奏する「青葉」は、「天神山」「へっつい幽霊」「骨釣り」「応挙の幽霊」などで、幽霊が事情を話す場面や、「ふたなり」でも、家出娘が梅檀《せんだん》の森で事情を話すシーンで演奏されます。

歌舞伎「敵討襤褸錦《かたきうちつづれのにしき》・大晏寺《だいあんじ》堤の場」で使用されることから、それを題材にした芝居噺「大晏寺堤」の騙し討ちのシーンや、現在は演じられない「滝川」「犬太郎」という芝居噺にも使用されたようですが、詳しいことはわかりません。

三味線は落ち着いて弾き、鳴物は当たり鉦を伏せ、鉦の表面を撞目《しゅもく》で打ち、太鼓類は入れず、篠笛を曲の旋律通りに吹きます。

夜の場面の雰囲気を醸し出すため、効果的な演出となるのが、銅鑼の打ち込みで、怪談噺は当然のことながら、「かぜうどん」など、夜の淋しさ・寒さを表現する場合、抜群の効果を発揮しますが、これも歌舞伎の演出から採り入れました。

「紺田屋」について、宇井無愁氏は「人情咄中の大物とされているが、実際は太い野郎が成功して、善人が不幸になる、非人情咄である。咄も前後に割れ、前半は墓をあばき、後半は観音霊験譚で、オチも観音とシラミを結びつけた、出たとこ勝負のオチ」と述べていますが、この心配は解消されたように思います。

また、「娘の墓をあばいて、娘が蘇生する猟奇趣味が、江戸末期に流行。南北の『心謎解色《こころのなぞとけたいろ》絲《いと》』の、お房・綱五郎をはじめ、馬琴の読本にも、しばしば現れる。中国小説『牡丹燈記』の影響か?」とも述べていますが、それはそうかも知れません。

平成九年五月二十六日、大阪梅田の太融寺で開催した第十二回・桂文我上方落語選（大阪編）で初演しましたが、濃厚な上方情緒や人情が含まれているだけに、今後も大切に演じて行きたいと考えています。

ちなみに、京都の大雲寺は、左京区岩倉にある天台寺門系単立の、洛北屈指の名刹ですが、「紺田屋」に登場する寺町の寺院とは関係がありません。

墓返しをする噺だけに、実在の寺院の名前を使うと、迷惑が生じると考えて、架空の寺院を設定したのでしょう。

佐々木裁き

ささきさばき

幕末の嘉永年間、大坂西町奉行所へ赴任されたのが、佐々木信濃守《しなののかみ》という名奉行。

着任早々、色々調べて驚いたのは、「役人衆が、賄賂・賂《まいない》・袖の下を取って、どんならん」ということで、「何とかせねば相ならん」と思いながら、気の置けん家来を連れて、始終、市中をお見廻り。

ある日のこと、お奉行さんがやってきたのが、安綿橋《やすわたばし》南詰・住友の浜。

只今は長堀を埋めて、わからんようになったが、昔は安綿橋という橋が架かって、その南の住友さんの屋敷の川縁を、住友の浜と呼んだそうで。

そこまで来ると、二人の子どもが後ろ手に括《くく》られて、他の子どもが縄尻を掴《つか》んで、五、六人が取り巻くと、括られた子どもの尻を、竹の棒で叩きながら、「キリキリ歩め！」。

佐「コレ、欣弥。小児の遊びにしては、チと度が過ぎるようじゃな」
欣「一応、取り調べを」
佐「あァ、待て。『所変われば、品変わる』と申す。上方では、斯様《かよう》な遊びが流行《はや》るのやも知れん。もそっと、様子を見ようではないか」

行き着いたのが、山のように木が積み上げてある材木置場。
縄付きの子どもを、筵《むしろ》の上へ座らせると、他の子どもが周りに座った。
材木の後ろから飛び出してきた子どもが、材木の上で、そっくり返って座ると、他の子どもが平伏する。

四「コリャ、両名の縄を解いてやれ。予は西町奉行、佐々木信濃守であるぞ」
佐「コレ、欣弥！　あの小児と予は、同姓同名であるな」
欣「子どもの遊びながら、余りの振る舞い。一応、取り調べを」
佐「あァ、待て。もそっと、様子を見ようではないか」

お奉行さんが傍で見ようとすると、竹の棒を持って立ってた子どもが、「コリャ、そこの侍。吟味の邪魔じゃ、脇へ寄っとれ！」と、竹の棒で追うてしもた。
お奉行さんは苦笑いをしながら、離れた所から、この様子を見ておられる。

四「両名の者、面《おもて》を上げい。その方らは往路上に於いて、喧嘩口論を致しておったそうな、喧嘩の次第を有体《ありてい》に申し上げい！」

○「えェ、お奉行さんに申し上げます。私のことを、皆が『物知り』と言うて。隣りに座ってる鉄ちゃんが『何でも知ってたら、一から十まで、尻につは揃てるか？』『そんなことは知らん』と言うたら、『そんなことも知らんのに、偉そうな顔をするな』と言うて、頭を叩いたよって、向こう脛《ずね》を蹴り上げたら、鳩尾《みぞおち》を叩かれて、喧嘩になりました。誠に、申し訳無いことで」

四「鉄ちゃんとやら、それに相違無いか？」

鉄「何も知らんのに、偉そうな顔をするよって、一本かましたら、何も答えられん」

四「つまらぬことで、喧嘩を致したな。朋友は、仲良うせねば相ならん。朋友の間柄でありながら、往路上で喧嘩口論致すのみならず、上多用の砌《みぎり》、手数をかくる段、不届きの至り。重き罪科に行うべき所、格別の憐憫《れんびん》を以て、さし許す。以後は、ならんぞ」

鉄「おおきに、有難うございます。お奉行さんにお尋ねしますけど、一から十まで、尻につが揃てるか、揃てないか、御存知で？」
四「何ッ？　一から十まで、尻につは揃うておる！」
鉄「一つや二つは、尻につが付いてますけど、十には付かんように思います」
四「黙れ！　奉行に、わからぬことは無い。十につは付いておらんが、十に付くべきつを取っておる物があろう。一つ、二つ、三つ、四つ、五つと、五つにつが二つあるではないか。このつを、十に取って付ければ、一から十までつは揃うておる。本日の裁きは、これまで。一同の者、立ちませェーッ！」
鉄「四郎やんが、一番上手い！　明日から、お奉行さんは四郎やんや。ほな、帰ろか」
○「帰ろ、帰ろォーッ！」
佐「コレ、欣弥。他の者はともかく、奉行役を務めし小児。親あらば、親諸共。町役《ちょうやく》付添いの上、即刻、西の御番所まで出《いで》ますように。よいな！」
欣「ハハッ！」

　家来が後を随《つ》けて行っても、子どもは真っ直ぐに家へ帰らん。
ある家へ飛び込んだよって、「この家の子どもか？」と思たら、直《じき》に飛び出してくるし、芋屋へ入ったよって、「芋屋の子どもか？」と思たら、芋を齧《かじ》りながら出てくる。

漸《ようよ》う行き着いたのが、松屋町。

高田屋綱五郎という、桶屋の家へ飛び込んだ。

四「お父っつぁん、只今！」

綱「(金槌で、釘を打って) さァ、此方へ入れ！　寺屋から帰ってから、遊びに行け。そのまま遊びに行くよって、心配するわ。この頃、ロクな遊びをせん。こないだ、ウチの桶を持ち出して、一人が死人になって、桶の中へ入って、それを担《かた》げながら、子どもが白い着物を着て、泣きながら歩いてたわ。そんなことをして、何が面白い。お前が、死人の役をしてた。ウチの前を通った時、桶の蓋を撥《は》ね除けて、『お父っつぁん、お参りして！』。島流し遊びの時は、後ろ手に縄で括られて、尻をしばかれながら、『なァ、お父っつぁん。今日は、三年の島流しや』。ほんまに、ええ加減にせえ！」

四「今まで心配を掛けたけど、今日から奉行にまで出世した」

綱「何が、出世や」

四「皆、東のお奉行さんでやってるけど、東のお奉行さんは評判が悪い。西の佐々木信濃守でやったら、上手いこと行ったわ。佐々木信濃守は、評判が良え！」

綱「(制して) チャイ！　気を付けて、物を言え。『佐々木、佐々木』と、十年も世話をしたように言うな。今度のお奉行さんは怖い御方で、『酢でも、蒟蒻《こんにゃく》でも行かん』と言うて、町内のお年寄りが震え上がってなさる。誰が聞いてるかわからんよって、奥へ入って、飯を食うてしまえ」
欣「あァ、許せよ」
綱「わッ、お侍や。へェ、お越しやす」
欣「身共は、佐々木信濃守の家来」
綱「ソレ、こんな人が入ってきた！　何をしたかは存じませんけど、子どものことで。どうぞ、命ばかりはお助けを」
欣「咎《とが》めに参ったのではなく、聞きたいことがあって参った。ここは、何と申す所じゃ？（書いて）ほゥ、松屋表町《おもてちょう》か。その方の名は、何と申すな？」
綱「へェ、高田屋綱五郎と申します」
欣「（書いて）高田屋綱五郎で、桶職じゃな？　後ろに隠したのは、その方の伜か？　名は、何と申すな？」
綱「四郎吉と申します」
欣「（書いて）伜・四郎吉。何歳に相なる？」
綱「へェ、四十二で」

欣「馬鹿！　その方の年ではなく、子どもの年じゃ」
綱「十三で」
欣「（書いて）いや、相わかった。伜・四郎吉には、その方が同道致し、町役が付添いの上、即刻、西の御番所まで参るように。町役には、身共より伝えておく」

このことを町役に伝えて帰ると、町内は引っ繰り返るような大騒ぎ。

甲「四郎やんが、お奉行所からお呼び出しやそうな。また、ケッタイな遊びをしてたのと違うか？　吉っつぁんは、火の番太やろ。火の番さえ、気を付けたらええのと違う。子どもがケッタイな遊びをしてたら、叱ってくれなあかんわ」
吉「叱ってましたけど、この町内の子どもは、言うことを聞かん。その中で一番悪いのが桶屋の伜で、大人嬲《なぶ》りをしますわ。こないだも痔《ぢ》が出て困ってたら、桶屋の伜がニコニコ笑て、『オッさん、どうしたんや？』『痔が出て、困ってる』『ほな、痔に良う効く呪《まじな》いを教えたろか。飴屋へ行って、飴の粉をもろて、尻に振り掛けたらええわ』『ほんまに、そんなことで治るか？』『昔から、言うわ。「飴振って、痔固まる」（雨降って、地固まる）と言うて』。ほんまにやって、えらい目に遭いました」

甲「ほんまに、やらんでもええわ。あァ、四郎吉が来た。そっくり返って、悪いとも何とも思てない。四郎やん、此方へ来なはれ」
四「誰方《どなた》も、ご苦労さんで」
甲「何じゃ、葬礼の送りに立ってるように言うてるわ。子どもが寄って、ケッタイな遊びをしてなかったか？」
四「住友の浜で、お奉行事」
甲「それが、あかんわ。誰か、見てなかったか？」
四「お侍が、二人立って見てた」
甲「お侍やったら、紋付を着てはったやろ。どんな紋か、覚えてるか？」
四「四角い、四ツ目の紋」
甲「わァ、佐々木さんや。この頃、市中お見廻りと聞いてるけど、粗相は無かったか？」
四「友吉っとんが、『コリャ、そこの侍。吟味の邪魔じゃ。脇に寄っとれ！』と言うて、棒で追うた」
甲「コレ、何をする！　お奉行さんを、棒で追う奴があるか」
四「あれは、下役の係がした」
甲「何が、下役や。おい、綱やん。あんたの伜は、生きて帰れんかも知れんわ」

親は真っ青になったが、奉行所へ行くしかない。

町役が付き添うて、ゾロゾロ出て来たのが、西の御番所。

本町橋の東詰を北へ入った所にあって、浜側（※川の方）の溜まりという控え所で待ってる内に、次々、お呼び出しになる。

松屋町の一件は、お呼び出しが無うて、後から来た者が次々片付いて、帰ってしまう。

御番所に灯が入って、いつもやったら与力や同心が、天満の与力町や同心町の役宅へ、小者に左巻きの紋の入った提灯を持たせてお帰りになるが、誰一人、帰る者が無い。

とっぷり日が暮れた時分、「松屋表町・高田屋綱五郎、倅・四郎吉。町役一同、出ましょう、出ましょう！」という声が掛かる。

こう言うと、再々、お白州が開かれるように思うが、お白州は奉行が直々に調べる所だけに、値打ちと権威があって、人殺しや、火付けという、大きな事件しか開かれなんだそうで。

小さな事件は、目安方という所で、吟味与力が片付けてしまう。

御番所に慣れてる町役は、「子どもの戯れ事やよって、目安方で」と思て、其方《そっち》へ行き掛けると、「あァ、其方《そちら》ではない。お白州へ通れ！」。

「高が知れた子どもの遊びに、お白州とは？」と、町役は胸をドキドキさせながら通ると、お白州の両側には、与力・同心・手先・小者に至るまでが居流れてる。

お白州に慣れてる町役連中も、これだけ役人が揃てるのは、見たことが無い。

「今日は一体、どんなお裁きがある？」と、ビクビクしながら入って来た。

そんなことを知らん高田屋綱五郎は、お白州に入るのが初めてだけに、「お白州は、こんな所か」と見てるし、四郎吉は「お奉行事の足しになることは無いか」と、辺りを見廻してる。

白い砂利の上へ、お上のお情けの胡《ご》麻《ま》目《め》筵《むしろ》が敷いてあって、そこへ座らされると、「シイーッ」という警蹕《けいひつ》の声が掛かって、シーンと静まり返る。

一段高い正面には、紗綾形《さやがた》の襖《ふすま》が嵌《は》まって、奉行は正面へ座って、目の前の机の上の書面に目を通す。

奉行が物を読む時は、目で読まん、口で読まん、目と眉毛の間で読むそうで。

（目と眉毛を動かして）文楽の人形のように、眉毛ばっかり動かしてる。

佐「相わかった。松屋表町、高田屋綱五郎。倅・四郎吉、町役一同、出ておるのう」

町「お恐れながら、これに控えております」

佐「四郎吉、面を上げい！」
町「四郎やん、顔を上げなはれ」
四「えッ、顔を上げますの？　（顔を上げて）へェ、こんな顔でございます」
佐「おォ、その方じゃ。奉行の顔に、見覚えは無いか？」
四「あッ！　住友の浜で立ってはった、お侍」
佐「よう、思い出してくれた。あの折は、吟味の邪魔をして、すまなんだのう」
四「そんなことは宜しいけど、これからもありますよって、後々は気を付けてもろて」
町「コレ、何を言う！」
佐「世を乱す者が多くて、困るのう」
四「お互い、事務多忙で」
町「コレ、要らんことを言うな！」
佐「『往路上に於いて、喧嘩口論致すのみならず、上多用の砌、手数をかくる段、不届きの至り。重き罪科に行うべき所、格別の憐憫を以て、さし許す』が、裁きの纏《まと》めであった。あのようなことは、寺子屋で師匠より教わるのか？」
四「そんな遊びをしてることが知れたら、叱られます。勝手に、考えて言いました」
佐「然らば、一から十まで、尻につが揃う揃わぬの難題。その方は答えを知っておったか、即決か？」

四「あんなことを言うたら答えになると思て、考えて言いました」

佐「ほゥ、天晴《あっぱ》れじゃ。あれだけの難題を、よく即座に解き得たのう」

四「『お奉行さんをやりたい』と言うてましたけど、『お奉行さんは、頓智が要る』と言うて、やらしてもらえなんだ。初めてやりましたけど、気持ちが良えわ。高い所で、そっくり返ってたら宜しい。高い所へ座ってたら、どんなことでも言えるわ。威張るだけ威張って、よう裁かんお奉行さんが来たら、大坂は暗闇や」

お奉行さんが、赤い顔をしなはった。

佐「然らば、四郎吉。奉行の尋ねることは、何なりと答えられるか？」

四「知ってることは答えますけど、お奉行さんは高い所へ座って、私は筵の上に居りますよって、位負《くらいま》けがしますわ。お奉行さんの横へ座らしてもろたら、何でも答えます」

佐「許す故、これへ参れ」

四「(立ち上がって) ほな、御免！」

綱「一寸、伜を捕まえて！　奇怪《おか》しなって、お奉行さんの所へ行きました」

町「お許しが出たよって、構わん」
綱「そやけど！」
役「(棒で、綱五郎を突き飛ばして) 控ぇェーい！」

可哀相に、お父っつぁんは、棒で突き飛ばされてしもた。
四郎吉は、恐れも無しに上がってきて、奉行の横へ座る。

四「知ってることやったら、何でも答えます」
佐「然らば、問うぞ。夜になると、星が出るのう。して、その星」
四「一寸、待っとおくなはれ。お星さんは、お昼間でも出てはります。お昼間は、お天道さんのお照らしが強いよって、見えんだけですわ。日蝕と言うて、お天道さんが翳《かげ》ることがありますけど、その時は出てはります。話の腰を折って、すまんことで」
佐「あァ、左様か」

頭から、一本やられてしもた。

佐「然らば、その方は、星の数を存じておるか？」
四「お奉行さんは、お白州の砂利の数を御存知で？」
佐「そのような物が、わかろうはずがない」
四「手に取って、数えられる物でもわからんのに、あんな高い所の物は知らんわ」
佐「然らば、予は白州の砂利の数を読む！　天へ上って、星の数を数えて参れ」
四「ほな、行って参ります。そやけど、天という所へ行ったことが無いよって、取り敢えず、天まで連れて行ってもらえますか。話は、それからということで」
佐「（唸って）ウゥーン！　用意の物を、これへ持て」

三宝《さんぽう》の上へ、山のように積み上げた饅頭が、四郎吉の前へ出て来た。

佐「四郎吉、その方に取らす。遠慮無く、食すがよい」
四「このお饅《まん》を、いただけますの？　気を遣わして、すまんことで。あァ、美味しそうやな！　三宝に乗って、神様のお下がりで？　あァ、薯蕷《じょうよ》のお饅や。竹の皮の座蒲団《ざぶとん》が敷いてあって、二つに割ったら、ピカッと餡《あん》も光ってるわ。お父っつぁんも、土産に饅頭を買うてきてくれますけど、こんな上等やないわ」

佐「父親は、饅頭を買うてくれるか。母親は、何をくれるな？」
四「お母ンは、何もくれん。いつも、小言ばっかりくれます」
佐「小言をくれる母親と、饅頭をくれる父親。その方は、何方《どちら》が好きじゃ？」
四「（饅頭を割って）二つに割った饅頭は、何方《どっち》が美味しいと思いなはる？」
佐「味の変わろうはずがない」
四「ほな、それと同じですわ。お母ンも、私のために叱ってくれる。言うたら、損な役廻りで。（饅頭を、喉に詰めて）ゴホッ！　お奉行さん、お茶一杯汲んで！」

えらい子どもがあったもので、奉行にお茶を汲ませた。

佐「コリャ、四郎吉。四方ある物を、三宝とは妙じゃのう」
四「今度は、問答で。ほな、この辺りに並んではるお侍は、一人でも与力と言いますわ」
佐「一人にて、与力とは面白い。その方は、与力の身分を存じておるか？」
四「あァ、与力の身分？　暫く、お待ちを」
袂《たもと》から出してきたのが、起き上がり小法師《こぼし》・ダルマの玩具《おもちゃ》。

ヨイッと放ると、グラグラグラグラと揺れて、ピンと立った。

四「えェ、あの通りで」
佐「ほゥ、あの通りとは？」
四「とかく身分の軽い者ですけど、お上の御威光という重りが付いてるよって、いつもピンシャンピンシャンと、そっくり返ってますわ。そのクセ、踏んだら直に潰れてしまう、腰の無い奴ばっかりで」
佐「(周りを見廻し、咳をして)オホン！　然らば、与力の心意気を存じておるか？」
四「段々、難しなってきた。天保銭を一枚、拝借」
佐「コレ、当百《とうひゃく》を取らせよ」

小判ぐらいの大きさで、百文で通用する天保通宝が、小さな台の上へ乗って、四郎吉の前へ出てくると、懐から紙を取り出して、ツッと裂《さ》いて、紙縒《こよ》りを拵えた。
それを天保銭の穴へ通して、ダルマの腹に結び付けて、ヨイッと放る。
最前はスッと立っても、今度は天保銭が括ってあるだけに、ゴロッと横倒しになった。

四「えェ、あの通りで」
佐「ほゥ、あの通りとは？」
四「とかく、金のある方へ傾くようですなァ」

さァ、えらいことを言うてしもた。
居並ぶ与力・同心衆は、真っ赤な顔をして、下俯《うつむ》く。
潔白な人は、「この小僧は、何を言う！」と睨《にら》み付けてるし、皮肉な人は、袖の下を取ってる者に、「お前のことじゃ」と、目配せをしてる。
一座は、白け渡る。

佐「十五に足らぬ小児でさえ、斯様なことを申す。下《しも》・町人・百姓の苦しみは、如何ばかりか。重々、心得よ！」

奉行に睨まれた時は、一同、身の竦《すく》む思いがしたそうで。

佐「コリャ、四郎吉。以後は、斯様なことを申すではないぞ」

四「尋ねられたよって、言うただけで。これは、ほんの座興ですわ」
佐「おォ、座興、座興。今一つ問うが、あれなる衝立《ついたて》に仙人の絵が描いてあり、何やら面白そうに話をしておられる。仙人の話を聞きたい故、聞いて参れ」
四「ほな、行ってきます。（奉行の横へ戻って）へェ、聞いてきました」
佐「仙人は、どんな話をしておられたな？」
四「『佐々木信濃守は、阿呆や』と言うてました」
佐「何ッ？」
四「『佐々木信濃守は、奇怪しい』と言うてました」
佐「黙れ！　お上のお目がねを以て、奉行職を勤むる佐々木信濃守。馬鹿で、奉行が勤まるか！」
四「怒っても、知らんわ。仙人が、そう言うてます」
佐「何故、馬鹿であるか、聞いて参れ！」
四「ほな、行ってきます。（衝立に、耳を寄せて）はァ、なるほど。やっぱり、そうですなァ。（奉行の横へ戻って）へェ、行ってきました」
佐「何故、馬鹿であると申しておった！」
四「『絵に描いてある物が、しゃべる訳がない。その話を聞いてこいと言うのは、阿呆や』と言うてました」
佐「コリャ、綱五郎。その方は、えらい伜を持ったな」
綱「何のことやら、サッパリわかりません。どうぞ、ご憐憫の沙汰を持ちまして」
佐「いや、左様ではない。斯かる小児は導きようで、天晴れ、世の役に立つ者にもなろうが、一つ間違えば、恐るべき人物になるやも知れん。十五になるまで、その方の手許に置き、十五にならば、奉行が引き取って、養育をしてとらす」
約束通り、十五になった四郎吉を、お召し抱えになる。
後々、立派な天満与力に出世するという、「佐々木裁き」という、おめでたい一席。

解説「佐々木裁き」

子どもが素直に言った言葉が、大人の胸に響くこともあるのは、昔も今も変わりませんが、それを面白く伝えているのが、室町時代の臨済宗大徳寺派の僧・一休宗純の小坊主時代の逸話で、「一休ばなし」「一休頓智ばなし」です。

それを土台にして、三代目笑福亭松鶴（※竹山人という名前の講釈師にもなった。明治四十二年没。六五歳）が作った落語が、「佐々木裁き」（※「佐々木信濃守」という演題もあり、東京落語では、「佐々木政談」という）でした。

主人公・四郎吉は、素直で、可愛らしい子どもに描いた方が良いでしょう。お白州で、佐々木信濃守が出した問いも、「大人を困らせてやろう」と考えて答えているように演じると、嫌な子どもになってしまいます。

大人が聞くことに、何のひねりもなく、素直に答えたことが的を射て、大人の胸に響くという結果になるのが、一番自然で、さわやかな印象を受けるでしょう。

四郎吉の答えで感心した佐々木信濃守に、四郎吉が「これが頓智頓才で」と言わせる演者もありますが、それでは「大人を困らせてやろう」と考えた子どものように思えるだけに、あまり良いせりふとは思えません。

奉行所のお白州という、緊張の糸が張り詰めた場所で、名奉行と、利発な子どもが繰り広げる頓智問答を、周りの者がヒヤヒヤしながら見守る様子を楽しむという内容の落語だけに、さわやかな雰囲気で通した方が良いと思います。

住友の浜（※川縁のこと）で、四郎吉がお裁きの真似事をしますが、子どもらしい雰囲気をなくしてしまうと、何にもなりません。

速記本で読み進めても、噺の面白さが伝わる内容だけに、噺全体の色を濃く演じ過ぎないように努める方が良いでしょう。

現在の上方落語界では、桂米朝師の演出を踏襲して演じる者が大半です。

米朝師は「佐々木裁き」の他、「鹿政談」「帯久《おびきゅう》」「天狗裁き」など、奉行のお裁きが登場するネタも数多く演じましたが、「鹿政談」「天狗裁き」の時は、黒紋付の着物に、縞《しま》物の羽織という組み合わせが多く、「佐々木裁き」の時は、紋付・袴《はかま》のときがあったと記憶しています。

私の師匠・桂枝雀も時折演じましたが、四郎吉の可愛さに重点を置いていたように思います。

本来は、「お奉行さんが佐々木で、お父っつぁんが高田屋綱五郎で、私が四郎吉。皆を合わせて、佐々木四郎高綱や」「佐々木四郎高綱は、予が先祖である。四郎吉、その方も源家か？」「いえ、私は平家（※平気）でおます」というオチが付いていましたが、良い洒落《しゃれ》でもないだけに、現在はオチを付けずに演じることが大半です。

また、「何の、私が利口なことはござりません。世間の人が、馬鹿です」というオチもあると言いますが、これも誰も使っていません。

「佐々木裁き」は東京落語に移され、「佐々木政談」という演題になりましたが、三代目三遊亭圓馬が東京に移した構成と、二代目桂三木助（昭和十八年没。六〇歳）が東京の寄席に出演した時、高座に掛けた形があると言います。

大筋に変わりはありませんが、三遊亭圓馬は舞台を江戸に移し、南町奉行として演り、桂三木助は大坂東町奉行所として演りました。

佐々木信濃守（※佐々木顕発。禄高二百石で、中級旗本）は、嘉永五年から、安政四年までの約五年間、大坂東町奉行で業績を上げてから、江戸へ戻り、文久三年、北町奉行に抜擢された後、南町奉行に転じ、元治元年に退職。

江戸の町奉行の期間は約一年でしたが、幕府倒壊寸前としては長い方でした。

幕府の職制には任期の定めはなく、病気や、何らかの理由で、短期間に役替え・退官する者も居ましたが、老中・若年寄、特別の役を除くと、出世コースに乗れば格別で、普通は隠居するまで、その役を勤める者が多かったと言います。

江戸の町奉行は、出世街道を歩んだ俊英の旗本の執着点だけに、在職期間は長くなく、二、三年から、七、八年でしたが、中には神尾備前守元勝の二十三年、大岡越前守忠相の二十年という例外もありました。

嘉永以後、遠山左衛門尉景元（禄高五百石）の再任後の七年は例外として、在職期間が短くなり、文久三年から元治元年にかけては、一年間に八人も交替していると言います。

町奉行は、三千石以下の旗本が熱望する最高の役職で、身分は旗本でも、在職中は十万石の格式が与えられ、現在の都知事・警視総監・裁判所長官・税務署長を兼ねるのと同様と言えますし、老中・若年寄・寺社奉行に次ぐ重職だったので、諸事万般に通じていなければならず、多忙を極めていたため、丈夫でなければ勤まらなかったでしょう。

話は「佐々木裁き」に戻りますが、このネタには穴も多く、ネタの上では、佐々木信濃守は西町奉行ですが、本来は東町奉行であることや、四郎吉が与力に出世する時は、明治維新を迎える前だけに、時間が足りないことや、「三年の島流し」というせりふがありますが、島流しの期間は決まっていなかったなどと、矛盾も多々あります。

また、三代目三遊亭金馬（昭和三十九年没。七一歳）が若い頃、六代目三遊亭圓生師から習い、四郎吉を池田大助、佐々木信濃守を大岡越前守に替え、舞台を享保年間にしました。

そのことで、「その頃、天保銭は無かった」とか、六代目三升家小勝（昭和四十六年没。六三歳）は寛永年間、三代目古今亭志ん朝師（平成十三年没。六三歳）は寛政年間としていることを、「佐々木信濃守は、嘉永から元治までの奉行だけに、間違いである」と述べている節もありますが、そのようなことは気にせず、江戸時代の名奉行と子どもの智慧《ちえ》比べを、素直に楽しむ方が良いと思います。

確かに、時代の正確さや、言葉遣いの間違いのなさが、演者の信用や、作品の完成度にもつながりますが、そのことばかりを気にしたことで、理屈っぽい落語となり、噺本来が持つホノボノさが消えてしまうようでは、主客転倒になることは否めません。

「一から十まで、つの字が付いているか？」という問いに答える話は、『きのうはけふの物語』（元和頃）に見られますし、「佐々木裁き」に似た頓智話は、古くから外国にもあります。

六代目三遊亭圓生師は、戦前、上方落語界の大家・二代目桂三木助が上京した十日ほどの間で、「佐々木裁き」「皿屋敷」「後家殺し」「上方見物」「人形買い」「雁風呂」「猿廻し」を習ったそうですが、「猿廻し」は浄瑠璃の三味線を弾く囃子が居なかったため、一度も高座に掛けませんでした。

「佐々木裁き」は、一度だけの稽古の後、三木助が大阪へ帰ったため、後は三代目三遊亭圓馬の速記本が、舞台を江戸に直してあったことを参考にしながら、江戸南町奉行として演じるようになったそうです。

昔の速記本では、『七代目〈朝寝坊〉むらく（※後の三代目三遊亭圓馬）落語全集』（三芳屋書店、大正四年）の速記があり、雑誌『上方はなし／第六集』（昭和十一年）には、五代目笑福亭松鶴で掲載されました。

ＳＰレコードには、桂桃太郎（昭和三年没。没年齢未詳）、三代目立花家千橘（昭和二十年没。五二歳）が、共に二枚組で吹き込んでいます。

私の場合、学生の頃から米朝師の録音で聞き覚えていたため、噺家になり、内弟子修業が

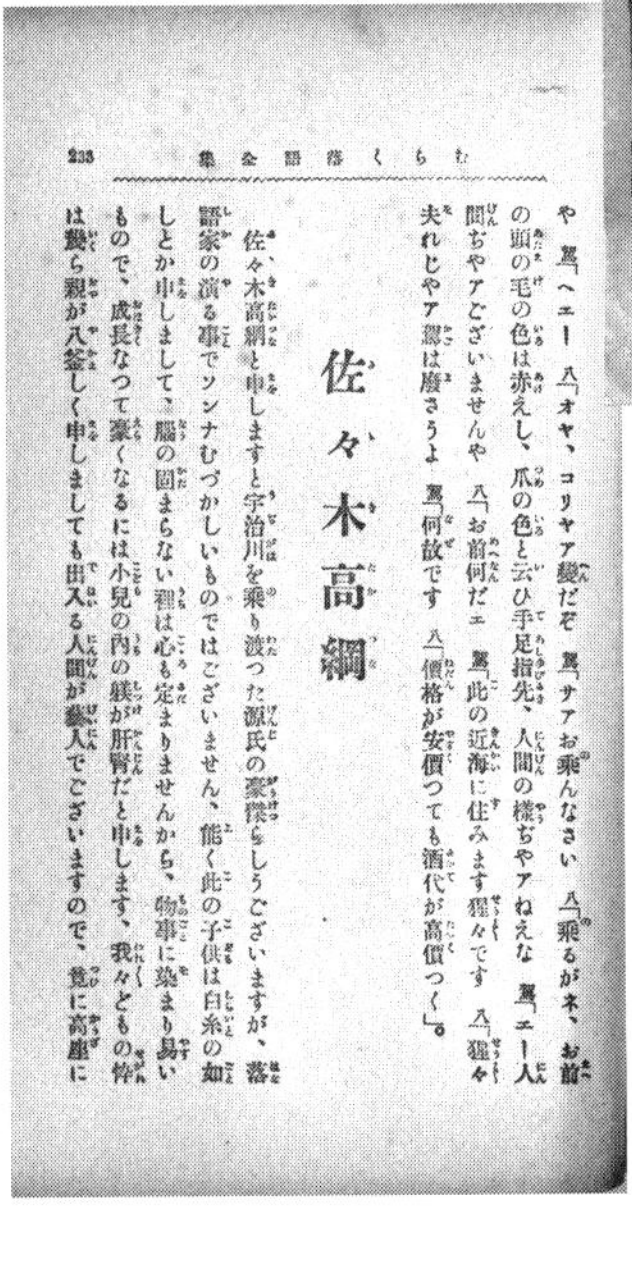

や　駕「ヘエー　八「オヤ、コリヤア變《へん》だぞ　駕「サアお乘《の》んなさい　八「乘《の》るがネ、お前《まへ》の頭《あたま》の毛《け》の色《いろ》は赤《あけ》えし、爪《つめ》の色《いろ》と云《い》ひ手足指先《てあしゆびさき》、人間《にんげん》の樣《やう》ぢやアねえな　駕「エー人《にん》間《げん》ぢやアございませんや　八「お前何《めへなん》だエ　駕「此《こ》の近海《きんかい》に住《す》みます猩々《せう〳〵》です　八「猩々《せう〳〵》夫《そ》れじやア駕《かご》は廢さうよ　駕「何故《なぜ》です　八「價格《ねだん》が安價《やす》くつても酒代《さかて》が高價《たく》つく」。

佐々木高綱

佐々木高綱《ささきたかつな》と申《まを》しますと宇治川《うぢがは》を乘《の》り渡《わた》つた源氏《げんじ》の豪傑《がうけつ》らしうございますが、落語家《はなしか》の演《や》る事《こと》でソンナむづかしいものではございません、能《よ》く此《こ》の子供《こども》は白糸《しらいと》の如《ごと》しとか申《まを》しまして、腦《なう》の固《かた》まらない裡《うち》は心《こゝろ》も定《さだ》まりませんから、物事《ものごと》に染《そ》まり易《やす》いもので、成長《おほきく》なつて豪《えら》くなるには小兒《こども》の內《うち》の躾《しつけ》が肝腎《かんじん》だと申《まを》します、我々《われ〳〵》どもの倅《せがれ》は幾《いく》ら親《おや》が八釜《やかま》しく申《まを》しましても出入《でい》る人間《にんげん》が藝人《げいにん》でございますので、竟《つひ》に高座《かうざ》に

『七代目〔朝寝坊〕むらく落語全集』（大正４年刊、三芳屋書店）の表紙と、「佐々木高綱」の速記。

済んでから、早々に高座に掛けることができました。

三十年以上、上演していますが、その都度、四郎吉が素直に物を言うように心掛けています。

雑穀八

ざこはち

鶴「えェ、御免下さいませ。枡屋新兵衛さんのお宅は、此方《こちら》でございますか？」
新「枡屋新兵衛は、手前ですわ」
鶴「オジさん、ご機嫌宜しゅうございます。誠に、ご無沙汰を致しまして」
新「ほォ、えろう馴れ馴れしゅう仰る。一体、誰方《どなた》ですな？」
鶴「十年以前、この町内に居りました、眼鏡屋の弟・鶴吉でございます」
新「おォ、鶴さん！　まァ、お掛け。一寸、眼鏡を懸けますわ。（眼鏡を懸けて）あァ、
鶴さんじゃ。コレ、お茶を持ってきなはれ」
鶴「どうぞ、お構い無く」
新「お茶は、わしが呑《の》みますのじゃ。長い間、どこへ行ってなさった？」
鶴「大阪を離れて、十年の間、東京の魚河岸へ行っておりました」

新「もう一遍、わしも東京へ行きたいけど、この年では無理じゃ」
鶴「横に居られるのは、坊《ぼ》ンでございますか？」
新「この年で、子どもは出来んわ。鶴さんの寺子友達の新之助の伜で、孫が三人出来ました。これが一番上で、七つじゃ。コレ、『オジさん、お越しやす』と言いなされ」
鶴「お孫さんが居られるのを存じておりましたら、お土産に江戸絵の一枚も買《こ》うて参りましたのに。美味しい物ではございませんが、これは手土産代わりでございます」
新「（土産を受け取って）あァ、気を遣わせました。オジさんに、いつもの唄を聞かしてあげなされ。何ッ、『オジさんが、大きな目で見てるよって、恥ずかしい』とな」
鶴「目を瞑《つむ》りますよって、坊ンの唄を聞かしていただきますように」
新「オジさんが、目を瞑りなさった。いつも唄《うと》てるのは、『野毛の山から、ノォエ』やったな。『野毛の山から、ノォエ。野毛の山から、ノォエ、野毛のサイサイ』と」
鶴「坊ンは、えらい老い苦しいお声で」
新「今のは、わしじゃ！」
鶴「あァ、お上手で」
新「ケッタイな、ベンチャラを言いなはんな。ところで、兄さんに会いなさったか？」
鶴「ウチへ寄る前に、此方へ参りまして。ところで、町内の糸屋さんが変わってました」

新「あの店は、生糸で儲けなさって。隣り町へ地所を買うて、立派な店を建てて、奉公人も三十人になった。播磨屋さんは、心斎橋筋へ店を出して、大繁盛。ウチだけが、相変わらずじゃ」
鶴「これだけのお店で、不景気な訳がございません」
新「内々は、しんどい。わしは隠居して、伜に店を譲った。ウチの伜は『沈香《じんこう》も焚かず、屁もこかず』で、店を守ってるだけじゃ」
鶴「粟《あわ》や稗《ひえ》の雑穀《ざこく》を扱う、雑穀八の店も無くなっておりました」
新「余所《よそ》の店が潰れるのは、早い。四丁界隈《しちょうかいわい》切っての金持ちと言われた雑穀八が、箸一膳持たん身になったわ」
鶴「雑穀八の旦那は堅い御方で、お内儀と娘さんだけで、他に潰す者は無いと思います。誰か、外から潰した者が居りますか？」
新「ほゥ、えらいことを言いなさった。確かに、外から潰した者がある」
鶴「一体、誰でございます？」
新「皆は何と言うか知らんが、雑穀八を潰したのは、お前さんじゃ！」
鶴「どうぞ、ご冗談を仰らんように」
新「いや、冗談やない。鶴さんが、雑穀八を潰した！」

鶴「それを、本気で仰る？　（痰《たん》を吐いて）カァーッ、ペッ！」
新「コレ！　唾《つば》を吐いて、何をしなさる」
鶴「唾じゃねえ、痰だ！　もう一度、性根を据えて言ってみろ。東京へ行ったオイラが、どうして雑穀八の家を潰せる？　おゥ、枡屋新兵衛。耄碌《もうろく》しやがったな、老い耄《ぼ》れめ！」
新「表を閉めて、子どもは向こうへやりなされ。喧嘩やのうて、話をしてるだけじゃ。鶴さん、大きな声を出しなさんな。ご近所に、みっともないわ」
鶴「大きな声は、地声だ！」
新「まァ、落ち着きなされ。鶴さんが雑穀八を潰した訳を、説いて聞かせる。鶴さんは、若い者に似合わん、堅い御方やった。『極道もせず、よう働く』と、誰も悪う言う者が無かったぐらいじゃ」
鶴「煽《おだ》てるな、禿茶瓶《はげ》！」
新「いや、煽てはせん。町内で極道息子が出来掛かると、『鶴さんを見習え』と、あんたを手本に意見をするぐらいやった。その内、浄瑠璃の稽古屋へ通うようになったわ。悪い友達が出来なんだらええがと心配してたけど、真面目に働きなさるし、浮いた話も無い。十年前、町内の娘が、ヤイヤイ言うてた。雑穀屋の娘・お糸さんが縫物の稽古の行き帰りに、眼鏡屋の前を通る時、顔を赤らめてる姿を見て、『蔭裏《かげうら》の豆も、弾ける時は弾ける。お糸さんは、鶴さんを好いてなさるような』と噂をしてた。ある日のこと、町内の寄合の後、雑穀屋の八兵衛さんと一緒に帰った時、『お糸に良え養子があったら、お世話を願いたい』と仰るよって、『眼鏡屋の鶴さんは、どうじゃ？』と勧めて別れたが、お糸さんが惚れてる男に、何の不服があろう。二つ返事で承知したよって、『早速、話を進めてもらいたい』と仰る。あんたの兄に話をしたら、『両親と死に別れてからは、私が親代わりになってます。ウチと雑穀八さんは、身代が違いますわ。「釣り合わぬは、不縁の因《もと》」と申しますよって、この御縁は無かったことに』『いや、そうやない』と勧めたら、『本人が承知やったら』となった。あの時、あんたが『宜しゅう、お願いします』と、深々と頭を下げたことを、よもや忘れはしょまい。話が纏まると、結納を取り交わした。わしが仲人になって、吉日を選んで、婚礼の日を迎えたが、肝心の花婿が現れん。風呂屋や床屋も捜したが、どこにも居らんわ。日が暮れて、九時、十時、十一時、十二時。日が変わっても、顔を出さん。夜が明けるまで、眼鏡屋と雑穀八の間を、何遍も行ったり来たりして、足が棒のようになった。八兵衛さんは『ウチの養子は、どうなりました！』と、えらい剣幕じゃ。花嫁は泣くし、あの時ぐらい困ったことは無かった。『侍やったら、腹を切って申し訳をせんならんが、後で話を付ける』と言うて、八兵衛さんは宥《なだ》めたけど、花嫁が納まらん。『埋め合わせに、他の者を』と思て、『役者は？』

と聞くと『顔が青白い』、『浄瑠璃語りは？』『声が太い』、『噺家は？』『顔が面白い』と、どれも気に入らん。ある日のこと、気を変えようと、お糸さんを誘て、天王寺へお参りをした。一心寺の前の茶店の床几《しょうぎ》へ、腰を掛けて休んでたら、肥桶《こえたご》を担《かた》げて通った男が、鶴さんと瓜二つ。その男を見るなり、お糸さんが『鶴さん』と言うよって、後を随《つ》けて行くと、猪飼野《いかいの》の百姓の次男坊。早速、養子の話を出すと、二つ返事で承知して、養子に来た。初めは大人しかったが、町内の寄合で、八兵衛さんの代わりに出てから、茶屋酒の味を覚えて。お糸さんが別嬪でも、色街の女子《おなご》は、また、どこか違うわ。その内に、同じ所では面白無いと、北の新地、堀江、新町と遊び廻った。店の金を湯水のように遣うよって、それを苦にして、八兵衛さんが死んだ。お内儀も、後を追うように亡くなる。怖い者が居らんようになると、いよいよ放蕩三昧。店も、人手に渡った。金が無くなると、安物を買う。病いが伝染《うつ》って、身体へ腫れ物が出来る。町内へ奉加帳《ほうがちょう》を廻して、纏まった金を持たせて、四国八十八所の巡礼に行かせた。『お参りの途中で、死んでくれりゃえぇが』と思たけど、ノコノコ帰ってきたわ。夫婦の情で、一晩寝る。お糸さんに病いを移して、コロッと死んだ。今小町と言われた女子も、頭の毛が抜けて、チャボ同様。着てる着物も、肩の辺りが袷《あわせ》、背中が単衣《ひとえ》、裾が綿入れという、四季の着物じゃ。欠けた行平《ゆきひら》で、お粥を啜《すす》るのが精一杯。あの時、あんたが養子に行ってくれたら、雑穀八は潰れなんだ。あんたが雑穀八を潰したと言うたのは、無理か？　わしのことを『禿茶瓶』と言うたが、暇に飽かして、一本ずつ抜いた訳やなし。年を取ったら、勝手に抜けるわ。さァ、グゥとでも言えるか！」
鶴「誠に、申し訳ございません。あの時、養子に行くつもりでしたが、友達に『昔から、「小糠《こぬか》三合あったら、養子に行くな」と言う。身代を殖《ふ》やしても、「財産は、前からある」、身代を減らしたら「養子が遣《つこ》た」と言われる。男やったら、嫁をもらえ』と言われて、大阪を出ました。何の埋め合わせにもなりませんが、雑穀八の店を継ごうと思います。お糸さんに、お世話を願えませんか？」
新「今、お糸さんは美しゅうない。頭の毛は抜けて、哀れな姿をしてなさる」
鶴「毛が抜けたら、青菜と貝殻を食べさして、日当たりの良え所へ出します」
新「それでは、鶏《にわとり》じゃ」
鶴「この三百円は、世間の付き合いもして、食べたい物も食べ、呑みたい物も呑んだ後で残った金。店が出せるまで、お預かりを願います」
新「(金を受け取って) 確かに、預かりました。生き馬の目を抜くという東京で、三百円も残すとは、感心じゃ。雑穀八の店を、立派に立て直してもらいたい！」

早速、お糸さんへ話をすると、前から惚れてた男だけに、「こんな汚い所でも宜しかったら」と、トントン拍子で、話が纏まった。

鶴吉が雑穀八の養子に納まると、朝の暗い内から、紙屑や縄屑を拾い集めて、紙屑は屑の問屋へ売り、縄は細こう刻んで、左官の壁のスサに売る。

夜が明けると、豆腐・漬物・昆布を売って、昼は信楽《しがらき》餅、夕方は刺身。

日が暮れると、「うどんや、そばやうゥーッ！」。

町内の夜廻りに行って、「河内瓢箪《ひょうたん》山、辻占屋でござい！」と流して歩く内、僅かな金が溜まった。

小さな米屋の店を出すと、商売上手の上、勉強するので、大繁盛。

枡屋新兵衛に預けた金で、堂島の米相場へ手を出して、三百円を張ると六百円、六百円が千二百円、千二百円が二千四百円になる。

上がった時に売ると下がって、下がった時に買うと上がるを繰り返す内に、相当な財産が出来た。

前の養子が売った地所を買い戻すと、三戸前の蔵を五戸前にして、八間間《けん》口を十間間口にした立派な店を建てて、米と雑穀を商う。

店の表へ、臼を三十も並べて、米搗男《こめつき》が米を搗《つ》くという塩梅《あんばい》。

鶴吉は、河内縞《じま》の厚司《あつし》を着て、雲斎の前掛けを締めて、矢立《やたて》と手鉤《てかぎ》を腰に差すと、頭は手拭いで鉢巻《はちまき》にして、若い者と一緒に働く。

谷「谷本ですけど、お米を一斗、お願いします」
鶴「毎度、有難うさんで。谷本さんに、一斗持って行きなはれ」
桂「噺家の桂文我ですけど、お米を一石六斗」
鶴「いつも仰山、有難いことで。直に、持って参ります」
大「えェ、呉服屋の大丸で」
鶴「あァ、大丸さん。奥で、家内が待ってるわ」

お糸さんは病いが治って、髪を丸髷《まるまげ》に結うと、台所の差配をしてる。

大「お家、いつも有難うございます。旦さんのお羽織は、こないだの反物で如何で？　渋い柄ですけど、洒落てると思います」
糸「旦那は、長い間の東京暮らし。仕立ては喧《やかま》しいよって、寸法を間違えんように」
大「重々、承知致しました」

小「ご寮人さん、有難うございます」
糸「あァ、小間物屋はん。まだ、珊瑚珠《さんごじゅ》の帯留と簪《かんざし》は出来ませんか？」
小「二、三日、お待ちを願います。他に、ご注文はございませんか？」
糸「おため（※心付け）にあげたいよって、頃合いの簪を五十持ってきて」
魚「魚喜、宜し！　えェ、旦さん。今日の鯛は生《い》けで、良う活《い》かってますわ。旦那に食べてもらいたいと思て、仕入れてきました」
鶴「ほな、二枚に下ろして。片身は造り、片身は焼き物、頭は潮煮《うしおに》にするわ」
魚「へェ、おおきに！（奥に来て）お家、旦那に鯛を買うていただきました」
糸「気の毒やけど、今日は先《せん》の仏の精進日やよって、持って帰って。明日、買いますわ」
魚「ほな、仕方が無い。（手鉤《てかぎ》で、鯛の頭を引っ掛けて）エイ！」
鶴「おい、魚喜。鯛を持って出てきたが、どうした？」
魚「お家が、『今日は先の仏の精進日やよって、明日買う』と言うてはります」
鶴「先の仏に、何の遠慮が要るか。わしが食べるよって、持って入れ」
魚「あァ、さよか。（手鉤で、鯛の頭を引っ掛けて）エイ！」
糸「また、持って入ってきなはった。最前も言うたように、先の仏の精進日。生臭物《なまぐさもの》が散らばるとあかんよって、持って帰って。それぐらい、わからんか？」

魚「お宅の過去帳を持ち歩いてる訳やないよって、先の仏の精進日は存じません。ほな、持って帰ります。（手鉤で、鯛の頭を引っ掛けて）エイ！」
鶴「また、持って出てきた。何遍も、同じことを言わすな。早う、捌《さば》いてこい！」
魚「ほな、持って入りますわ。（手鉤で、鯛の頭を引っ掛けて）エイ！」
糸「まァ、嫌やの！　また、持って入ってきなはった。あんたは、押売りか？　ほな、置いときなはれ。毎月朔日《ついたち》と十五日の焼き物は、他の魚屋に頼みます」
魚「それは、具合が悪い。（手鉤で、鯛の頭を引っ掛けて）エイ！」
鶴「また、持って出てきた！」
魚「お家が、『朔日と十五日の焼き物は、他の魚屋に頼む』と」
鶴「あァ、他の魚屋に頼んでもらえ。勘定は、魚喜に払うわ」
魚「銭だけもらえるのは、有難い。（手鉤で、鯛の頭を引っ掛けて）エイ！」
糸「また、入ってきた。コレ、お清。魚喜の頭に、煮湯を掛けなはれ！」
魚「ファーイ！」
鶴「魚喜、どうした？」
魚「お家が、頭から煮湯を掛けると仰る」
鶴「あァ、掛けてもらえ」

魚「阿呆なことを言いなはんな！　頭から煮湯を掛けられたら、頭が禿げてしまいます」
鶴「それだけ毛があったら、一寸ぐらい間引いても、大丈夫や」
魚「無茶を言いなはんな！」
鶴「わしも行くよって、鯛を持って入れ！」
魚「旦那が一緒やったら、心強い。(手鉤で、鯛の頭を引っ掛けて) エイ！　エイ！　何遍も手鉤を打ち込んだよって、鯛の頭がグジャグジャになってしもた」
鶴「ほな、抱えて入れ。コラ、お糸。わしが鯛を食べるのに、文句を言うな。わしは、この家の何や？　店の主で、奉公人やなかろう。主人に、鯛を食わさんか！」
糸「今日は、先の仏の精進日で、生臭物が散らばると嫌やよって」
鶴「先の仏に、何の恩がある？　身代は潰されて、磯屋裏で、欠けた行平で、お粥を啜ってたのも、先の仏のツケや。頭の毛が抜けて、鶏の尻のようになったことを忘れたか」
糸「人様の前で、恥を言わんでも宜しい。今は旦那でも、自分から養子に来ただけで、私から頼んだ訳やなし」
鶴「(拳を振り上げて) 何ッ、洒落たことを吐《ぬ》かすな！」
魚「(鶴吉の腕を掴んで) もし、旦那！　拳骨《げんこつ》を振り上げて、何をしなはる。お家、危ない！　誰か、来とおくなはれ！　(頭を叩かれて) わァ、痛い！　それは、私の頭や。

誰か、荷を見といて。横町の赤犬が、鰆《さわら》をくわえて行ったわ！　お家が『先の仏、先の仏』と言うよって、今の仏の気に障りましたわ」
鶴「誰が、今の仏や！」
糸「今の旦那は、仏になってないわ！」
魚「一寸、待った！　お宅らは誰と喧嘩をしてなさる」
鶴「店は休みにするよって、表を閉めてしまえ！　おい、魚喜。浜にある魚を、皆、仕入れてこい。今から生臭物で、大散財じゃ！」
糸「まァ、腹が立つ！　コレ、お清。早速、精進料理の支度をしなはれ！」
これから台所を二つに分けて、鯛を捌《さば》く隣りで、精進料理の昆布出汁《こぶだし》を採り出した。
魚「おい、八百屋。昆布の出汁へ、鯛の頭を入れたろか？」
八「コラ、無茶をするな！」
鶴「コレ、定吉。神社の神主を呼んできて、ケッタイな魂のお祓いをしてもらえ！」
糸「まァ、腹が立つ！　コレ、お清。お寺へ行って、和尚さんに来てもらいなはれ！」

暫くすると、神官が二十人、その後から坊さんが二十人来て、神官が「高天原《たかまがはら》に」と祝詞《のりと》を上げると、坊さんは「南無阿弥陀仏」を唱え出す。
お勤めが済むと、奥の一間へ奉公人が集められた。

鶴「さァ、皆。生臭物を腹一杯食べて、酒も呑みなはれ。今日は、無礼講や！」
甲「何と、えらいことになった」
乙「そやけど、御馳走を食べて、酒を浴びるように呑んでもええのは、この後は無いかも知れん。ほな、よばれよか。(料理を食べて) あァ、美味い！」
糸「皆、此方の座敷へ来なはれ！　お精進が出来たよって、遠慮無しに食べるように」
甲「(ゲップをして) ゲフッ！　隣り座敷で、腹一杯いただきまして」
糸「旦那の言うことは聞けて、私の言うことが聞けんか！　しっかり、食べなはれ！」
甲「(ゲップをして) ゲフッ！　魚の後で、精進は食えん」
乙「お碗が、鬼に見える」
甲「(ゲップをして) ゲフッ！　お家には悪いけど、皆で逃げよか」
乙「あァ、それが良えわ。お家の隙を見て、表へ出なはれ。ソレ、逃げェーッ！」

我が身が大事とばかり、表に飛び出す奉公人を見てたのが、向かいの店の者。

旦「コレ、表が騒がしい。一体どうした？」

○「どうやら、お向かいのお店で騒動があったようで」

旦「一体、何があった？」

○「詳しいことはわかりませんけど、皆が泡を食《くろ》て、飛び出して参りまして」

旦「何ッ、泡（※粟）を食てる？　流石、雑穀屋の騒動じゃ」

解説「雑穀八」

「昔なら、こんなことがあっただろう」と思えるようなネタですが、それは中盤までに言えることで、後半はドタバタ喜劇に変化します。

前半と後半の構成や雰囲気が変化するネタは、上方落語には多いのですが、「雑穀八」の前半は商人の商売繁盛への道をドラマチックに描き、後半は神道と仏教の争いまで持ち出したコントとなるだけに、後半は演らず、前半に重点を置き、じっくり演じることが多いと言えましょう。

しかし、私は後半の演出が、上方落語独特の、奇抜で、魅力的な展開と思うだけに、後半を切り落とすのは口惜しく思い、全編通しで演じることにしました。

確かに、前半と後半の雰囲気の違いは否めず、芋繋《つな》ぎのような構成になりますが、全編を通して演じると、ウケも良く、手応えは十分にあるのです。

登場人物も悪人は登場せず、心のボタンの掛け違いで、人生に狂いが生じたのを、自力で修正し、幸せな暮らしを迎えるという展開は、「甘い！」と言われそうですが、極めて私好みですし、それで終わるのではなく、ドタバタのラストになる展開は、誠に好ましい結末と言えましょう。

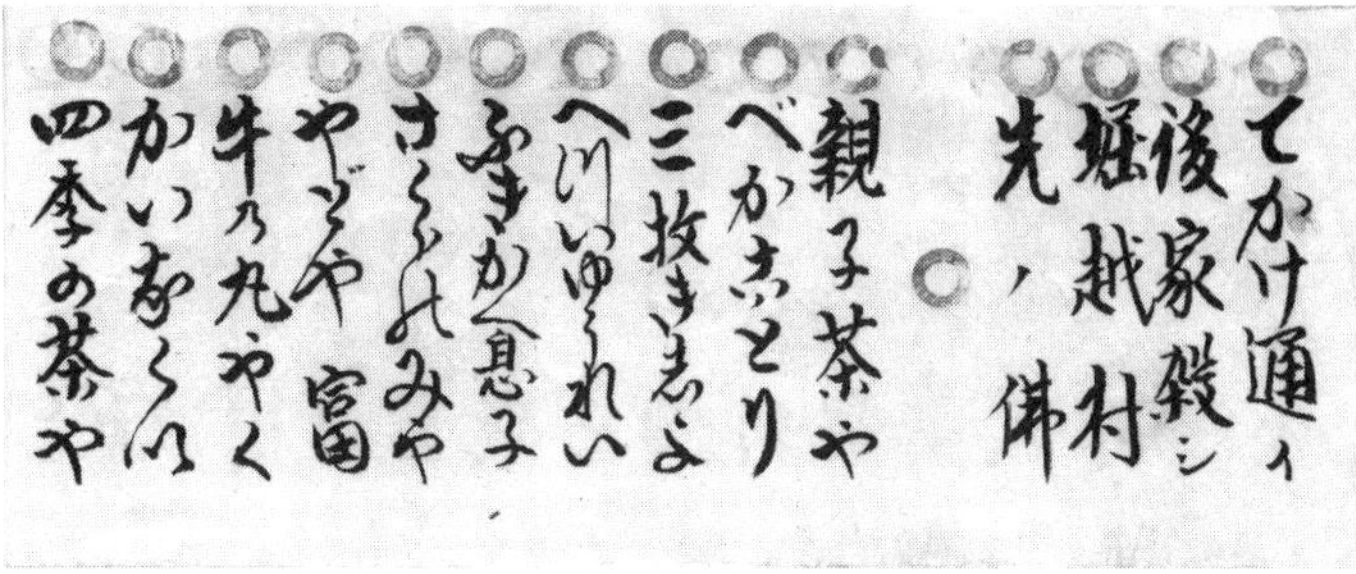

「先ノ佛」の記述がある、桂右の（之）助の落語根多控（大正11年９月）。

ある作家が、このネタのことを「どこに感銘を受けて、どの人物に共感を覚えるかわからない。噺家は、このような噺を良い噺と固く信じて疑わず、それを演じおおせたら、自分も大した噺家だと、至極、良い気持ちになるのだろう」と、レコードの解説に書いていましたが、そんな低級な料簡で演じるネタではありません。ナルシストであらば、噺家にはならないでしょうし、そんな料簡で接するのは、ネタに対して失礼だと思います。

私が二代目桂枝雀門下となった昭和五十四年頃、このネタを演じたのは、六代目笑福亭松鶴師ぐらいで、桂南光兄（※当時は、桂べかこ）が松鶴師の許へ稽古に通い出した頃から、少しずつ演者が増えました。

「先の仏」「二度の御馳走」という演題で上演されたこともあり、明治中期の桂派の重鎮だった二代目桂南光（※後の桂仁左衛門）が得意とし、切ネタ（※真打のみ、上演が許されるネタ）、ブリネタ（※真打が、木戸銭を多く取って、上演する大ネタ）の扱いとされており、「落語演題見立番付」（明治四十四年十一月）でも、前頭の中位に据えられています。

後に東京落語に移植され、三代目桂三木助、八代目林家正蔵師、そして、二代目桂小南師も演じるようになりました。

三代目三木助は、師匠だった二代目三木助から習い、聞き覚えてもいたでしょうが、よく演じるようになったのは、隠退していた初代桂小南から、四代目柳家小さんの家の二階で、五代目柳家小さん師と共に教わってから、時折、演じるようになったそうです。

八代目正蔵師は二代目桂三木助から習い、二代目桂小南師は五代目笑福亭松鶴が戦前に刊行した雑誌『上方はなし・第四八集』（昭和十五年）に載っている速記を土台にして、独学で覚えました。

旦那と家内の喧嘩を、魚屋が止めに入り、「あんまり先の仏と言うよって、今の仏の気に触りましたがな」というせりふをオチにしていますが、後半まで行く時は、このオチは、一つのクスグリ（※笑える箇所や、ギャグ）になります。

腹が一杯になった奉公人たちが、表へ飛び出すと、乞食が居り、「ひもじくて、たまらん」と言ったので、「あァ、羨ましい」と呟くオチや、「御馳走をしたのが、帯の祝いと聞いたただけでも、お腹が大きゅうなる」と言うオチもありますが、私は雑穀屋にちなみたかったので、「皆が泡を食って、表へ飛び出したような」「何ッ、粟を食った？　流石、雑穀屋の揉め事じゃ」

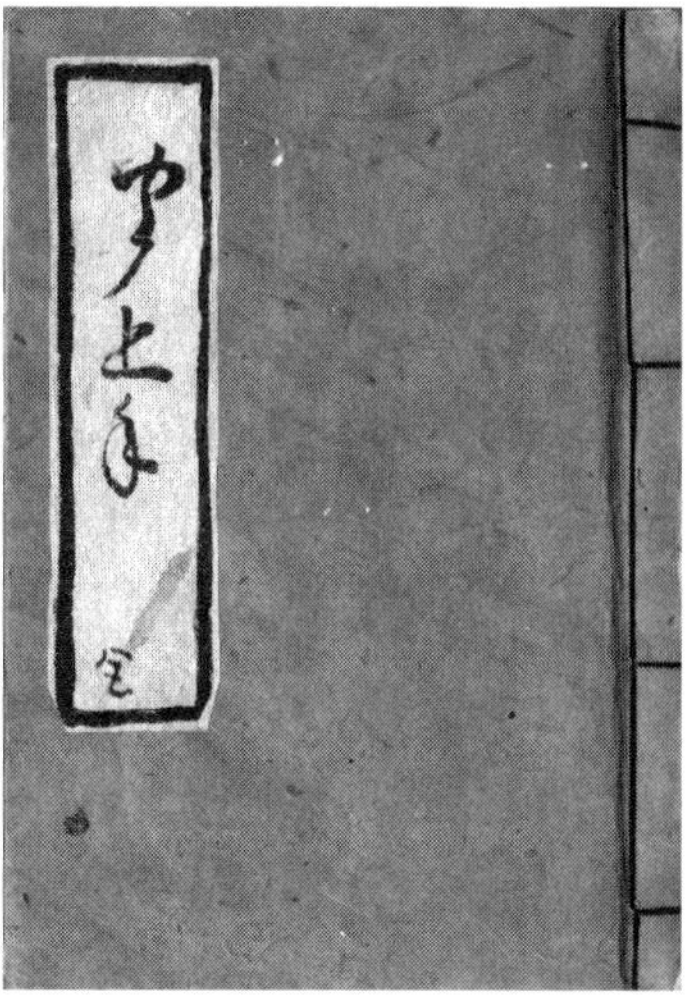

江戸版『聞上手』（安永２年正月刊）に載る「二度添」。

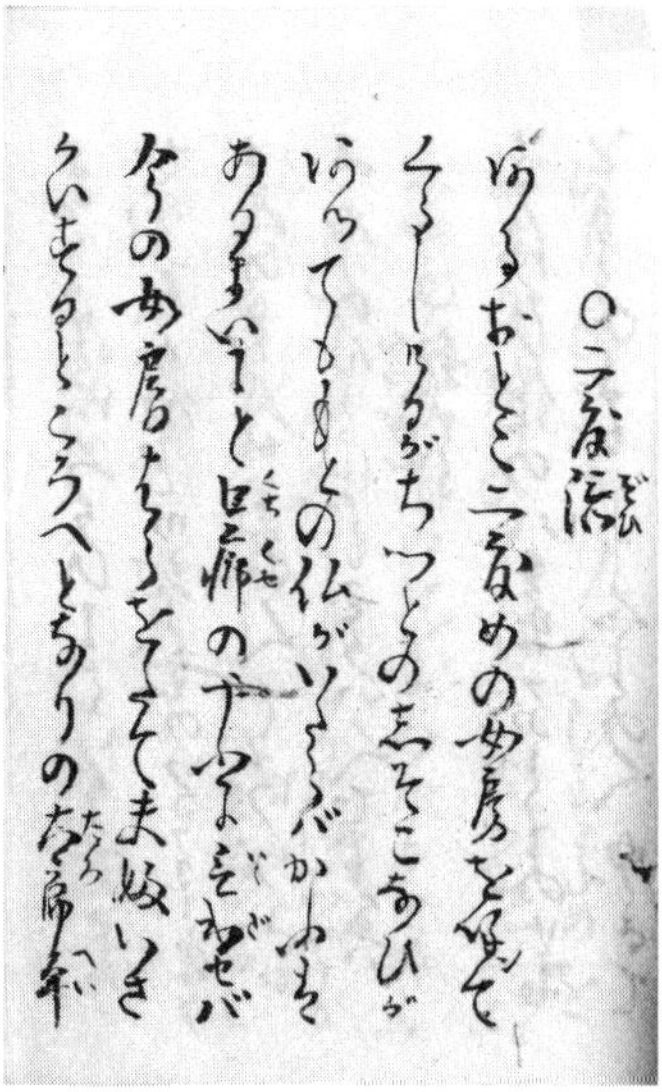

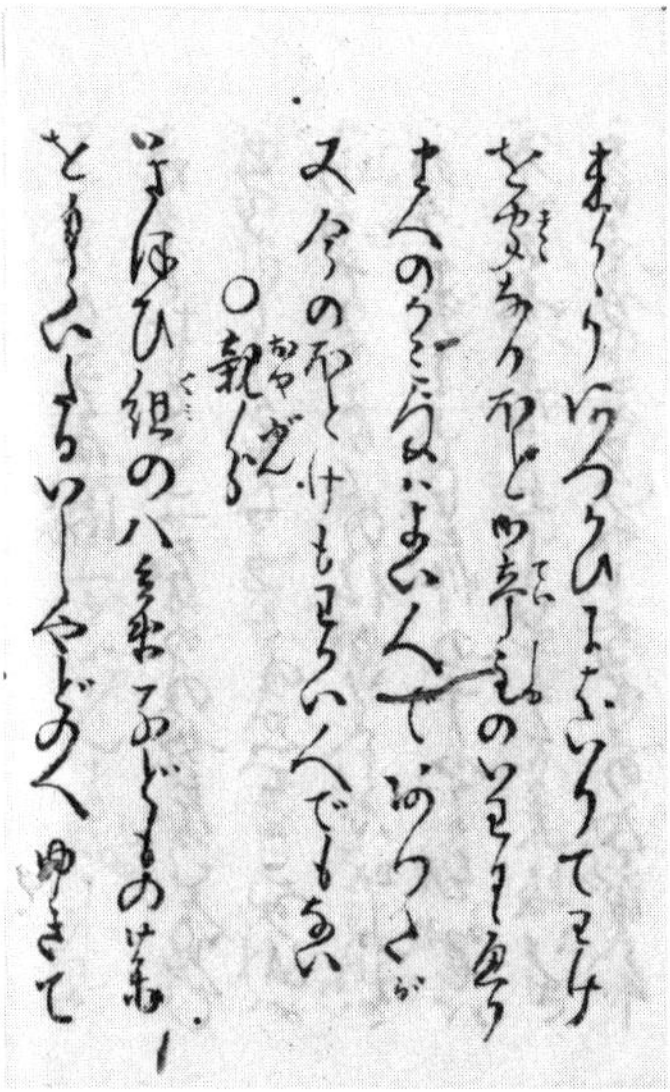

として、上演しています。

原話は、江戸版『聞上手』（安永二年）の「二度添」、京都版『軽口五色帋《ごしきがみ》』（安永三年）の「入婿の立腹」、江戸版『楽牽頭』（明和九年）の「大食」、江戸版『春笑一刻』（安永七年）の「精進」で、それぞれの要素を取り入れ、次第に肉付けもされ、一席物になったようですが、現在の構成になったのは、明治維新以降でしょう。

眼鏡屋を登場させたことで、江戸時代とは言いにくいでしょうし、鶴吉が東京から帰った設定にしているのは、大発展を遂げている東京の街に憧れを感じた、大阪人の心の表れのように思います。

また、眼鏡屋の次男・鶴吉が、枡屋新兵衛の前で、江戸っ子弁で啖呵《たんか》を切るのは、上方の噺家が、江戸っ子弁を使いたかったのではないでしょうか。

江戸っ子弁が出てくる上方落語は、「江戸荒物」「鷺とり」などがあり、「へっつい幽霊」では、幽霊を呼び出す場面で、江戸っ子弁を使う場合もありました。

元来、雑穀とは、米・麦以外の穀物の総称で、粟や黍《きび》などや、豆・蕎麦・胡麻などの総称です。

雑穀屋が登場する落語は、意外に少ないと言えましょう。

「百年目」「立ち切れ線香」「菊江仏壇」「らくだ」「質屋蔵」など、大ネタと言われる落語には、しっかりした立場の人物の一人語りが出てきますが、「雑穀八」の枡屋新兵衛が鶴吉に意見をするせりふには、特に深い人情を感じました。恨み事を言ったり、叱ったりするだけではなく、今後の道を示唆する点も感じられ、きつい言葉の中に、温かさを感じるのです。

この場面も、情の押し付けにならず、優しさと、言葉の強さで、バランス良く、気持ちを伝えるように演らなければ、雰囲気が壊れてしまうでしょう。

旦那と家内の間に魚屋が入り、店頭と奥に何度も行き来する時、鯛の頭を手鉤で刺し、とうとう鯛の頭が潰れてしまう所が、他の落語には無い面白さですが、これも程良く演じることが肝心で、「ここが面白い所ですよ！」という感じで言うと、ぶち壊しになるので、極めて自然に演らなければなりません。

私は昔の速記本を参考にして、平成二十二年八月十五日、五〇歳の誕生日に、大阪の池田アゼリア小ホールで開催した独演会で初演したのです。

ちなみに、SPレコード時代に吹き込んだ者はいないようで、初代桂小南のレコードがないのは仕方がないとしても、二代目桂三木助は数多くのネタのレコードを売り出しているだけに、「雑穀八」も吹き込んでほしかったと思いますが、叶わぬ夢に終わりました。

LPレコードの時代となり、六代目笑福亭松鶴、二代目桂小南、三代目桂三木助、八代目林家正蔵の各師の録音が世に出ましたし、CD時代になってからは、それ以降の演者でも発売されましたから、興味があれば、聞き比べて下さい。

四十六

ししじゅうろく

船場の大店《おおだな》の旦那が浄瑠璃に凝って、「オガオガオガオガ！」という親不孝な声で稽古を始めたのが、玄人が語っても難しい、「忠臣蔵六段目／勘平の腹切り」。

師匠は初めから諦めて、「一体、何を稽古しなはる？　へェ、「勘平の腹切り」？　ほゥ、誰方《どなた》が？　えッ、旦那が語りなさる？　あァ、面白い！」と、漫才でも見るような塩梅《あんばい》。

ええ加減な稽古をして、「ほんまに、結構で。旦さんの浄瑠璃には、人には出せん、面白い色が出てますわ」と、酒で磨いた瓢箪《ひょうたん》のように言われても、師匠のベンチャラを真《ま》に受けて、益々、稽古に熱が籠もった。

目付きが変わる、顔色は変わる、性格が変わる。

狐でも憑《と》り付いたように、総身を震わせながら、浄瑠璃の稽古の明け暮れ。

ある日のこと、稽古屋の帰り道に、床本無《ゆかほん》しで、稽古を始めた。

「夜前、弥五郎殿のお目に懸かり、別れて帰る暗まぐれ。山越す、猪《しし》に出会い」という所で、「別れて帰る、暗まぐれ。山越す」までは出て来ても、肝心の猪が出てこん。

旦「確か、獣が出て来たはずじゃ。（浄瑠璃を語って）あァ、豚に出会い！　いや、豚やないわ。（浄瑠璃を語って）えェ、熊に出会い！　熊やなし、狼やなし、猿でもなし。狐、狸、牛、馬、犬、猫、鼠《ねずみ》、鼬《いたち》、兎《うさぎ》、うわばみ、らくだ、虎、象！」

吉「もし、旦さん」

旦「あァ、吉っつぁんか。今日は、どこへ行ってなさった？」

吉「風呂の帰りですけど、後ろで聞かせてもろてました。一体、何の浄瑠璃で？　「獣尽くし」という浄瑠璃を、生まれて初めて聞きました」

旦「どこの世界に、「獣尽くし」という浄瑠璃がある。わしが稽古してたのは、「忠臣蔵六段目／勘平の腹切り」じゃ」

吉「ひょっとしたら、天竺の「忠臣蔵」で？　らくだや、象が出て来ました」

旦「一々、皮肉なことを言いなはんな。「六段目」に出て来る獣を、コロッと忘れてしもて」

吉「それは、猪と違いますか？」

旦「あァ、そうじゃ！　もう忘れんよって、安心して。（咳をして）オホン！　（浄瑠璃を語って）夜前、弥五郎殿のお目に懸かり。別れて帰る、暗まぎれ。山越す、（咳をして）オホン！　山越す、河童に出会い！」

吉「何で、山の中に河童が出て来ます？　いっそのこと、他の浄瑠璃の稽古をしなはれ」

旦「いや、それは出来ん。今度の日曜に、横町の鰻屋の二階で、稽古屋のおさらい会がある。『忠臣蔵』の通しという趣向で、無理を言うて、『六段目』を語らせてもらうのじゃ」

吉「旦那の前に床本があるよって、それを目で追うたら、忘れませんわ」

旦「人前に出ると、頭の中が真っ赤になって、字を追うどころやないわ。『六段目』も、そこだけを語るのじゃ。横に座った人が、わしの横腹を肘で突いたら、『夜前、弥五郎殿のお目に懸かり』と語り出すことになってる。獣の名前が出んとは、情け無い」

吉「今、良えことを思い付きました。猪が出てこなんだら、私が一番前から、大きな声で『猪！』と言いますわ」

旦「一寸、待った！　『猪を忘れたよって、前から教えてもろてる』と言われたら、皆の前で恥をかくことになるわ」

吉「ほな、良え工夫があります。旦那が語るのは、勘平が腹を切って苦しむ所だけに、苦しそうな声で、『山越すゥ――ッ！』と引っ張って、『アァーッ！』と仰ったら、私が一番前から『十六！』と、声を掛けますわ。十六やったら、四四十六と胸算用をして、『猪に出会い』と語ったら、わからんと思います」

旦「ほゥ、九九の勘定で思い出すか。「勘平の腹切り」やのうて、「勘定の腹切り」じゃな」

吉「中々、面白いことを仰る。一遍、稽古をしてみなはれ」

旦「ほな、ここで試してみよか。（浄瑠璃を語って）夜前、弥五郎殿のお目に懸かり。別れて帰る、暗まぎれ。山越すゥーッ、アァーッ！」

吉「十六！」

旦「（咳をして）オホン！（浄瑠璃を語って）猪に出会い」

吉「ちゃんと、思い出しました」

旦「あァ、有難い！ほな、今度の日曜は頼むわ。御礼は、十分にさしてもらう」

会の当日になると、鰻屋の二階は、仰山のお客。

素人ながら、一生懸命に稽古をした甲斐があって、「大序」から「五段目」までは無事に済んで、「六段目」になる。

旦那の横へ座った人が、「両人共に、まずまず聞いてたべ」という所まで語って、旦那の横腹を、ポォーンと肘で突くと、「夜前、弥五郎殿のお目に懸かり。別れて帰る、暗まぎれ。山越すゥーッ！」と語って、一番前を見ると、吉っつぁんの姿が無い。
吉っつぁんは早々に来て、一番前へ座って、お茶をガブガブ呑んでる内に、オシッコがしとなって、お手水《ちょうず》へ立った後、「山越す」が来た。

旦「山越すゥーッ、山越すゥーッ！」
○「おい、太夫さん。何遍、山を越す？　足が草臥《くたび》れたら、茶店で一服しなはれ」
旦「山越すゥーッ、山越すゥーッ！　(泣いて）アハハハハハ！」
○「とうとう、泣き出した。腹を切るのは、相当辛いような」
旦「山越すゥーッ、山越すゥーッ！」
吉「(手水から出て）あァ、スッキリした。『山越す』が来るかも知れんよって、早う戻らなあかん。座敷から、『山越す』という声が聞こえるわ。泣きながら、『山越す』ばっかり言うてはる。一番前へ行くのは、間に合わん。ほな、ここから言うたろ。十六、十六！」
旦「何ッ、十六？　あァ、(浄瑠璃を語って）二八に出会い！」

解説「四四十六」

大抵、「二八浄瑠璃」の演題で上演されますが、寄席や落語会で演じられる頻度は、極めて低いネタと言えましょう。

チラシ・ポスター・プログラムに、「二八浄瑠璃」と表記すると、オチがわかってしまうことから、「四四十六」とすることもありました。

他愛のない内容の落語ですが、人間の困りを濃厚に表現するネタだけに、うまく演じれば、かなり効果が期待できるネタですし、「仮名手本忠臣蔵六段目／勘平切腹の場」にちなんでいる落語だけに、文楽や歌舞伎が好きな方には、興味深く聞いていただけるでしょう。

私が生で見たのは、橘ノ圓都門下の橘家圓三《えんざ》兄の高座と、地方公演の時、桂米朝師に昔の演り方を教わったぐらいです。

後日、クラウンレコードから発売されたカセットテープで、二代目露の五郎師（平成二十一年没。七七歳）のライブ録音も聞かせていただきました。

戦前の速記本では、「四四十六の算違い」「二八浄瑠璃」「猪の間違い」という演題が付けられており、初代桂枝太郎（昭和二年没。六二歳）は『滑稽落語集』、四代目笑福亭松鶴（昭和十七年没。七四歳）が『新作落はなし』に速記を載せ、他にも『新作落語扇拍子』『落語大会』

『新作落はなし』の表紙（落書あり）。

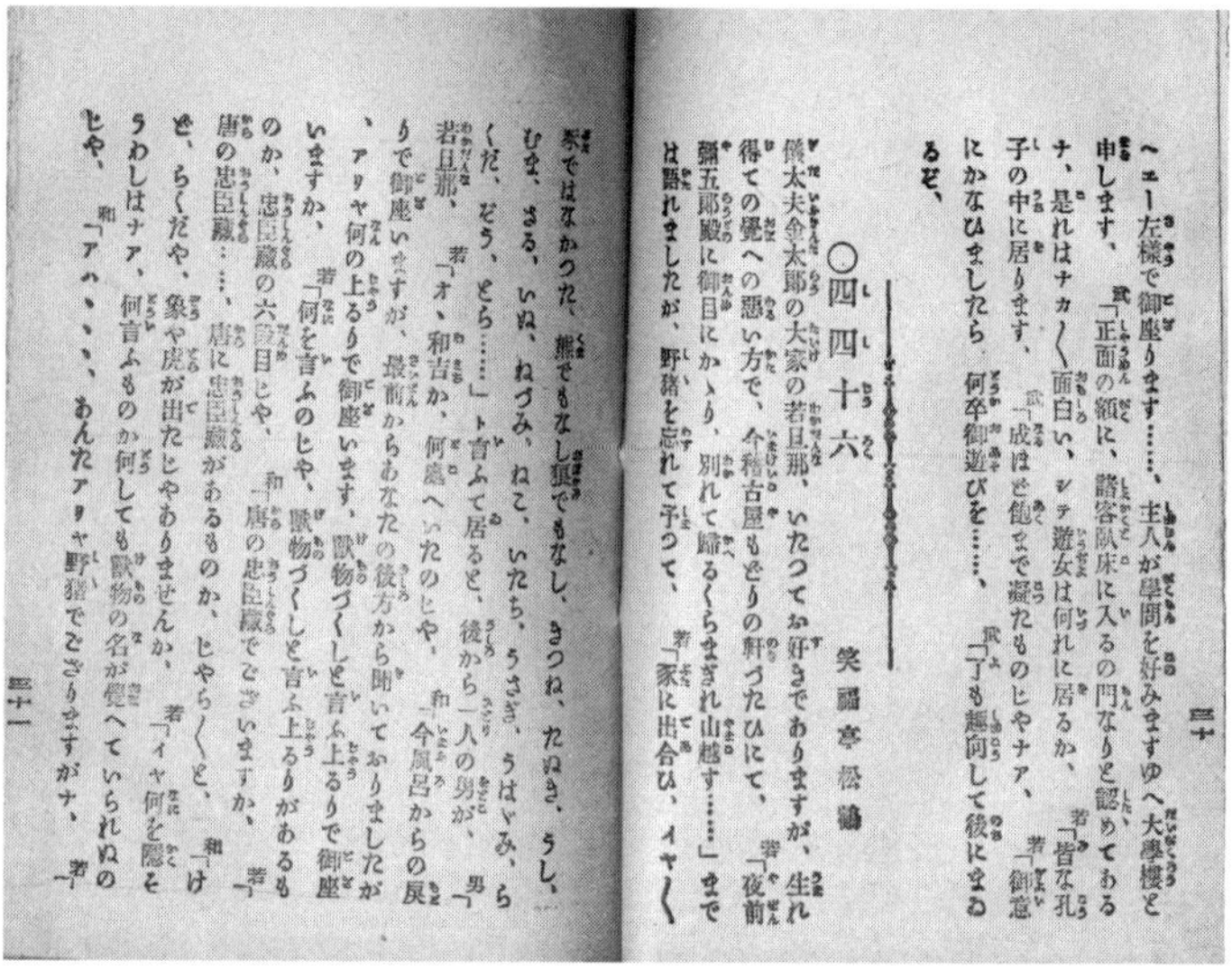

三十

ヘエー左様で御座ります……、主人が學問を好みますゆへ大學樓と申します、武「正面の額に、諸客臥床に入るの門なりと認めてあるナ、是れはナカ〳〵面白い、シテ遊女は何れに居るか、若「皆な孔子の中に居ります、武「成ほど飽までも凝たものじやナア、若「御意にかなひましたら何卒御遊びを……、武「丁も趣向して後になるぞ、

○四四十六　笑福亭松鶴

儀太夫金太郎の大家の若旦那、いたつてお好きでありますが、生れ得ての覺への悪い方で、今稽古屋もどりの軒づたひにて、若「夜前彌五郎殿に御目にかゝり、別れて歸るくらまぎれ山越す……」までは語れましたが、野猪を忘れて了つて、若「家に出合ひ、イヤ〳〵猪ではなかつた、熊でもなし狼でもなし、きつね、たぬき、うし、うま、さる、いぬ、ねづみ、ねこ、いたち、うさぎ、うはゞみ、らくだ、ぞう、とら……」ト言ふて居ると、後から一人の男が、男「若旦那、若「オヽ和吉か、何處へいたのじや、和「今風呂からの戻りで御座いますが、最前からあなたの後方から聞いておりましたが、アリヤ何の上るりで御座います、獸物づくしと言ふ上るりで御座いますか、若「何を言ふのじや、獸物づくしと言ふ上るりがあるものか、忠臣藏の六段目じや、和「唐の忠臣藏でございますか、若「唐の忠臣藏……、唐に忠臣藏があるものか、じやら〳〵と、和「けど、らくだや、象や虎が出たじやありませんか、若「イヤ何を隠そうわしはナア、何言ふものか何しても獸物の名が覺へていられぬのじや、和「アハヽヽヽ、あんたアリヤ野猪でござりますがナ、若「

三十一

『新作落はなし』に載る、四代目笑福亭松鶴口演の「四四十六」の速記。

『落語大会』(明治44年刊、牧野新盛館)の表紙。

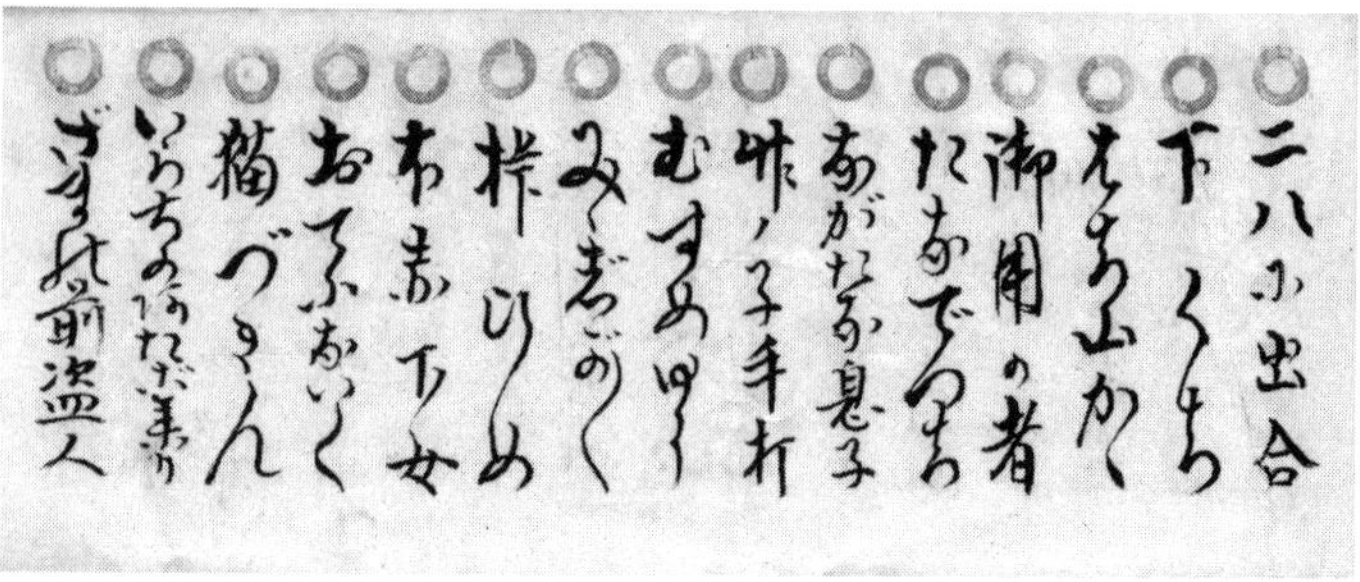

「二八に出合」の記述がある、桂右の（之）助の落語根多控（大正11年９月）。

などで見ることができます。

私が演り出したのは、平成十六年六月二十五日、大阪梅田の太融寺で開催した、第三十二回・桂文我上方落語選（大阪編）からで、その後、全国各地の落語会や、東京の寄席、独演会などで上演しました。

誠に便利なネタで、短編でありながら、昔のホノボノとした時代の雰囲気を味わっていただけます。

また、「浄瑠璃が出て来るだけに、多少、値打ちが感じられる」という意見も頂戴しました。

熱演をした演者の後に出演するときや、時間のない場合には、もってこいのネタでしょう。

おそらく、生涯を通して、頻繁に高座に掛けるネタの一つになると思います。

青菜

あおな

旦「コレ、植木屋さん。もう、仕事は終《しま》いかえ？」
植「あァ、旦さん。この枝を払いましたら、上がらせていただきます」
旦「仕事が片付いたら、一寸、此方《こっち》へ来てもらいたい」
植「ほな、直《じき》に参ります。（縁側に来て）旦さん、お待たせしました」
旦「さァ、座敷へ上がりなはれ。毎日、暑いのに大変じゃな」
植「汗を流すのも、仕事の内で。暑いと思たことは、一遍もございません」
旦「職人は、その心掛けが一番じゃ。手入れした庭へ、打ち水をしてくれた。素人は水溜まりを拵《こしら》えるが、満遍無《まんべんの》う、打ち水がしてある。青い物の上を流れてくる風は、ヒンヤリとして、誠に気持ちが宜しい。今日は早う身体が空いたよって、暑気払いに一杯やりたいが、相手が無いと呑《の》めん性分。植木屋さん、お酒は呑んでか？」

植「酒には、目の無い方で」

旦「ほな、一つ行こか。夏場に、お酒は身体がホメいて（※熱くなって）、どんならん。暑い内は、井戸で冷やした柳蔭《やなぎかげ》をいただいてます。あんたは、柳蔭は呑んでか？」

植「えッ、柳蔭！　旦さんは、贅沢な物を呑んではりますな。昨今はともかく、昔は、大名酒《しゅ》と申しまして。お大名しか、口に入らなんだ物やそうで。ヒンヤリ冷えて、喉越しが良えと聞いてます。昨今は氷がございますけど、深《ふこ》うて、大きな井戸で冷やさなんだら、良え味が出んそうで。ほな、湯呑みで頂戴します。オットットット！　同じことやったら、目一杯、注いどおくなはれ。（柳蔭を呑んで）良う冷えて、口に含んだだけで、総身の汗が引きますわ。一寸、味醂《みりん》が入ってますか？　柳蔭は初めてでも、味醂は舐めたことがあります。ウチのお婆《ば》ンが、イケる口で。天王寺参りの帰りに、一心寺の前の甘酒茶屋で、一寸だけ舐めたのを、舌が覚えてますわ。まだ、酒はございます。あア、ですか？　ほな、いただきます。（柳蔭を呑んで）胸の辺りに、ポッと火が灯ったような塩梅《あんばい》で。酒は面白い物で、浴びるように呑んでも酔わんこともありますし、一寸いただいただけで、嬉しなることもございますわ。宜しかったら、庭を見とおくれやす。彼方《あちら》の枝を払うと、様子が変わりますわ。（柳蔭を呑んで）『万事、植木屋に任せた』と仰って、放ったらかしのお家もありますけど、いつも旦さんは見てくれてはるよって、仕事に力が入ります。(柳蔭を呑んで) あァ、美味い!」
旦「喜んでもろたら、勧め甲斐がある。良かったら、箸も動かしとおくれ。出入りの魚屋が、『イキの良え鯉が手廻りました』と言うて、洗いにして、持ってきてくれた。川魚は匂いがあると言うて、嫌う御方があるが、鯉の洗いを食べてか?」
植「えッ、鯉! 旦さんは、贅沢な物を食べてはります。昔は、大名魚《うお》と申しまして。大名しか、口に入らなんだ魚やそうで。この鯉は、具合が悪いようですな」
旦「いや、そんなことはない。イキが良えと言うて、魚屋が持ってきてくれた」
植「いや、この鯉は患《わずろ》てます。その証拠に、氷枕をして寝てますわ」
旦「ケッタイなことを言いなはんな。鯉の身が締まるように、氷が敷き詰めてある」
植「態《わざ》と、氷を敷いてますか? 三日前から、風邪を引いて寝てたかと思て」
旦「阿呆なことを言いなはんな。さァ、箸を付けなはれ」
植「ほな、頂戴します。(鯉を食べて) コリコリして、結構で!」
旦「紫を付けなんだら、頼り無いわ。鯉の洗いは、酢味噌を付けて食べる御方が多い。私は、山葵《わさび》醤油が好きでな。お醤油や山葵も、鯉の横へ付けてある」
植「えッ、山葵?」
旦「ソレ、八百屋の表に置いてある。青うて、笊《いかき》に盛ってある」

植「これが、山葵？　知らんよって、何で鯉の糞《ふん》が盛ってあると思て」

旦「阿呆なことを言いなはんな。元々、そんな形やない。これぐらいの大きさで、パラッと先の開いた」

植「あァ、あれが山葵で。知らんよって、八百屋の表を通る度、『こんな小さな蘇鉄《そてつ》を、どないする？』と思て」

旦「植木屋さんだけに、見立てが面白い。山葵を、下ろし金《がね》で下ろしてある」

植「ほな、いただきます！」

旦「コレ！　山葵を固まりで口へ放り込んだ。吐き出して、お酒を呑みなはれ」

植「(柳蔭を呑んで) あァ、辛ァーッ！　もし、旦さん。山葵は口に合わん」

旦「そのまま食べたら、誰も合わんわ。ほんまに、面白い御方じゃ。知らん物を勧めた、私が悪かった。口直しに、青菜でも食べてか？」

植「えッ、青菜！　旦さんは、贅沢な物を食べてはります。昔は、大名菜と言うて！」

旦「そんなことを言うかいな。一寸、待ちなはれ。(ポンポンと手を鳴らして) コレ、奥や。奥や！」

奥「(襖《ふすま》を開けて) はい、旦さん。何か、御用で？」

旦「植木屋さんが、お酒の相手をしてくれてる。久し振りに、お腹の底から笑わしてもらいました。青菜が食べたいと仰るよって、固う搾って、胡麻でも掛けて、持ってきとおくれ」
奥「はい、畏《かしこ》まりました」
植「あの方は、奥さんで？　何と、別嬪ですな。両手をついて、物を仰って」
旦「それは、家内の勤めじゃ」
植「どこの嫁も同じと思たら、大間違いで。ウチの嬶《かか》は、私と連れ添うて、十八年。手をついて、物を言うたことがない。いつも見下ろして、物を言いますわ。此方の奥さんと、ウチの嬶を比べることが間違てます。此方の奥さんは、小さい時分から、火付けの上手い所へ、懲役《ちょうえき》が行き届いてますわ」
旦「コレ、何を言う。それも言うなら、躾《しつけ》の良え所へ、教育が行き届いてると違うか？」
植「教育、教育！　ウチの嬶は、今日行くどころか、明後日になっても、行けませんわ。こないだも、嬶の尻にデンボが出来て、大きな膏薬《こうやく》を貼ってました。仕事から帰るなり、『まァ、良え所へ帰ってきた。一寸、デンボの膏薬を貼り替えて』と言うて、大きな尻を、私の前へ放り出して。仕方無しに、貼り替えてやりましたけど、その時に言うことですわ。『なァ、嬶。夫婦《めおと》の間で、こんなことを言うたら、水臭いと思うかも知れんけど、こんな情け無いことを、男にさしてる。口に出して言わんでも、腹の中では、

「すまんな。勿体《もったい》無いな」と思ても、罰《ばち》も当たらんわ』と言うたら、どう言うたと思います？『何を吐《ぬ》かしてけつかる。ケツ食らえ！』。それぐらいの言葉は慣れてますけど、目の前に大きな尻を食ろてるだけ、ムカつきますわ。『何を吐かす』、（嫗の尻を叩く振りをして）ボォーン！　途端に、ブゥーッ！　えらい、話が下がりまして」
旦「いや、面白い。結構、結構！」
奥「（襖を開けて）アノ、旦さん」
旦「あァ、何じゃ？」
奥「鞍馬から、牛若丸が出《い》でまして、その末の名を、九郎判官」
旦「ほな、仕方が無い。義経、義経。植木屋さん、もう一つ行こか？」
植「ボチボチ、失礼します。お客さんが、お越しになったようで」
旦「いや、誰も来てないわ」
植「今、奥さんが『鞍馬山から、牛やんが若芽を噛んで出てきた』と仰いました」
旦「ケッタイな聞き方をしなはんな。えらいことが、耳に入った。あんたに食べてもらおうと思た青菜は、私が食べてしもて、無いそうな。『青菜は無い』と言うと、あんたの手前、私が照れるよって、隠し言葉で言うた訳じゃ」
植「ほゥ、隠し言葉と申しますと？」

旦「鞍馬から、牛若丸が出でまして、その末の名を、九郎判官。『菜は食ろて、無い』と言うたよって、九郎判官に掛けて、『義経、義経』と言うたという訳じゃ」
植「やっぱり、ご大家は違いますわ。『鞍馬から、牛若丸が出でまして、その末の名を、九郎判官』『義経、義経』やなんて、『ケツ食らえ！』とは、えらい違いで。十分、頂戴しました。これで、お積もりにさしてもらいます。後片付けもせんと、すまんことで。明日の朝は、早めに寄せていただきますわ。ほな、御免やす。（表へ出て）あァ、良え旦さんや。お酒の相手をしてもらいたいと仰って、ご自身は一寸も召し上がらん。奥さんも上品で、隠し言葉が洒落《しゃれ》てるわ。『鞍馬から、牛若丸が出でまして、その末の名を、九郎判官』『義経、義経』やなんて、涼しい風が吹いてくるような。あァ、長屋へ帰ってきた。路地へ入ると、温《ぬく》い風が待ってるわ。ゴミ箱の蓋が開いて、西瓜《すいか》の皮が転がってる。オシメを盥《たらい》へ突っ込んで、西日がカンカン照って、地獄絵図や。おい、嬶。今、帰った」
嬶「今時分まで、どこをノタクリ歩いてけつかる。アンケラソ！」
植「アンケラソ？　旦さんの家で、鯉の洗いと、柳蔭をよばれてた」
嬶「日頃、腹に馴染みの無い物を食べて、腹痛《はらいた》でも起こしなはれ。腸チビス！」
植「一々、言い種《ぐさ》を変えるな。その時、青菜が食べたいと言うたら、青菜が無かった。そんな時、お前やったら、どう言う？」
嬶「青菜が無かったら、『青菜は無い！』と言うわ」
植「あァ、情け無い！　そんなことを言うてるよって、亭主が出世せん。ご大家の奥さんは、お前と違うわ。旦さんの前へ両手をついて、『鞍馬から、牛若丸が出でまして、その末の名を九郎判官』。お前と違うわ。旦さんが『義経、義経』と、どうや？」
嬶「何、ソレ？　デンボの治る呪《まじな》いか？」
植「一寸、デンボから離れてくれ。隠し言葉と言うて、洒落た遊びや」
嬶「何、ソレ？　ほゥ、フンフン。そんなことぐらいやったら、言えるわ」
植「ほな、ご大家の真似事をしょう。熊が風呂を誘いに来た時、これをかましたら、ビックリして、『今は長屋暮らしでも、元は、お公家さんの出か？』と思うわ。さァ、柳蔭を持ってこい。いつも呑んでる、焼酎でええ。（瓶を受け取って）鯉の洗いが無いのは、わかってるわ。何ッ、オカラの煮《た》いた奴がある？　それは、三日前に煮いた分と違うか？　とにかく、此方《こっち》へ持ってこい！　（鍋を受け取って）何やら、酸っぱい匂いがしてるわ。さァ、段取りが出来た。奥は、奥へ入ってえ！」
嬶「一体、何を寝惚《ねぼ》けてる。奥の間も、店の間も、この四畳半一間だけやないか」
植「あァ、不細工な家や。ほな、押入れへ入れ！」

嬶「まァ、嫌！　それでのうても、暑苦しいのに」
植「一寸だけやよって、辛抱せえ！　入ったら、閉めとけ。息の出来る隙間だけ、開けといたらええわ。『奥や！』と言うたら、出てこいよ」
熊「おい、風呂へ行こか？」
植「おッ、熊が来た。あァ、植木屋さん。仕事は、もう終いかえ？」
熊「一体、何を言うてる？　植木屋は、お前や。わしは大工で、大熊と言われてるわ」
植「あんたは、柳蔭を呑んでか？」
熊「ヒンヤリして美味いけど、どこから手廻した？　よばれるよって、この湯呑へ注いでくれ。（焼酎を呑み、吐き出して）ペッ！　これは、生温《なまぬる》い焼酎や」
植「あァ、わかるか？」
熊「ちゃんと、わかるわ。呑み慣れてるよって、美味い。焼酎を呑んで、風呂へ行こか」
植「あァ、植木屋さん」
熊「植木屋は、お前や！」
植「あんたは、鯉の洗いは食べてか？」
熊「何ッ、鯉の洗い？　お前の家は、子どもが無いよって、そんな贅沢が出来るわ。ウチみたいに、七つを頭《かしら》に五人も居ったら、鯉の洗いどころか、鰯《いわし》の頭が危ない。一体、どこから手廻した？　それが、鯉の洗い？　鯉も洗いにすると、杓文字《しゃもじ》で掬《すく》うか？（オカラの匂いを嗅いで）パラパラして、酸っぱい匂いがするけど、鯉の子の洗いか？（オカラを食べ、吐き出して）これは、腐り掛けのオカラや」

植「あァ、わかるか？」

熊「このオカラは、ギリギリや。焼酎と、腐り掛けのオカラを食べて、風呂へ行こか」

植「あァ、植木屋さん」

熊「ドツくで！　植木屋は、お前や！」

植「あんたは、青菜を食べてか？」

熊「何ッ、青菜？　いや、要らん！　わしは、青菜が嫌いや。どういう訳か、小さな時分から、青菜を食べると、腹が下る。腐り掛けのオカラがあったら、何も要らんわ」

植「あんたは、青菜を食べてか？」

熊「要らんと言うてるわ！」

植「それでは、嬶が苦しい」

熊「一体、どういうことや？」

植「嫌いでも、好きと言え！」

熊「あァ、わかった！　最前から奇怪《おか》しいと思たら、何かの呪いをしてるか？　嬶が苦しいと言うてたけど、お前の嬶の尻へ、デンボが出来たと聞いてる。デンボを治す呪いやったら、食べる真似だけでもしたるわ。ほな、青菜を食べたろ」
植「えッ、食べてか？　一寸、待って。（ポンポンと手を鳴らして）コレ、奥や、奥や！」
嬶「（押入れから飛び出し、両手をついて）はい、旦さん！」
熊「押入れから、お咲さんが飛んで出てきた！　お前の家は、夫婦で奇怪しいわ。茹で蛸みたいな顔をして、汗が吹き出してる。何か言うてるよって、聞いたれ」
嬶「何か、御用？」
植「植木屋さんが、お酒の相手をしてくれてる。面白い人で、久し振りに、お腹の底から笑わしてもらいました。青菜が食べたいと仰るよって、固う搾って、持ってきとおくれ」
嬶「はい、畏まりました！」
熊「また、押入れへ入って行った。暑苦しいのに、閉めんでもええ。また、開けて出てきた！　大蒲団が落ちて、頭から被ってるわ。何か言うてるよって、聞いたれ」
嬶「アノ、旦さん。鞍馬から、牛若丸が出でまして、その末の名を、九郎判官義経」
植「何ッ、義経？　（困って）弁慶ェーッ！」

解説「青菜」

夏になると、寄席や落語会で頻繁に上演されるネタですが、夏の暑さより、どうすれば涼しく過ごせるかという所に、重点が置かれているように思います。

爆笑落語は、前半で仕込んでいたことが、後半で引っ繰り返るという構成になっている場合が多いのですが、それが見事に出来上がっているのが、「青菜」であると言えましょう。

前半の仕込みの場面では、夏の風情が満載で、笑いが少なくても、気持ち良く過ごせるようになっており、中盤から後半へ移るに連れて、笑いのボルテージが上がります。

このネタのように、二度目に失敗というパターンは、「道灌」「子ほめ」「時うどん」（※東京落語では「時そば」）「天災」「猫久」「二十四孝」などと数多くあり、落語に限らず、お伽話の「花咲爺」の意地悪爺さんの失敗例があるように、古くから昔話などでも見られました。

「青菜」は、コント仕立てでありながら、季節感たっぷりのドラマを見ているような気にさせる所が、名作落語と言われ続けているゆえんかも知れません。

そもそも青菜とは、ほうれん草・小松菜など、緑（青）色の葉野菜の総称だけに、このネタに出てくる青菜が、どんな種類の菜だったかは断定できず、このネタを聞いた方の記憶にある青菜を想像していただくのが一番と言えましょう。

柳蔭という呑み物も出てきますが、これは焼酎と味醂の混合酒で、江戸後期の三都、江戸・京都・大坂の風俗や事物を説明した『守貞謾稿《もりさだまんこう》』（喜多川守貞著）には、「京坂、夏月ニハ、夏銘酒柳蔭ト云ヲ専用ス。江戸ハ、本直シト号シ、味琳ト焼酎ヲ大畧半々ニ合セ用フ。ホンナホシ、ヤナギカゲ、トモニ冷酒ニテ飲ム也」と記されています。

また、鯉の洗いという料理も出てきますが、薄く切った鯉の切り身を、氷水（または、冷水）にくぐらせ、身を引き締めた物であり、たいていは酢味噌を付けて食べますが、このネタでは山葵を出したいために、山葵醤油という設定になりました。

登場人物の植木屋が、柳蔭を大名酒、鯉の洗いを大名魚と言いますが、これは大げさな表現で、柳蔭も鯉も、庶民が口にできない物ではありませんでした。

ちなみに、柳蔭は、全国の酒屋で購入することができますから、興味のある方は取り寄せて、味わってみてください。

さて、落語の「青菜」は、戦前に刊行された単行本に掲載された速記は少なく、初代三遊亭圓左（明治四十二年没。五七歳）が「弁慶」という演題で、『滑稽一ト口噺』に載せているぐらいかも知れません。

また、ＳＰレコードでは、初代桂春團治（昭和九年没。五七歳）が、「鞍馬の植木屋」という演題で吹き込んでいますが、他のレコードでは見当たりません。

レコードの吹き込みに不向きなネタとは思えず、なぜ、春團治以外が吹き込まなかったのか、誠に不思議です。

今ほど「青菜」というネタは流行《はや》っておらず、演者が少なかったのかも知れません。

東京落語に移植したのは、三代目柳家小さんと言われていますが、当時、数多く刊行された『柳家小さん全集』などにも、「青菜」の速記を見つけることはできませんでした。

歴史をさかのぼると、多少の疑問が残るネタですが、現在のような楽しいネタに仕上がってきたのですから、当時の名人や智者の手に掛かり、工夫され続けてきたのでしょう。

最古の落語のライブ録音として有名な、大阪朝日放送ラジオの「春團治十三夜」の十二夜目、二代目桂春團治（昭和二十八年没。五八歳）が没する約二年前の、昭和二十七年一月二十九日に、「青菜」が放送されました。

大阪朝日放送は、昭和二十六年十一月十一日正午から本放送が開始されましたが、その二日後の十三日から昭和二十七年二月五日まで、「春團治十三夜」が放送され、現存する最古の落語のライブ録音となったのです。

収録された演目は、「猫の災難」「いかけ屋」「壺算」「打飼盗人」「祝い熨斗」「豆屋」「黄金の大黒」「二番煎じ」「ろくろ首」「按摩炬燵」「青菜」「近日息子」で、散逸した「いかけ屋」「黄金の大黒」「ろくろ首」以外は、後にCDで発売されました。

大家《たいけ》の内儀が「鞍馬から（より）　牛若丸が　出でまして　名（その名）も（を）九郎判官」という噺家が大半ですが、二代目春團治は「鞍馬から（より）　牛若丸が　出でまして　その

初代桂春團治口演の「青菜」が載る、北の新地・花月倶楽部のチラシ。

末の名も（は）九郎判官」としています。

五七五七七の趣向でやりとりするのであれば、それが正しいとも言えますが、短くした方が言いやすいのも事実だけに、自然に短くなったのではないでしょうか。

現在の上方落語界では、二代目春團治の型で演じる者より、二代目桂米之助師（平成十一年没。七〇歳）から伝わった、三代目桂文我・二代目桂枝雀・笑福亭仁鶴という師匠連の型が多いと思います。

二代目春團治の場合、前半の場面で、植木屋が相当酔うという演出ですが、これは東京落語の三代目春風亭柳好も同じで、何方《どちら》も酔態の表現を得意にした噺家だっただけに、そのような演出になったと推察できましょう。

そして、三代目柳好の「青菜」は、素麺に西洋からしを入れて食べた所へ、青菜を出すという設定になっています。

また、東京落語では、旦那が扇子やうちわを使って、植木屋と話をする場合が多いのですが、上方落語では、ほとんど使いません。

東京落語の「青菜」では、五代目柳家小さん師が若手の頃、師匠の四代目柳家小さんに「お前の「青菜」は良い。しかし、間口は広いが、奥行きがない」と言われ、後に十八番と言われるようになってからでも、「俺の「青菜」は、旦那が出ていないから、そこは生涯、四代目に勝てない」とか、「なかなか、旦那になりにくい」と、門弟に語っていたそうです。

「青菜」の原話についても、少しだけ述べておきましょう。

直接の原話は未詳ながら、九郎判官を「食ろう」、武蔵坊に「汚《むさ》し」を掛けた先例は、『新作当世話』（安永七年）に掲載されています。

その内容を紹介すると、「義経公、陣屋へ帰り給ひて、弁慶を召され、『昼飯の菜に、大根おろしして食はん』と曰まふ。『大根は、そこらの畠にござりませうが、わさびおろしがござりませぬが、お頼みのご料理、工面致さん』と台所へ行きて、大根を取寄せ、口にてかみつぶし、醤油かけ、膳を出す。判官殿、かしこくも悟り給ひて一首の御歌に、『弁慶が料理するのも　むさし坊』」。

私の場合、内弟子修業を終えて早々に、師匠・桂枝雀に稽古を付けてもらい、高座に掛けるようになりました。

どうしても、大げさに演りたくなるだけに、できる限り、自然に、さわやかに演るように心掛けています。

一つ間違えると、やかましいだけの高座になってしまうので、コント性の強いネタほど、ドラマを演じるような料簡で演らなければいけないのかも知れません。

秋刀魚芝居

さんましばい

清「おい、喜ィ公。お前が『この温泉は、身体に一番良え』と言うよって、仕事を休んで来たけど、どこが良え温泉や。湯は温《ぬる》いし、流し場は滑る、風邪は引く。流し場で、三遍も転《こ》けた。これやったら、身体を壊しに来てるわ」
喜「清やんは合わんでも、わしは良え塩梅《あんばい》や。生涯、この温泉で暮らしたい」
清「ほんまに、ケッタイな男や。朝昼晩、秋刀魚を食わされるよって、背中が青なって、口が尖ってきた。横に付いてる大根下ろしも、ベチャベチャや。大抵、大根は当たらん。下手な役者は当たらんよって、大根と言うわ。ここの大根下ろしは、山に盛っても、寝た切りや。一寸、女子衆《おなごし》に文句を言うわ。（ポンポンと手を鳴らして）コレ、姐《ねえ》さん！」
女「アニか、用かに？」
清「カニに、用は無いわ。朝昼晩の料理が秋刀魚とは、どういう訳や？　秋刀魚ばっかり食わされたら、飽きが来るわ」
女「この町の秋刀魚は、飽きが来んのが自慢だ。『秋になったら来る秋刀魚が、食べると飽きが来ん』と言うて、町の者は笑《わろ》とる。あんたも、笑え」
清「そんなことで笑えるか！　秋刀魚の塩焼きと、大根下ろしばっかりや。一寸、考えてくれ」
女「明日は、焼いた大根と、秋刀魚の下ろしを出そうか？」
清「そんな物は、気色悪いわ！　大根下ろしがベチャベチャで、山に盛っても立たん」
女「大根は畑で立っとったで、疲れとる。下ろしにした時は、寝かしてやってくれ」
清「阿呆なことを言うな！　明日は、他の料理を出してくれ。ところで、表を仰山の人が走って行くのは、何や？」
女「ズンザで、スベエがあるだよ」
清「ズンザて、何や？」
女「良え年こいて、ズンザを知らねえかに。ツンヅの杜《もり》の、ズンザだ」
清「ツンヅて、何や？」
女「アレ、ツンヅも知らねえかに。偉え、カメさんが居られる所だ」
清「亀が、ゴソゴソと這《ほ》うてるか？」

女「本当に、わからん御方だに。ツンヅの杜の、ズンザに居られる、カメさん！」
清「やっと、わかった！　鎮守の杜の、神社に居られる神様か？」
女「さっきから、そう言うとる。ツンヅのモリのズンザで、スベエがあるだ」
清「スベエというのは、芝居か。一体、どんな芝居を演ってる？」
女「目の見えん按摩《あんま》が、峠でブッ殺されるスベエだ」
清「何と、物騒な芝居や。それは、「蔦紅葉宇津谷峠《つたもみじうつのやとうげ》／文弥殺しの場」と違うか？」
女「あァ、そうだ。目の見えん御方は、ビンヤと言うとった」
清「ビンヤやのうて、文弥や。一体、どんな役者が来てる？」
女「確か、中村スカンという役者が来とるそうだ」
清「ひょっとしたら、中村芝翫《しかん》と違うか？　中々、良え役者が来てるな」
女「いや、そうではねえ。中村スカンの弟子で、中村アカンという役者が来とるだ」
清「どう考えても、良え芝居が出来るとは思えん」
女「片岡仁左衛門の弟子で、片岡仁滝門《にたきもん》という役者も来とる。今から、オラも見に行くだ」
清「ほな、一緒に連れて行って。田舎の芝居を見るのも、土産話になるわ」
女「そんなら、オラに随《つ》いてきなせえ」

面白い女子衆に連れられて、鎮守の杜の神社の境内に拵《こしら》えてある芝居小屋へ行くと、周りは筵《むしろ》で囲ただけの掛け小屋で、中へ入ると、七分の入り。

幕が開くと、芝居は「蔦紅葉宇津谷峠／文弥殺しの場」。

鞠子《まりこ》の宿《しゅく》も過ぎると、舞台は宇津谷峠。

見えぬ目の文弥と、伊丹屋十兵衛、旅姿。

十「コレ、文弥殿。先程から聞こう聞こうと思っていたが、其方《そなた》の懐にある物は、一体、何でございましょう?」
文「(懐の金を押さえて)京都へ納めに参ります、百両の金でございます」
十「何ッ、百両! 十兵衛が折入って、其方に頼みがある。何と、聞いては下さらぬか」
文「お情け深い、十兵衛様。はい、私に出来ることならば」
十「その百両を、此方《こちら》へ貸してもらいたい」
文「ええッ、この金を?」
十「驚きは尤《もっと》もなれど、無理な頼みは、こういう訳。どうか、お聞きなされて下さりませ。
〔ハメモノ／鍋蓋。三味線・鉦で演奏〕　わしは元、お主《しゅ》持つ身の武家勤め。朋輩《ほうばい》連中と喧嘩をし、既に命の無い所を助けてくれたが、お主の方《かた》。そのお主様が殺され、娘御が廓《くるわ》へ身を売り、勤めの身とか。『ご恩を受けたご主人へ、恩を返すは、この時』と、彼方《あちら》此方へ頼みに廻れど、工面が付かぬ。暫く、貸してはくれまいか？」

文「この百両は、夕べ、鞠子の宿で、護摩《ごま》の灰に盗られた金。十兵衛様のお蔭で、今、懐に戻りました。貸さねばならぬことなれど、義理を欠いてのお断り。私の申しますこと、お聞きなされて下さりませ。〔ハメモノ／鉦入りの合方。三味線・鉦で演奏〕私は、生まれながらの盲人《めしい》。母者人《ははじゃびと》や姉者人《あねじゃびと》が『可哀想よ、気の毒よ』と、今日まで育ててくれました。盲人で終わらせるより、京へ上って官位を取らせ、『按摩の身から、検校《けんぎょう》へ上げてやろう』と、姉が身を売り、拵えてくれた金。血の滲むような百両を、お貸し申せば、蔭膳《かげぜん》据《す》えて待ち侘《わ》びる母者人や姉者人へ、何と言い訳が出来ましょう。義理を欠いての、お断り。どうぞ、お許し下さりませ」

十「これは、私が悪かった。無心を言うた十兵衛が送れば、さぞ、其方も怖かろう。ここで、お別れ致そうか。これから先は下り坂、怪我せぬように行かっしゃれ」

文「（歩いて）思えば、ほんにゾッとして、身の毛もよだつようであった。あの親切な十兵衛様が、懐の金を狙うとは。これから道も下りとやら、一時も早う参ろうや」

十「（文弥の肩先を、刀で斬って）ええい！」〔ハメモノ／ツケ〕

文「（肩を押さえて）ウゥーッ！　それでは、どうでも、〔ハメモノ／銅鑼《どら》〕殺すのじゃなァーッ！」

十「訳を話せど、聞いてはくれぬ。その百両を廓へ届け、一年先か、二年の後。利息を添えて、其方の母と姉者人へ、仇《かたき》と名乗って、討たれる覚悟。どうか、許して下され。何《なに》故《ゆえ》、憎うて殺そうや」

文「あァ、聞きとうない！　人里離れた宇津谷で、わしを殺して、金を盗る。お江戸の空で、母者人や姉者人が、今日は帰るか、明日帰るかと、蔭膳据えし温飯《ぬくめし》が、高盛飯《たかもりめし》になろうとは。それを知ったら、如何に嘆きは深かろう。この身は死んでも魂は、魂魄《こんぱく》この土に停まりて、生き変わり、死に変わり、恨み晴らさでおくべきか！」

十「文弥殿、お許し下され！　（文弥を、刀で刺して）ええい！」

文「ウゥーン！」

十兵衛が、文弥の懐から金を盗って、文弥の死骸を谷底へ、「（蹴り落として）ええい！」。

〔ハメモノ／ツケ〕

峠を下りようと、花道へ掛かると、文弥の幽霊が、それへ指して、ズゥーッ！　〔ハメモノ／音取《ねとり》。三味線・大太鼓・能管・銅鑼で演奏〕

幽霊が出て、舞台の袖から花火の煙が出るはずが、肝心の花火が湿って、火が点かん。

甲「舞台で、文弥が困ってる。煙が無かったら、足許も丸見えで、消えることが出来ん。目の見えん文弥が、『煙を出してくれ！』と、目配せしてる。花火が湿って、火が点かん？　花火の代わりに、煙の出る物は無いか？　次の場へ出る者が、小屋の裏で、秋刀魚を焼いてるわ。舞台の袖から、秋刀魚の煙を扇いで、送り込め」

乙「ほんまに、秋刀魚の煙でええか。（七輪を扇いで）ソォーレ！」

○「幽霊の周りに、煙が出てきただ。いよいよ、恐ろしげなことになるぞ。（秋刀魚の匂いを嗅いで）この煙は、秋刀魚の匂いがするだ。文弥が咳込んで、涙を流しとるぞ。こんなスベエが、どこにある？　秋刀魚の匂いがする幽霊を、初めて見ただ」

△「いや、これでええ。舞台の役者が、大根だ」

解説「秋刀魚芝居」

「秋刀魚芝居」は、東京落語界の五代目柳亭燕路（昭和二十五年没。六六歳）が創作しましたが、このネタの他に、「抜け裏」「長屋の算術」という作品もこしらえたそうですから、中々の才人だったと思われます。

色が黒く、風采の上がらない噺家だったようですが、これだけの作品を創作したのですから、立派な業績を残したと言えましょう。

約三十年前、燕路の直筆原稿を手に入れた後、二代目三遊亭円歌の録音を聞いて、面白く思い、桂米朝師に話をし、このネタに関する逸話を聞かせてもらったことで、ネタの外堀が埋まり、上演の糸口を見つけることができたのです。

田舎の海岸縁の温泉宿で、奇妙な言葉遣いの女子衆と、大阪者の珍妙なやりとりの後、近所の神社で行われた芝居を見に行き、「蔦紅葉宇津谷峠／文弥殺しの場」で、ハプニングが起こるという、ユニークな展開だけに、そこに面白味を加えれば、爆笑ネタになるという予感は、十分にありました。

早速、ネタの再構成に取り掛かり、四代目桂文我を襲名した直後の、平成七年四月二十日、大阪梅田の太融寺で始めた、第一回・桂文我上方落語選（大阪編）で初演。

最初の頃は、ギクシャクする所もありましたが、少しずつ演りやすくなり、最近は独演会で上演するネタの一つになったのです。

ところで、秋刀魚という魚を、昔、「サイラ」と呼んでいた地域があるのを、ご存知でしょうか？

大阪近辺も、「サイラ」と言っていたそうですが、昔の書物にも他の名称が載っているようで、『本朝食鑑』に乃宇羅蟣《のいらぎ》、『和漢三才図会』は佐伊羅《さいら》、『浮世床』に鰺《さんま》、『日本産物誌』は青串《さん》魚《ま》と記してあり、江戸時代から明治にかけては、「三馬」の字も使っていたそうです。

サイラの語源は、サヨリから、サイロになり、サイラに転じたと言い、「大群衆することを、沢苛《さわいら》ということから転化した」という説もありました。

サヨリとサンマは、よく似た魚ですが、細かく見ると、かなり違うようです。

サヨリは、ダツ目ダツ亜目サヨリ科サヨリ属に属する海水魚で、北太平洋、日本海、黄海、渤海湾の陸地近海に分布する、春が旬の高級魚で、刺身、寿司ネタ、天麩羅、フライ、塩焼き、干物になり、漢字で書くと、細魚、針魚。

サンマは、ダツ目ダツ亜目サンマ科サンマ属に属する海水魚で、北太平洋に広く分布する食用魚であり、サヨリと似た、刀のように細長い体で、日本では、秋の味覚を代表する家庭料理の定番で、塩焼き、煮付け、揚げ物、蒲焼、南蛮漬け、干物、刺身、寿司ネタになり、漢字では、秋刀魚と書きます。

サは「狭い・細い」という意味に起源があり、サンマは「狭真魚《さまな》」という漢字で書きました。

また、大根下ろしは、昔から刺身や、焼魚の付け合わせに最適です。

このネタで演じる芝居の「蔦紅葉宇津谷峠／文弥殺しの場」は、実際に生で見たことはありませんが、幼い頃、「日本怪談劇場」（※昭和四十五年。東京12チャンネル〔現在のテレビ東京〕。全13話）の「怪談・宇津谷峠」で見たイメージに、芝居のせりふを加えて、演じることに決めました。

「秋刀魚芝居」は、本格的な芝居噺ではないので、田舎の芝居であれば、それぐらいのグレードのほうが良いのではないでしょうか。

上演するたびに、少しずつ変化して行くネタだけに、今後、どんな形になるのか、楽しみにしています。

これは蛇足ですが、戦前戦後、上方漫才界の重鎮で、NHKラジオの全国放送の看板番組「上方演芸会」の司会も勤めた芦乃家雁玉《あしのやがんぎょく》・林田十郎の綽名《あだな》は、風貌が似ているという理由で、雁玉が「タコ壺」、スラッとした細身の十郎が「サイラ」でした。

売り物の綽名でありながら、タコ壺に、サイラとは。

令和の今日、そのような綽名を付けられたら、名誉棄損で、訴訟を起こす者が出てくるかも知れません。

住吉駕籠

すみよしかご

大坂から堺へ続く住吉街道の住吉神社の門前に、駕籠屋が仰山、客待ちをしてる。こんな駕籠を、クモ駕籠と言うたそうで。

「宿場《しゅくば》・立場《たてば》で、蜘蛛が巣の張るように客待ちをするので、蜘蛛駕籠と言う」とか、「空を流れて行く雲に準《なぞら》えて、雲駕籠と言うようになった」という説もある。

甲「へェ、駕籠！　旦さん、駕籠は如何《いかが》で？　へェ、駕籠！　お年寄り、足が楽でございまっせ。へェ、駕籠！　お女中、駕籠は如何で？　おい、相棒。二人で、駕籠を担いでるわ。わしだけ客引きをさせんと、お前も引け！」

乙「客引きは、苦手や」

甲「そんなことを言うてんと、しっかり客を引け。一寸、小便をしてくるわ」

乙「早う、帰ってきてや。わしは、頼り無いよって。旦さん、駕籠は如何で？　ヘェ、駕籠。お年寄り、足が楽でございまっせ。ヘェ、駕籠。お女中、駕籠は如何で？　もし、旦さん」
茶「あァ、わしか？」
乙「ヘェ、駕籠」
茶「何ッ？」
乙「ヘェ、駕籠」
茶「ほな、後ろへ廻れ」
乙「ヘッ？」
茶「早う、後ろへ廻れ。お前は、屁が嗅ぎたいような。最前から、腹がグルグル鳴って、良えのが出そうや。何ぼでも嗅がせたるよって、後ろへ廻れ！」
乙「誰が、お宅の屁を嗅ぎたい。私が言うてるのは、『ヘェ、駕籠』」
茶「そやさかい、後ろへ廻れ！」
乙「いえ、違います。『駕籠は、どんな物で？』と聞いてますわ」
茶「自分で駕籠を担いでるのに、わからんか。どんな物と言うて、（駕籠を指して）そんな物や」

乙「いえ、駕籠に乗っとおくなはれと言うてますわ」
茶「あァ、駕籠は要らん。駕籠に乗る手間で、歩いて帰ったほうが早い」
乙「皆、そんなことを仰る。朝から、お客が無い。人間の干物が、二つ出来掛かってます。
　男二人を助けると思て、乗っとおくなはれ」
茶「そこまで言われたら、断れんわ。(駕籠に乗って) さァ、乗った」
乙「へェ、おおきに。ほな、何方《どちら》まで行かせてもらいます？」
茶「あァ、好きな所へ行け！」
乙「そんなことを言わんと、行く先を言うてもらわんと」
茶「お前が『乗ったら、助かる』と言うよって、乗ったわ。さァ、好きな所へ行け！」
乙「ほな、お宅まで送らしてもらいます」
茶「そうしてもらうと、助かるわ」
乙「お宅は、何方で？」
茶「あァ、そこの茶店や」
乙「あァ、向こうで一服しなはる？」
茶「あそこが、わしの家や。早う、行け！」
乙「茶店が、お家？　向こうやったら、駕籠に乗る手間で、歩いて帰った方が早い」

茶「初めから、そう言うてるわ。お前が『乗ったら、助かる』と言うよって、乗ったった。さァ、行け！」

乙「あんな近くまで行けますかいな、阿呆らしい」

茶「何ッ、阿呆らしい？　向こう先を見て、物を言え。お前の顔の真ん中に、二つピカピカと光ってる物は何や？　何ッ、目か？　眉毛が落ちんように止めてある、鋲《びょう》かと思たわ。見える目か、見えん目か？　見えん目やったら、繰り抜いて、蔭干しにでもしといたら、煙草入れの緒締めにでもなるわ。お前は、わしの顔を知らんのか？　日に何遍も、『弁当を使うよって、茶をくれ。煙草を喫うよって、火を貸してくれ』と言うてくる。ウチへ来る客は、床几《しょうぎ》に腰を掛けて、鰊《にしん》を齧《かじ》って、茶碗酒を呑んだり、餅菓子を食べて、茶を啜《すす》ったり。端銭《はしたぜに》の釣銭でも、滅多に置いて帰らん。そんな客を掴まえて、『へェ、駕籠』と、屁を食て死んだ亡者のように言うよって、皆が嫌がって、ウチへ寄り付かんわ。それでも黙って商売させたってるのは、誰のお蔭じゃ。ゴテクサ吐《ぬ》かしてると、ド頭《たま》を胴体へニエ込まして、臍《へそ》の穴から世間を覗かすわ。手と足と、クソ結びに結ぶぞ。口から尻まで、青竹を通して、火で裏表をコンガリ炙ったろか。マゴマゴしてたら、踏み殺すで！」

乙「相棒、早う来て！　最前から、えらい怒ってはる」

甲「阿呆！　それは、茶店の親爺《おや》っさんや。えらい、すまんことで」
茶「こいつは、ワレの相棒か？　わしの顔を、知らんと吐かしてけつかる」
甲「昨日、この街道に降ってきて、親爺っさんの顔を存じませんでして。どうぞ、堪忍」
茶「頼り無いガキと、商売をさらすな！　お前の顔に免じて、堪忍したる。もう一遍、こんなことがあったら、ここで商売はさせんわ。よう覚えとけ、カスめが！」
甲「えらい、すまんことで。茶店の亭主に、駕籠を勧める奴があるか！」
乙「そんなことを言うたかて、茶店の親爺の顔を知らん」
甲「恰好《かっこう》を見たら、わかるやろ。前掛けを掛けて、高下駄を履いて、手に箒《ほうき》と塵《ち》取りを持ってるわ。向こうまで、ゴミを放《ほ》かしに行きはった。どこの世界に、ゴミを放かしに行った後で、駕籠に乗って帰る阿呆が居《お》る」
乙「そやけど、えげつないことを言うた。『ド頭を胴体へニエ込ませて、臍の穴から世間を覗かす』とか、『手と足と、クソ結びに結ぶ』とか、出来もせんようなことを言うたわ。『口から尻まで、青竹を通して、火で裏表を炙る』と、これは出来そうや」
甲「しょうもないことを言うな！　縁起《げん》直しに、駕籠の向きを替えとけ」
★「おい、駕籠屋」
甲「あァ、お客さんや。へェ、お越しやす」

★「板屋橋まで、何ぼで行ってくれる？」

甲「決して、高いことは申しません。オンテだけ、もらいましたら」

★「ほゥ、オンテか。オンテは高いよって、鬼手《おにて》に負けとけ」

甲「相棒、鬼手という符丁《ふちょう》を知ってるか？　長年、駕籠屋をしてますけど、鬼手という符丁は聞いたことが無い。一体、何ぼのことで？」

★「お前の言うオンテは、何ぼや？」

甲「知らんと、値切ってはるわ。オンテというたら、手のことで。指が五本あるよって、五百文ですわ」

★「やっぱり、鬼手に負けとけ」

甲「鬼手は、何ぼで？」

★「鬼の指は三本やよって、三百で行け」

甲「三百は殺生やよって、もう一声」

★「ほな、鳥手と言いたいけど、鳥に手は無いよって、鳥足や」

甲「鳥足は、何ぼで？」

★「鳥の足は、指が三本やけど、蹴爪《けづめ》が付いてるよって、三百と十二文」

甲「汚い値切りようをしなはんな。もう一声だけ、ポォーンと！」

★「ほな、熊手と言いたいけど、熊手は指が四本あって、先が曲がってるよって、勘定が難儀や。奉行所に捕手《とりて》が居って、お城に大手、お茶屋に遣《や》り手、箪笥《たんす》に引き手」
甲「旦さん、乗って」
★「ソラ、もう置いて、止めといて。しっかりやって、頑張って」
甲「手尽くしで、嬲《なぶ》って行きやがった。ほんまに、質《たち》が悪いわ」
女「一寸、駕籠屋はん」
甲「今度は、お女中や」
女「板屋橋まで、何ぼで行っとおくなはる?」
甲「また、板屋橋や。お女中やったら、お安う願《ねご》ときます。どうぞ、闇だけ張り込んどおくなはれ」
女「闇は高いよって、月夜に負けなはれ」
甲「今日は、ケッタイな客ばっかり来るわ。闇は、三十日《みそか》を象《かたど》って、三百文でお願いします」
女「やっぱり、月夜で行きなはれ」
甲「月夜は十五夜やよって、百五十で?」
女「『月夜に釜抜く、慌て者』と言うよって、釜を抜かれたと思て、タダで行って」

甲「タダ！　女子《おなご》と思て、優しゅう言うてるけど、嬲ってたら、承知せんで！」
女「あァ、怖やの。まァ、駕籠屋さんが怒ったわ。こちの人、待っとおくなはれ。一寸、一緒に行きまひょ」
甲「最前の、手尽くしの嬶《かか》や。夫婦で嬲って、えらい目に遭わせよった。もう一遍、駕籠の向きを替えとけ。ほんまに、縁起の悪い日や」
□「(扇子を持ち、踊って)チョイとチョイと、コラコラ。嬉しゅて、たまらん」
甲「向こうから、派手な人が来た。肩を脱いで、赤い長襦袢を見せて。こんな人は、駕籠に乗ってくれるかも知れん。旦那、お駕籠は如何で？」
□「(踊って)チョイとチョイと、コラコラ。駕籠屋、駕籠屋、駕籠屋も踊れ！」
甲「あァ、さよか。相棒、わしらも踊ろか。(踊って)チョイとチョイと、コラコラ。お駕籠は、どうで？」
□「(踊って)駕籠屋、駕籠屋、駕籠屋が踊った。チョイとチョイと、コラコラ。駕籠屋の頭を、(扇子で、駕籠屋の頭を叩いて)チョイと叩き」
甲「あァ、痛ァ！　まさか、痛いのが入るとは思わなんだ。駕籠に乗ってもらうためには、辛抱をせなあかん。(踊って)ここらで、お駕籠は如何です？」
□「(踊って)乗りたいけれども、銭が無い。チョイとチョイと、コラコラ、さいなら、御免！」
甲「踊りながら、行ってしもた。ほんまに、悪い日や」
侍「駕籠人《かごんど》、駕籠人！」
甲「あァ、お侍や。ヘェ、御用で？」
侍「お駕籠が、二挺《ちょう》じゃ」
甲「おおきに、有難うございます。相棒、秀に言うてこい！　只今、段取りを致します」
侍「両掛けが、二挺じゃ」
甲「オォーイ、荷持ちが要るような！　分《ぶん》持ちやよって、作に言うてやれ。早う、走って行け！　ヘェ、只今」
侍「前なる駕籠が、お姫様。後なる駕籠が、お乳母《んば》殿。お供廻りが、四、五人も付き添うての。左様な駕籠が、この辺りをお通りにはならなんだか？」
甲「早う戻ってこォーい！　お侍は、御人《おひと》を尋ねてはるわ。いえ、存じません」
侍「然らば、未だ、お通りが無いと見える。あれなる茶店で休らい居る故、お通りがあらば、知らせてくれ。さらばじゃ！」
甲「誰が、そんな者の番をしてるか。お前も、ちゃんと聞いてから走れ」
乙「（喘いで）ハァハァ！　早う行けと言うよって、汗を掻《か》いて走った」

甲「ほんまに、ケッタイな日や。もう一遍、駕籠の向きを替えとけ。向こうから、えらい酔いたん坊が来たわ」
☆「(唄って)チャチャンチャンチャン！　雨の降る日は、天気が悪い。兄は兄だけ、年が上！　チャラチャンのチャンチャンで、ナラメコホイホイか」
甲「わァ、ケッタイな唄を唄《うと》てるわ。あんな酒呑みは、相手にならん方がええ」
乙「ヘェ、駕籠」
甲「コラ、声を掛けるな！」
乙「ヘェ、駕籠」
甲「おい、止めとけ！」
☆「駕籠屋、わしのことを呼んだか？」
甲「いえ、何も呼んでません。どうぞ、お通り」
☆「わしが通ってたら、その男が『ヘェ、駕籠』と、声を掛けたのと違うか？」
甲「ソレ、向こうのほうに理屈があるわ。いえ、『良えご機嫌で』と言うてます」
☆「何ッ、良えご機嫌？　わしが良え機嫌で酔うてるか、悪い機嫌で酔うてるか、わかるか？　良え機嫌で酔うてたらええけど、面白無うて、ヤケ酒を呑んでる時、良えご機嫌でと言われたら、ムカッとするのと違う？」

甲「ソレ、こうなるやろ。ほな、悪いご機嫌でしたか？」
☆「(笑って) わッはッはッは！　良え機嫌で酔うてるよって、堪忍して」
甲「堪忍するのせんのやなんて、阿呆らしい」
☆「何ッ、阿呆らしい！　お前は、堪忍出来んのか？」
甲「あァ、難儀や。ほな、堪忍します」
☆「ほんまに、堪忍してくれるか？」
甲「ヘェ、堪忍します」
☆「(泣いて) あァ、よう堪忍してくれた。お前が堪忍してくれなんだら、どないしょうと思てた。よう堪忍してくれたけど、わしが泣きながら、堪忍してもらわんならんようなことをしたか？」
甲「ほんまに、悪い酒や。嬲らんように、お願いします」
☆「(笑って) わッはッはッは！　わしは一寸、酔うてるな？」
甲「一寸、酔うてはりますわ」
☆「いや、こんなに酔うつもりやなかった。朝、目を覚ましたら、天気が良え。久し振りに、住吉さんへご参詣しょうと思て。ご参詣を済ませて出てきたら、後ろから『もうし、旦さん』。ヒョイと振り返ったら、お袖や。駕籠屋、知ってるやろ？」

甲「いえ、知りません」
☆「いや、知ってる。前に、磯屋裏に住んでた。顔にパラパラッと、薄ミッチャのある」
甲「いえ、存じません！」
☆「これを言うたら、わかるわ。河内の狭山の、治右衛門さんの孫！」
甲「ほんまに、知りません！」
☆「『暫く見ん間に別嬪になったけど、良えのが出来たか？』『そんな人が居ったら、こんな所で働いてません。そこの三文字屋で働いてますよって、上がっとおくなはれ』『ほな、上がったるわ』。三文字屋の二階へ、トントントンと上がって、『酒・肴を持ってこい！』。床柱を背に、前へ御馳走を並べて、呑んだ、食うた。銚子を、十ゥウゥ、七本。残った肴を、竹の皮に包ませて、勘定したら、ポチも入れて、二分一朱やなんて、安いわ。駕籠屋、嘘やと思てるな？」
甲「いえ、思てません」
☆「いや、思てる！『こんな奴が、二分一朱も払えるか』と思てるやろ。ほな、嘘でない証拠を見せたる。（懐から、包みを出して）さァ、三文字屋の料理じゃ。海老の鬼殻焼、玉子の巻焼、イカの鹿子《かのこ》焼、焼き焼き焼きや。一つ、やろ。さァ、食え」
甲「いえ、結構で」

乙「一つ、もろたら」
甲「いや、薄汚いわ」
☆「何ッ、薄汚い！　今、薄汚いと聞こえた！　誰が、やるか。さァ、包め！」
甲「(包んで) お前が声を掛けるよって、こんな目に遭うわ。ほな、懐へ入れます」
☆「おおきに、憚《はばか》りさん。わしは一寸、酔うてるな」
甲「大分、酔うてはりますわ」
☆「いや、こんなに酔うつもりやなかった。朝、目を覚ますと、天気が良え。久し振りに住吉さんへご参詣しょうと思て。ご参詣を済ませて出てきたら、後ろから『もうし、旦さん』。ヒョイと振り返ったら、お袖や。駕籠屋。知ってるやろ？」
甲「いえ、知りません！」
☆「いや、知ってる。前に、磯屋裏に住んでた。顔にパラパラッと、薄ミッチャのある。河内の狭山の、治右衛門さんの孫！」
甲「ほんまに、知りません！」
☆「『暫く見ん間に、別嬪になったな』『三文字屋で働いてますよって、上がっとおくなはれ』。二階へ上がって、『酒・肴を持ってこい！』。御馳走を並べて、呑んだ、食うた。銚子で、十ゥウゥ、七本。残った肴を、竹の皮に包ませて、勘定したら、ポチも入れて、二分一朱やなんて、安いわ。駕籠屋、嘘やと思てるな？」
甲「いえ、思てません！」
☆「いや、思てる。（懐から、包みを出して）ほな、嘘でない証拠」
甲「また、出してきた！」
☆「海老の鬼殻焼、玉子の巻焼、イカの鹿子焼、焼き焼き焼きや。一つ、やろ。さァ、食え！　誰が、やるか！　さァ、包め！」
甲「（包んで）生涯、恨むわ。ほな、懐へ入れときます」
☆「おおきに、憚りさん。わしは一寸、酔うてるな」
甲「えげつのう、酔うてはりますわ」
☆「こんなに、酔うつもりやなかった。朝、目を覚ますと、天気が良え。住吉さんへ、ご参詣して。ご参詣を済ませて、出てきたら、後ろから『もうし、旦さん』。ヒョイと振り返ったら、お袖や。駕籠屋、知ってるやろ？」
甲「えェ、知ってます！　前に磯屋裏に住んでて、顔にパラパラッと、薄ミッチャのある。河内の狭山の、治右衛門さんの孫！　『三文字屋で働いてる。上がっとおくなはれ』。二階へ上がって、『酒・肴を持ってこい』。御馳走を並べて、銚子で、十ゥウゥ、七本。残った肴を、竹の皮に包ませて、勘定したら、ポチも入れて、二分一朱。『駕籠屋、嘘やと思うてるやろ?』と言うて、包みを出して、『海老の鬼殻焼、玉子の巻焼、イカの鹿子焼。一つ、やろ。さァ、食え』『いえ、結構で』『誰が、やるか! さァ、包み直せ!』。包み直して、懐へ入れて。まだ、何かありましたか?」

☆「もう、わしの言うことが無いわ」

甲「無かったら、宜しい。早う、家へ帰りなはれ。内儀《おかみ》さんが、家で待ってはりますわ」

☆「何ッ、嬶《かか》が待ってる? あァ、えらいことを言うた。嬶は、家で待ってる。ウチの嬶は、貞女や。嬶との、そも馴初めの話をしょう!」

甲「いえ、結構で」

☆「そう言わんと、聞け! 嬶と連れ添うて、二十五年。わしは一晩も、素面《しらふ》で帰った覚えが無い。いつも酒の匂いをプンプンさせて、奈良漬のような身体で帰ってくる。それでも愛想を尽かさんと、世話をしてくれてるわ。二十五年も夫婦をしてたら、話も無くなった。向かい合わせに座って、飯をモショモショと食べるだけで、美味いことも何ともない。子どもが居ったら、子どもを挟んで、話が出来る。わしが悪いか、嬶が悪いか、二人の間に子どもが無いし、笑うことも無いようになった。昨日も向かい合わせで飯を食べてたら、嬶が顔を上げて、『お父さん』。夫婦も二十五年経つと、子どもが無《の》うても、お父さんになるわ。『お父さんと連れ添うて、二十五年になりますな。あの時、あんさんは二十一で、私は十八。あの時、三つ違いでしたわ。未だに、三つ違いですな』と言うて、一寸だけ笑《わろ》た。（浄瑠璃を語って）三つ違いの兄さんと、言うて暮らしている内に、情けなや、こなさんは、生まれも付かぬ疱瘡《ほうそう》で。目界《めかい》の見えぬ、その内に、貧苦に迫れど、何のその。一旦、殿御の沢市《さわい》っつぁん。例え火の中、水の底。未来までも夫婦じゃと思うばかりか、これ申し。お前のお目を治さんと、この壺阪の観音様へ、明けの七つの鐘を聞き。（笑って）わッはッはッは！　わしと越路太夫《こしじだゆう》と、何方《どっち》が上手？」

甲「浄瑠璃も、越路太夫という人も知りませんわ」

☆「ほんまに、愛想の無い男や。知っても知らいでも、『あんたの方が、お上手で』と言うてみい。『駕籠屋のベンチャラには、負けた！　ほな、帰るわ』と言うて、シュッと帰ろと思てた。駕籠屋が帰れんように、帰れんようにする」

甲「そんな阿呆な！　それを言うたら、帰りますか？　ほな、言いますわ。大将の方が、お上手で」

☆「ほな、一段語ろか」

甲「どうぞ、堪忍！」

☆「嘘や、嘘や。ほな、帰るわ。（歩き出し、浄瑠璃を語って）堤はァーッ！」

甲「ほんまに、悪い酒や。南の方角から来て、南へ帰って行くわ。一寸、教えたろか。もし、大将！　南の方から来て、南へ帰ってはりますわ」
☆「南から来て、南へ帰ったらあかんか？　わしの家は、南の方にあるわ」
甲「何で、此方《こっち》へ来なはった？」
☆「悪酔いしたよって、駕籠屋を嬲って、酒の酔いを醒まそうと思て」
甲「ほんまに、難儀な酒呑みや。あァ、何という悪い日やろ」
備「(ポンポンと手を鳴らして）駕籠屋、駕籠屋！」
甲「(見廻して）呼んではるのは、誰方《どなた》で？」
備「此方や、此方！」
甲「駕籠屋は、何方で？」
備「駕籠屋は、お前や」
甲「それはそうですけど。呼びはったのは誰方で？」
備「此方や、此方！　わしは、駕籠の中や」
甲「あァ、乗ってはりましたか」
備「酔いたん坊の巻き添えを食たら難儀や。黙って駕籠に乗った」
甲「あァ、さよか。何方まで、お供をさせてもらいまひょ？」
備「堂島まで、通しで行ってくれるか」

甲「堂島ということは、米相場師・ジキで？　朝から、ロクなことが無かった。堂島の旦那に乗ってもらいましたら、縁起が直りますわ」
備「一体、何ぼで行ってくれる？」
甲「決して、高いことは申しません。一分だけ、お願い出来ませんか？」
備「一分とは、良え値や。そこを、二分に負からんか？」
甲「いえ、一分で」
備「そこを、二分に負からんか？」
甲「相棒、わしは起きてるか？」
備「あァ、ちゃんと起きてるわ。一分で行っても、途中で『酒手《さかて》をくれ。走り増しをよこせ』と、ゴジャゴジャと言うやろ。後の喧嘩を先にしとくよって、二分で行ってくれ」
甲「ほんまに、行き届いてはります。ほな、二分ということで」
備「そうと決まったら、行ってくれ。二人共、不景気な顔をしてるわ。天保銭が二枚あるよって、そこの茶店で、キュッと一杯、引っ掛けといで」
甲「おい、相棒。旦那に、御礼を申せ。ほな、いただきます。暫く、お待ちを」
備「あァ、ゆっくり呑んどいで。近江屋はん、此方へ来なはれ。今から、駕籠の二人乗りをしますわ。駕籠屋が酔うてたら、駕籠が少々重となっても、二人乗りをしてるとは思わん。こんなことは、滅多に出来んわ。履物を直して、垂れを下ろして。あァ、駕籠屋が帰ってきた」
甲「旦那、お待たせしまして。履物も直って、垂れも下りてますか」
備「さァ、行ってもらいたい」
甲「相棒、肩を入れえ。(駕籠を担いで)よいしょ！　しっかり、腰を入れんか。肩の真下へ、尻を持ってこい。確か、旦那は痩せた人やったな？　何やら、相撲取りでも乗せてるような。(歩いて)ヘッホッ、ヘッホッ！」
備「やっと、出ました。お宅とは、気が合いますわ。京の祇園で、バッタリ会うて。伏見から三十石に乗って、しゃべり通しの呑み通し。新町から流れ流れて、住吉まで来て、駕籠の二人乗りで、堂島まで帰るやなんて。後々まで、話のタネになりますわ」
近「二人乗りしてることを、駕籠屋が気付かんのが面白い」
甲「相棒、駕籠を下ろせ。駕籠の中で、話し声が聞こえるわ。お客さん、駕籠の垂れを上げさしてもらいます。(垂れを上げて)やっぱり、二人乗りをしてるわ！」
備「あァ、バレたか」
甲「二人乗りやなんて、無茶をしなはんな」
備「初めに、倍の二分が渡してある」

甲「あれは、一人のつもりですわ」
備「駕籠の二人乗りが面白いし、堂島へ着いたら、色を付けるよって、黙って行け！」
甲「相棒、どうする？　色を付けると言うてはるよって、それを楽しみに行こか。ほな、行かしてもらいます。早う、駕籠の垂れを下ろしとおくなはれ。『あの駕籠屋は欲張って、二人も乗せてる』と思われたら、嫌ですわ。（駕籠を担いで）よいしょ！　二人と思たら、余計に上がらん。（歩いて）ヘッホッ、ヘッホッ！」
備「あァ、歩き出した。しかし、よう遊びましたな。お互い、しっかりした番頭が居るよって、店は心配せんでも宜しい。今度、会うのは相撲ですな」
近「これだけ気が合《お》うても、相撲だけは話が合わん」
備「お宅は、小兵《こひょう》の相撲取りばっかりを贔屓《ひいき》にしなはる。錦絵のような、立派な身体の相撲取りやなかったら、連れて歩いても面白無いわ」
近「大きな相撲取りだけが、値打ちやない。そんな相撲取りばっかりが勝ったら、誰も見んし、小兵が大きな相撲取りを引っ繰り返すのが面白いわ。わしが贔屓にしてる緋縅《ひおどし》は、身体は小そうても、どんな奴を相手にしても、グッと前褌《まえみつ》を掴んだら離さん！」
備「コレ、私の褌《ふんどし》を引っ張りなはんな」
近「一遍、掴んだら離さん！」

備「阿呆なことをしなはんな！　ほゥ、やる気か。本気を出したら、負けん。後ろから、帯を掴んで！」
近「それを、頭で捩《ね》じ上げて」
甲「駕籠の中で、相撲を取りなはんな。あッ！（歩みを止め、駕籠を上げ下げして）相棒、スッと軽なった。（後ろを見て）やっぱり、底が抜けてる」
備「駕籠代ぐらい、払《はろ》たるわ」
甲「お金にお厭《いと》いの無い御方やよって、駕籠代ぐらいは出してもらえますやろけど、一遍、駕籠から下りてもらわんと」
備「向こう先を見て、物を言え！　わしらは堂島の米相場師で、強気も強気、カンカンの強気。『上る、上がる』という言葉は好きでも、『下りる、下がる』という言葉は大嫌いじゃ。一々、縁起の悪いことを言うな！」
甲「駕籠の底が抜けてるよって、駕籠から下りてもらわんことには」
備「いや、構わん。このまま、行け！」
甲「底が抜けてるのに、どうします？」
備「わしらが、駕籠の中で歩く」
甲「二人共、駕籠の中で歩きなはるか？」

備「下りるぐらいやったら、歩くわ。さァ、行け！」
甲「おい、相棒。相場師は、えらい料簡や。下りるぐらいやったら、駕籠の中で歩くそうな。ほな、行かしてもらいます。（駕籠を担ぎ、歩いて）ヘッホッ、ヘッホッ！　あァ、軽いわ！　こんな軽い駕籠は、初めてや」
近「もし、備前屋はん。後ろから、押しなはんな。駕籠の前が、つかえてます」
備「押してる訳やないけど、駕籠が後ろから突っ掛けてきますわ。しゃがんだまま、チョコチョコ走りで行かんならん」
近「コレ、押してきなはんな！」
甲「もし、旦那。一寸、走らしてもらいます！」
近「コレ、走ったらあかん！　（泣いて）アハハハハッ！」
子「なァ、お父っつぁん。駕籠屋の足は、何本ある？」
父「二人で駕籠を担いでるよって、四本に決まってるわ」
子「あの駕籠屋は、八本もある」
父「何ッ、八本？　あァ、覚えとき。あれが、ほんまのクモ駕籠や」

解説「住吉駕籠」

小学四年生の頃、私の落語好きを知った叔父が、当時、名古屋で一番大きいと言われていた書店の落語本のコーナーへ連れて行き、「さァ、好きな本を買いなさい」と言ってくれたので、その時に選んだのが、桂米朝師が初めて刊行した自身の落語集『〔桂〕米朝上方落語選』（立風書房）でした。

三重県松阪市の実家に帰って、貪るように読みましたが、その本の一席目に載っていたのが、「住吉駕籠」だったのです。

テレビ・ラジオでも見聞きしていなかったネタだけに、活字から落語の世界を推し量るしかありませんでしたが、米朝師の挨拶文の冒頭で、「字で書かれた落語と、高座で、お客を前にして喋った落語とは、はっきり別ものであると思っています」と述べてあったので、「本で読んでも、わかりやすく書いてあるのだろう」と思い、安心して読んだ記憶がありますが、さて、どれだけ理解ができたか、どうしても思い出せません。

しかし、その後、中学校の図工の時間に、「住吉駕籠」の挿絵で描いてあった、四世長谷川貞信画伯の絵を、エッチングで模写したぐらいですから、小学生から中学生になるまで、かなり面白く思っていたことは間違いないでしょう。

後に米朝師に伺うと、この本に対する思い入れは強く、何度も添削を繰り返し、上方言葉の言い廻しも、全国的に理解してもらえるように務めたそうです。

口演速記の全集も、その時の記録としては値打ちがありますが、本でネタを提供する場合は、字で書いた落語の方が良いでしょう。

「住吉駕籠」は、大阪（※昔は大坂）から堺へ続く住吉街道の途中にある住吉大社の鳥居前で、二人の駕籠屋が客待ちをしている所から始まり、駕籠屋を困らせる者が何人も出てきますが、その中で酔っ払いと駕籠屋の掛け合いの場面が一番盛り上がります。

周りの者に迷惑を掛ける酔っ払いが登場する落語も数多くありますが、演者としては、酔態の的確な表現と、常では聞けない不思議な理屈をこねる所が、腕の見せ所と言えましょう。

酔っ払いが登場するネタは、「らくだ」「替り目」「一人酒盛」などが有名で、寄席や落語会でも頻繁に上演され続けてきましたが、その中でも、登場人物の入れ代わりが多いのが、「住吉駕籠」なのです。

ネタの舞台になっている住吉大社は四宮あり、第一本宮に底筒男命《そこつつのおのみこと》、第二本宮は中筒男命《なかつつのおのみこと》、第三宮に表筒男命《うわつつのおのみこと》、第四宮には息長足姫命《おきながたらしひめのみこと》が祀られていますが、底筒男命・中筒男命・表筒男命は、『古事記』『日本書紀』の神話の中で、伊邪那岐命《いざなぎのみこと》が黄泉国《よみのくに》から戻り、筑紫国《つくしのくに》の日向《ひむか》の橘の小門《おど》（小戸）の阿波岐《あわぎ》（檍）原で、身に付いた穢《けが》れを取り除いた時、海の中から現れた神様であり、息長足姫命は、第十四代天皇・仲哀《ちゅうあい》天皇の皇后で、第十五代天皇・応神天皇

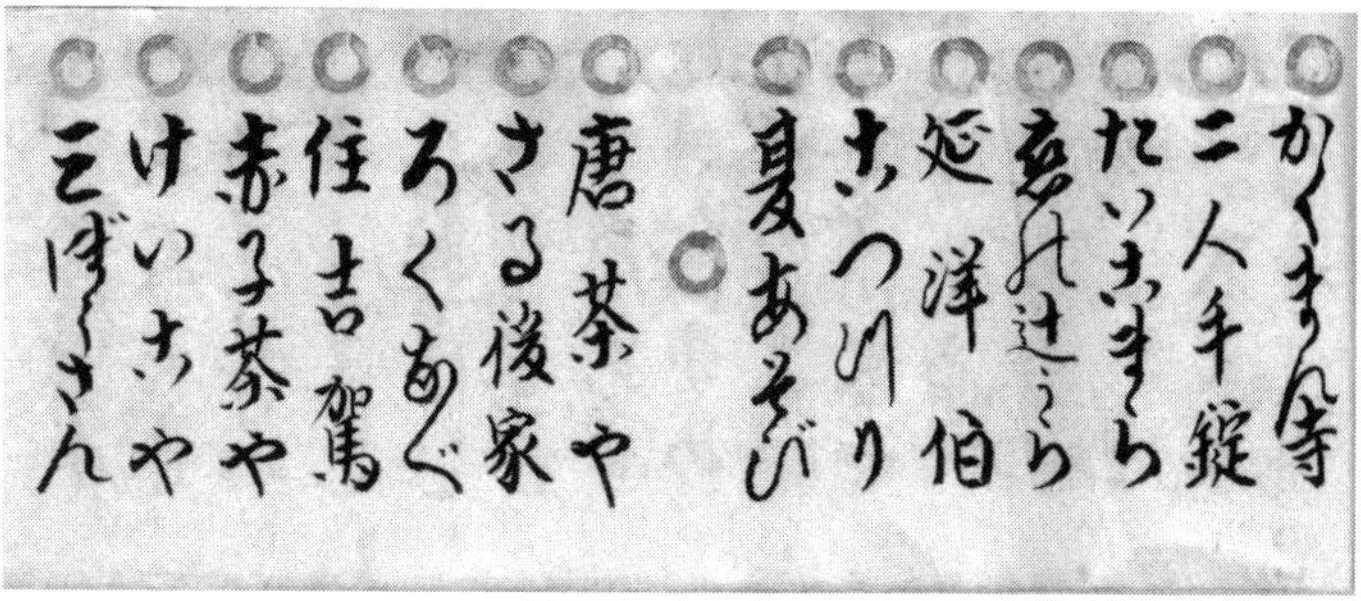

「住吉駕」の記述がある、桂右の（之）助の落語根多控（大正11年９月）。

の母とされる、神功《じんぐう》皇后。

百済《くだら》救援のため、神功皇后が新羅《しらぎ》へ出兵する際、住吉大神の助力を得ることができ、国の安定を築けたことの信託により、住吉大神が、住吉の地に祀られることになりました。

本殿部分の建築様式は、住吉造りになっており、最古の社殿建築の一つで、二十年に一度、ご遷宮で、本殿の建て替えが行われますが、住吉大社の四本宮のすべてが国宝に指定されており、第一・第二・第三本宮は縦に直列になり、第四本宮は第三の横に並列で、あたかも大海原を行く船団のように、本宮が並んでいます。

船と言えば、遣唐使の航海の安全祈願が住吉大社で行われた上、宮司が乗船し、船中で航海の平安を祈りました。

それだけに、遣唐使の代名詞でもある、四艘で構成された「四つの船」は、住吉大社の四本宮に準《なぞら》えたそうで、「外交の祖神」としての信仰にもなったと言います。

数多くの石燈籠に、子持ちを含めた数々の狛犬や、我が国最初の灯台で、鎌倉末期の創建と言われている高燈籠も有名で、神池に架けられた神橋は、俗に「太鼓橋」と呼ばれていますが、正式には「反橋《そりはし》」と言い、石造りの橋脚は、慶長年間（一五九六〜一六一五）に、豊臣秀吉の側室・淀君、または豊臣秀頼が造営したと言われ、「半円形の大きな傾斜の反橋を渡るだけで、お祓《はら》いになる」という信仰もありました。

そして、古典文学や芸能にも、住吉は縁の深い所と言えましょう。

住吉の地が、白砂青松《はくしゃせいしょう》の風光明媚な海岸であることは、『万葉集』『古今集』『伊勢物語』の中の歌にも見られ、『源氏物語』では、光源氏が政治生命を断たれそうになった時に、「住吉明神のお蔭もあって、後に中央に復帰した」とされており、後々も住吉大神は、和歌神として崇《あが》め奉られています。

近世になると、貞享元（一六八四）年、文人・井原西鶴が四三歳の時に、二十四時間で、二万三千五百句の独吟興行の大矢数《おおやかず》俳諧を催したのも、住吉の社頭でした。

住吉にちなんだ唄も数多く創作され、その中で代表的な唄が、上方唄の「住吉」で、「住吉の、岸の姫松、我がみての。久しくなりぬ、滝の水。絶えず逢瀬を、松の葉の。色変わらじと、心の丈を、明かして結ぶ、妹背仲《いもせなか》。よいよい、よいやさ」という歌詞です。

また、幕末に座敷唄「伊予節」が上方に伝わり、端唄「堺住吉」となり、「堺住吉、反橋渡る。奥の天神、五大力。お元社や神明穴から、大神宮さんを伏し拝む。誕生石には、石を積む。赤前垂れが、出て招ぐ。ごろごろ煎餅、竹馬に、麦藁細工や、繋ぎ貝。買わしゃんせ」という歌詞に変わりました。

住吉大社の御田植神事で行われる「住吉のお田植え踊り」も、乞食坊主・願人坊主が大道芸で諸国に拡げ、その後、豊年斎梅坊主が工夫を加えて、室内芸・寄席芸になり、ＳＰレコードにも吹き込まれ、現在も東西の寄席や落語会で上演されています。

住吉大社の話が多くなりましたので、ネタの話に戻りましょう。

「住吉駕籠」のオチは二種類あり、本書に載せたのは、東京落語の「蜘蛛駕籠」にもなっている、雲と蜘蛛の駄洒落でオチになる方ですが、もう一つ、「雀駕籠」というオチもあります。

ようやく乗せた客から、「駕籠の担ぎ方が上手じゃ」と誉められたので、急に関東弁になり、「わっちは、東海道を股にかけた駕籠かきさ。自慢じゃねえが、『宙を飛ぶようだ』ってんで、雀駕籠だと、仲間内で言われたのよ」と言うと、「雀駕籠とは面白いが、一寸も啼《な》かんがな」と言われ、雀の囀《さえず》りを始め、続けて、烏、トンビと、注文通りに演っていましたが、「ほな、鶯《うぐいす》を啼け」と注文されて、困り果て、「鶯は、まだ籠馴《かごな》れませんというのがオチですが、これで演じる噺家は少なくなりました。

「住吉駕籠」の原話は、『浮世絵ばなし』（寛政版）の「おどし」、江戸版『軽口福徳利』（宝暦二年）の「五十から」、『江戸自慢』（初代三笑亭可楽作。文政六年）の「鳥づくしの駕屋」、京都版『軽口初商買』（享保十二年）巻二の「乗手の頓作」などに、分け分けで含まれているようです。

ラストの駕籠の底が抜ける場面は、大坂版『通者茶話太郎《すいはちゃわたろう》』（寛政八年、鉄格子作）の「笑を掩て底なき竹輿《かご》に乗話」を採り込んだのでしょう。

『通者茶話太郎』は、安永年間（一七七二〜八一）の頃、大変な遊び好きで、大酒呑みだった、大坂船場淡路町の富豪・河内屋太郎兵衛、通称・河太郎という粋人の奇行を描いた、江戸時代の小説です。

明治以降に刊行された速記本では、桂文左衛門（大正五年没。七三歳）が『傑作落語豆たぬき』『傑作揃落語全集』、桂小團治（後の三升紋右衛門か？　昭和七年没。五三歳）が『滑稽落語名家名人揃』『滑稽名人落語十八番』に掲載されていますが、それらは各々の一席の口演速記を、複数の本に振り分けました。

雑誌は、『はなし／神無月号』（明治四十一年十月）に桂文左衛門、『上方はなし／第十二集』（昭和十二年四月）は五代目笑福亭松鶴の速記で掲載されました。

また、戦前に発売されたＳＰレコードには、桂桃太郎と、三代目立花家千橘が、「住吉駕」という演題で吹き込んでいます。

さて、ネタの中身の話に移ることにしましょう。

茶店の親父が、駕籠屋に「ゴテクサ吐かしてると、ド頭を胴体へニエ込まして、臍の穴から世間を覗かすわ。手と足と、クソ結びに結ぶぞ。口から尻まで、青竹を通して、火で裏表をコンガリ炙ったろか。マゴマゴしてたら、踏み殺すで！」と文句を言います。

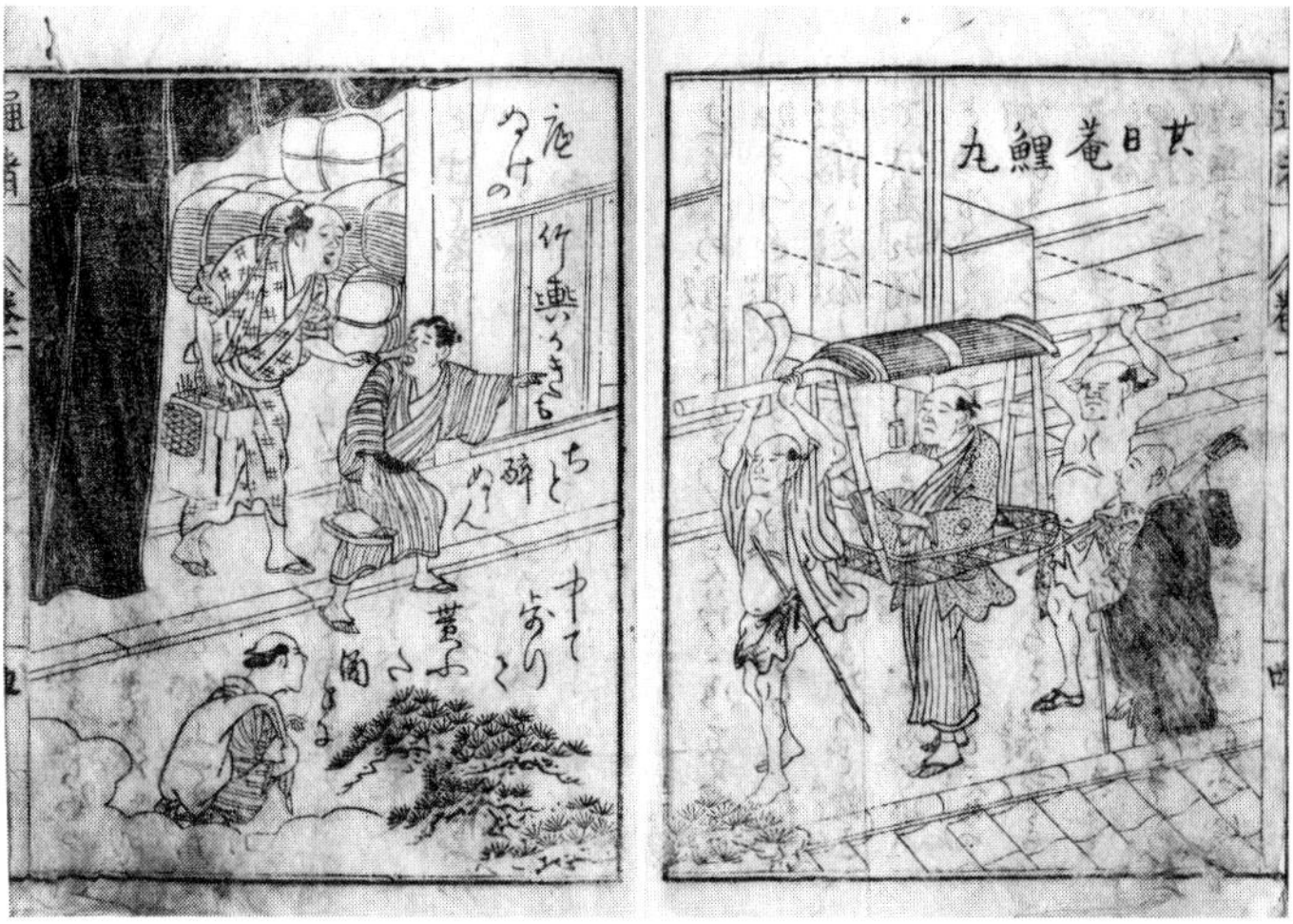

大坂版『通者茶話太郎』（寛政８年）

恐ろしい言葉遣いでありながら、吹き出してしまうほど面白い表現になっていますが、これを下敷きにして、昭和三十七年から六年間も続いた、大阪朝日放送の人気番組「てなもんや三度笠」で、藤田まことが扮する主人公・あんかけの時次郎の「耳の穴から、手ェ突っ込んで、奥歯ガタガタ言わしたるどォ！」というギャグができたと、原作者の香川登志（枝）緒氏から伺いました。

そして、侍が言う「両掛け」とは、天秤棒の両側に荷物を掛けて運ぶことで、荷物を持つ「分持ち」という人足が、もう一人必要となるので、別の駕籠屋仲間に声を掛けたというわけです。

三文字屋は、伊丹屋・昆布屋・丸屋と並ぶ、住吉大社北側の新屋（※現在の大阪市住吉区粉浜近辺）に実在した料理屋で、赤穂浪士の夜討ちの道具を用意した天野屋利兵衛が依頼した下請けの職人たちが、思わぬ臨時収入があったことで、高級料亭の三文字屋で宴席を持ち、酒が言わせた話が、隣り座敷に居た大阪町奉行所の与力の耳に入り、天野屋の捕縛という顛《てん》末《まつ》になったと言いますし、坂本龍馬が宿泊したことでも有名でした。

現在の大阪府北中部と兵庫県南東部を、昔は摂津国と定めていましたが、その名所を絵画と文章で紹介した地誌『摂津名所図会』の中の住吉郡の部に、三文字屋の繁栄の様子が描かれていますし、幕末の大坂の料理屋・菓子屋などを着色で描き、後に影印された「花の下影」では、「住吉新家・柏戸」の暖簾《のれん》に、丸に三が染め抜いてあるため、解説に「この店が、三文字屋という料理屋だろう」と記してあります。

海老の鬼殻焼は、殻付きで、海老を背開きにし、タレを付けて焼いた料理で、海老の角が鬼の角に見えることから、海老の鬼殻焼と呼ばれるようになり、鎧《よろい》焼、具足焼とも言いました。

玉子の巻焼は、溶き卵に出汁を混ぜて、焼き固めた料理です。

イカの鹿子焼は、イカに格子状に細かい切り目を入れ、醤油・味醂などを塗って、焼いた物で、茶褐色に白い斑点が散在するように見え、鹿の模様に似ていることから、イカの鹿子焼と呼びました。

酔っ払いが語る浄瑠璃は、私も師匠・桂枝雀の演出通り、「壺阪観音霊験記」で演っていますが、この浄瑠璃は、原作者未詳の物語に、明治中期まで義太夫三味線の名人と言われた、二代目豊澤團平《とよざわだんぺい》（明治三十一年没。七〇歳）が加筆・作曲し、明治十二年（※明治十六年説もあり）に初演されたと言います。

駕籠屋は、人力車と入れ替わり、明治十年頃には廃業していったようですから、駕籠屋の時代に語ることはないと思われ、師匠も著書で記している通り、それを承知の上で演じていますが、可能性は皆無に等しいとはいえ、ひょっとしたら、ギリギリで、わずかに残っていた駕籠屋があったかも知れません。

師匠は「壺阪」が好きで、この一節を語りたいがために、ある時期から「住吉駕籠」に加えるようになったのですが、何とも情があり、雰囲気が出ましたので、矛盾は承知の上で、この演出は変えませんでした。

元来は「艶姿女舞衣《あですがたおんなまいぎぬ》／酒屋の段」の一節の、「今頃は半七っつぁん、どこにどうしてござろうぞ」という文句が定番だったのです。

ポチとは、チップであり、わずかな心付けと言えましょう。

ジキとは、大坂堂島の米仲買店、北浜の株式仲買店の主人のことで、株屋仲間の用語だそうですが、語源をたどると、「おやじ」の「じ」に、奉《たてまつ》る意の「貴」を加えて、ジキと呼ぶようになったそうです。

とにかく、今では使わなくなった言葉や、消え去った風俗が数多く出てくる落語で、登場人物の多さや、立ち位置の複雑さはありますが、それを自然に見せるのが、演者の腕と言えましょう。

「住吉駕籠」の解説が、ネタ以外のことも多くなり、煩雑になったことを、お許し下さい。

最後に、あえて一言申しますが、師匠・桂枝雀のCD全集の解説に、「散歩に出た枝雀が、ネタを繰りながら近所を歩き、雨が降ってきたので、弟子が傘を持って探しに出ると、雨に濡れながら「住吉駕籠」の酔っ払いのくだりを繰っている枝雀が来たので、弟子が傘を差しかけようとしたが、稽古に熱中している枝雀は、弟子の姿が目に入らず、酔っ払いの雰囲気のまま、雨に足を滑らせて、スッテンコロリンとこけたが、まだ、枝雀はネタを繰っていた」と書かれていますが、これは大きな誤りです。

そのエピソードは、枝雀一門では、私の他で聞いたことがないので、弟子と表記されているのは、私に間違いないでしょう。

事実は、傘を持って迎えに行った私が見たのは、なだらかな坂の下から、ネタを繰りながら、雨に濡れるのも厭《いと》わず、上がってくる師匠の姿。

「さァ、どうしよう?」と思いましたが、「ここで傘を持って行くと、ネタ繰りが止まってしまう」と考えた私は、傘を届けるのを止め、そのまま師宅に戻りました。

約十年後、「あの時のことを言っても、時効だろう」と思い、師匠に話すと、「気を遣わしたけど、そんな時は、傘を持ってきてほしかった」と言われ、大笑いとなりました。

これが事実であり、今後も演芸研究家・落語作家が解説を書く場合、現存している噺家がいるのであらば、確認を取ることは肝心だと思いますし、この世界に関与したいのであれば、それが礼儀だと思います。

ついでに申しますが、師匠の全集が発売される前に、発売元から内々で解説の添削を頼まれたことも多々ありましたが、間違いや、勘違いが多いのに驚き、呆れました。

黙って、添削した解説を返しましたが、添削の指摘を受けた方は、どのように思ったのでしょうか?

もちろん、私が書く物にも間違いはあると思いますので、お気付きの点があれば、出版社でも、私の許にでも結構ですから、教えていただければ幸いです。

短気息子

たんきむすこ

番「定吉は、どこに居《お》る？」
常「定吉っとんは、若旦那のお世話をしております」
番「何か、変わったことは無いか？」
常「どうやら、今日は大丈夫で。いつもは若旦那が無理を仰るよって、泣いてますわ」
番「定吉は、若旦那のお気に入りやよって、仕方が無い。若旦那は真面目で、机の前で読み書きをなさる、堅い御方じゃ」
常「お隣りのご番頭も、『お宅の若旦那は、堅い、堅い！　若旦那が転《こ》けて、頭を石にぶつけたら、石が『痛い！』と言うぐらいで。石部金吉、鉄兜《かなかぶと》。石の地蔵の尻を、玄翁《げんのう》でドツいたというぐらい、堅い御方じゃ』と言うて」
番「それは、馬鹿にしてなさるのじゃ。若旦那は、お茶・お花も嗜《たしな》まれる。お酒は呑まん、博打は打たん、お茶屋遊びもなさらん。しかし、良えことばっかりやない。カリカリとなさる癇癪《かんしゃく》持ちで、顔色を変えて、歯軋《ぎし》りを噛みはるよって、店の者も傍へ寄らん。お気に入りの定吉を付けても、いつ叱られるかと、ビクビクしてるよって、一寸も大きならんわ。今年十四になるけど、十ぐらいにしか見えん。小そうなって、冬至の南瓜《なんきん》みたいになってしもた。今日も、しくじらなんだらええが」

定「もし、若旦那。お花を折って投げてはりますけど、どうなさいました？」

若「あァ、喧《やかま》しい！　綺麗に生けられんよって、花を放かしてる」

定「(吹き出して)プッ！　癇癪が頭へ上って、デコに青い筋が出ました。わァ、安物の焼き芋のような」

若「人がイライラしてるのに、笑う奴があるか。(鋏《はさみ》を投げて)さァ、其方《そっち》へ行け！」

定「若旦那、何をしなはる！　鋏を投げて、畳へ刺さりましたわ。(泣いて)エェーン！　もし、番頭はん。若旦那のお世話だけは、堪忍しとおくなはれ」

番「定吉、何を泣いてる？」

定「若旦那が花を放かしはるのを見て、プッと吹き出しただけですわ」

番「赤味噌の田楽みたいな顔をして、泣きなはんな。詫びを入れるよって、随《つ》いてきなはれ。(若旦那の所へ来て)若旦那、定吉が粗相をしましたようで。丁稚の不始末は、番頭の粗相。どうぞ、ご勘弁下さいますように。畳へ鋏が刺さってますけど、どうなさいました？　えッ、定吉に？　若旦那、何ということをなさる！　奉公に取ればこそ、丁稚扱いをしてますけど、親許へ帰ったら、大切な倅《せがれ》。もしも定吉に傷でも付けたら、親御へ何と申し訳をなさる。定吉を奉公に取る時、命まで証文は取っておりませんし、我《わが》儘《まま》にも程がございます！　定吉に粗相がある時は、傍へ呼んで、耳許で『後で言うことがある』と仰ったら、どんなことで叱られるかと、胸をドキドキさせて、以後は慎みましょう。子どもに鋏を投げ付けるとは、何ということをなさいます！　ついでに申し上げますけど、こないだ、お茶のお仲間がお越しになった時、井上さんの鯛の焼物が足りませんでした。魚喜が鯛を持ってきて、『今日は時化《しけ》で、一枚二十銭』と申しましたら、『あいつに、二十銭の焼物は勿体無い』と仰いましたな。人様を『あいつ』とは、何事でございます！　井上さんの店の者の耳に入ったら、えらいことになりますわ。私が余《よ》所《そ》で、若旦那の悪口を聞いて、良え気がせんのと同じでございます。人を見下げた言葉を遣うと、自分に罰《ばち》が当たりますわ。親旦那がお帰りになったら、鋏の一件を申し上げます！」

若「番頭、堪忍して！　今日は、私が悪かった。腹の立つことがあったら、子どもの耳許で戒めるよって、堪忍して。どうか、お父っつぁんの耳へ入れんように」

番「どうぞ、お手をお上げ下さいませ。若旦那に、手をついて謝られたら、私に罰が当たります。ご意見は、親旦那の代わりで申しました。近々、お嫁御を娶《めと》られましょう。ご近所へ聞き合わせに来られた時、『ご両親は良う出来た御方でも、ご子息が癇癪持ちで、嫁の辛抱が出来ん』と言われては、嫁の来てが無くなりますわ。どうぞ、気を鎮めていただきますように」
若「頭を下げて謝るよって、堪忍して。定吉、わしが悪かった」
定「今後は、気を付けなはれ！」
番「コレ、何を言いくさる！　若旦那が頭を下げてなさるのに、偉そうに言いなはんな！定吉が笑うよって、若旦那の癇に触れた。さァ、定吉も謝りなはれ」
定「若旦那、ご勘弁を願います」
番「あァ、それで宜しい」

その日は、それで済んだが、それから五日後。

お茶とお花の会があって、仰山のお客が来られた時、お客を接待したのが、若旦那と番頭。

お膳を丁稚が運んだが、若旦那と番頭の前を通る時、定吉が畳の縁に蹴躓《けつまづ》いて、引っ繰り返してしもた。
若「コレ！」
番「若旦那、ご辛抱！」
若「あァ、そうか。定吉、耳を持っといで。（耳許で、口を動かして）さァ、其方へ行きなはれ」
定「へェ。（耳を押さえ、泣いて）エェーン！」
番「コレ、定吉。こないだ、わしが言うたことを忘れたか。いつもやったら、拳骨《げんこつ》で殴られてる。今日は若旦那も辛抱なさって、耳許で戒めて下さった。一体、何で泣いてる？」
定「こんな戒めやったら、殴られる方がマシですわ」
番「若旦那は、どんなことを仰った？」
定「いえ、仰るどころやない！　歯軋りをして、耳をジガジガと噛みはった」

解説「短気息子」

「短気息子（耳じがじが）」は、短編の珍品ということは知っていましたが、実際の高座を見ることはなく、『落語事典／東大落語研究会編』（青蛙房刊）で確かめても、「上方の小ばなし」という解説だけで、詳しいことはわかりませんでした。

『笑辞典／落語の根多』（宇井無愁著）で調べると、原話は江戸版『聞上手』（安永二年）の「悪い癖」と、京都版『浪速みやげ』（文化五年）の「かんしゃく」と記されています。

「かんしゃく」は、そのまま上演しても不都合のない構成になっていますが、『落語の根多』に掲載されている文しか見ておらず、原本は未見なので、責任は持てません。

明治以降の速記本では、二代目桂文三（明治二十四年没。三二歳）が、雑誌『百千鳥・第八号』（明治二十二年）に載せていますが、それは「上方の小ばなし」どころか、堂々とした一席物の落語になっており、他のネタには見られない構成やギャグを発見することもできました。

番頭が若旦那にする意見は、「百年目」「土橋萬歳《どばしまんざい》」とは違った内容で、すごみまで感じますし、若旦那もわがままに育ちながら、素直で、臆病な性格が、よく表れています。

短編でありながら、しっかりした落語を聞いたような気になるのではないでしょうか。

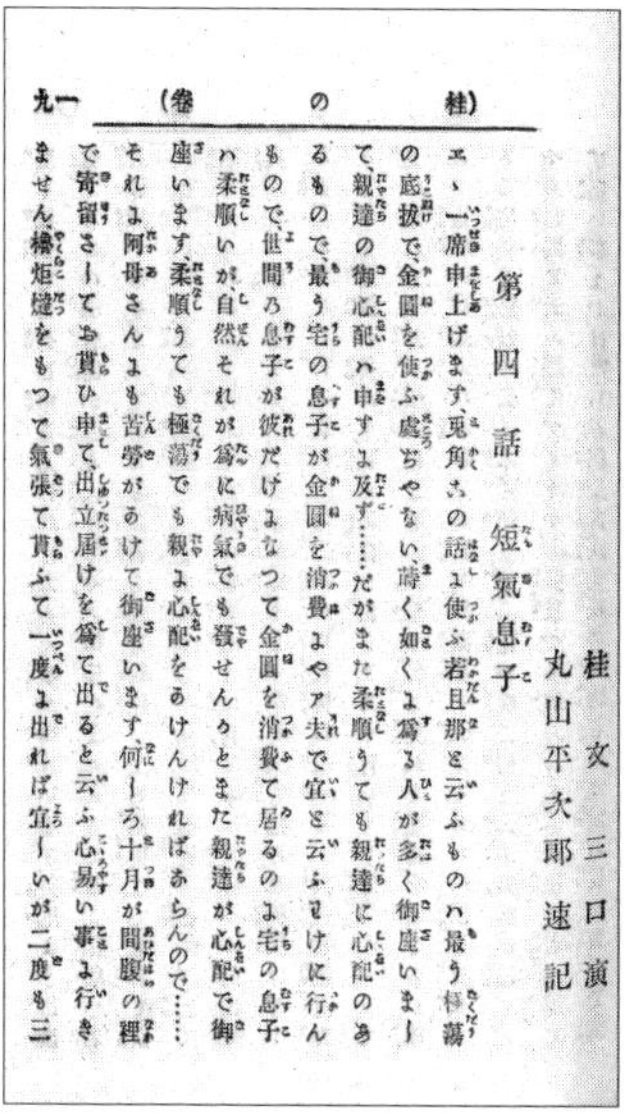

（桂の巻）　一九

桂文三口演
丸山平次郎速記

第四話　短氣息子《たんきむすこ》

エヽ一席《いつせき》申上《まうしあ》げます、兎角《とかく》さの話《はなし》に使《つか》ふ若旦那《わかだんな》と云《い》ふものハ最《も》う極蕩《ごくだう》の底抜《そこぬけ》で、金圓《かね》を使《つか》ふ處《ところ》ぢやない、蒔《ま》く如《ごと》くに爲《す》る人《ひと》が多《おほ》く御座《ご》いまして、親達《おやたち》の御心配《ごしんぱい》ハ申《まを》すに及《およ》ず……だがまた柔順《おとなし》うても親達《おやたち》に心配《しんぱい》のあるもので、最《も》う宅《うち》の息子《むすこ》が金圓《かね》を消費《つかは》にやア夫《それ》で宜《い》いと云《い》ふわけに行《ゆ》かんもので、世間《よ》の息子《むすこ》が彼《あれ》だけになつて金圓《かね》を消費《つかふ》て居るのに宅《うち》の息子《むすこ》ハ柔順《おとなし》いが、自然《しぜん》それが爲《ため》に病氣《びやうき》でも發《でや》せんのとまた親達《おやたち》が心配《しんぱい》で御座《ござ》います、柔順《おとなし》うても極蕩《ごくだう》でも親《おや》に心配《しんぱい》をかけんければならんので……それに阿母《おかあ》さんにも苦勞《くらう》がかけて御座《ござ》います何《なに》しろ十月《つき》が間腹《あひだはら》の裡《なか》で寄留《きりう》さして御貰《もら》ひ申《まうし》て、出立届《しゆつたつとゞけ》を爲《し》て出《で》ると云《い》ふ心易《こゝろやす》い事《こと》に行《い》きません、櫓炬燵《やぐらこたつ》をもつて氣張《きば》て貰《もら》ふて一度《いつぺん》に出《で》れば宜《よろ》しいが二度《ど》も三

『百千鳥・第八号』の表紙と、二代目桂文三口演の「短気息子」の速記。

私の場合、二代目桂文枝（大正五年没。七三歳）の速記を下敷きにしてまとめ直し、平成二十三年八月六日に、大阪梅田の太融寺で開催した「ネタ下ろしの会」で、初めて高座に掛けましたが、初演から手応えは十分で、その後、独演会のネタに加えることもできました。

これより時間を長くする必要もないでしょうが、短く演じるのはもったいないと思います。

ちなみに、「ジガジガと噛む」という言葉は、口の中でグチャグチャと噛むことを、大阪近辺では「しがむ」と言うことに、ギリギリと噛む音の様子を加味しているのでしょう。

そう言えば、私が幼い頃、祖母がスルメを焼いて食べる時、「ジガジガと噛んで、食べなさい」と言ったことを思い出しました。

三重県久居市に生まれ、軍人だった祖父と結婚した後、広島県呉市の軍港から、満州に渡り、大きな旅館を経営し、帰国した後、三重県松阪市の山を開墾したという、波瀾万丈の人生だった祖母が、どこで「ジガジガ」という言葉を覚えたのか？

今となれば、知る由もありません。

その後、誰の口からも、「ジガジガ」という言葉を聞いたことがないだけに、祖母の口から聞けたのは、貴重な経験だったと思います。

馬子茶屋

まごぢゃや

昔、「馬に、止動《しどう》の誤り」と言うたそうで。

動という字は、「ドウ」と読んで、止という字は、「シ」と読みますが、馬は「ドウドウ！」で止まって、「シィシィ！」で動くだけに、「馬に、止動の誤り」。

京都の大店《おおだな》の前へ、馬方が馬を引いて来た。

七「コレ、子ども！　そんな所で遊んでたら、邪魔じゃ！」
田「ウチの前を通るのは、馬方の七蔵さんか。さァ、此方《こっち》へ入りなはれ」
七「おォ、田中屋の旦那。何か、用か？」
田「相変わらず、荒い物言いじゃ！　まァ、そこへ座りなはれ」
七「あァ、(手拭いで、畳を拭いて)そうするわ」

田「手拭いで畳を拭いて、何じゃ？」
七「畳を拭かんと、ここへ座った時、わしの着物が汚れる」
田「それは、此方の言い分じゃ。あんたの着物のほうが、余程汚いわ」
七「確かに、その通り！　何か、用か？」
田「毎日、京都から大津へ馬を引いて行きなさるが、どれぐらいの儲けがある？」
七「他の馬方は、往きも帰りも荷物を運ばせるけど、馬が可哀相な。わしは往きだけ運ばして、空荷で帰らせるよって、五十銭にしかならんわ」
田「見掛けに寄らん、優しい御方じゃ。二日で二円の礼をするよって、わしの頼みを聞いてもらいたい」
七「二日で二円とは、良え儲けじゃ。よし、引き受けた！　一体、どこへ荷物を運ぶ？」
田「いや、そうやない。わしに随《つ》いて、島原のお茶屋へ遊びに行ってもらえんか？」
七「給金をもろて遊びに行くとは、ケッタイな話じゃ。あァ、わかった！　旦那が島原で誰かに因縁を付けられたよって、仕返しに行く算段か。こう見えても、わしは力が強い。（腕捲《まく》りをして）よし、引き受けた！」
田「一寸、待ちなはれ。今まで、わしは人と揉めたことが無いわ」
七「あァ、わかった！　島原に仰山の借金が出来たよって、わしに頭を下げさせる算段か。

こんな頭やったら、何ぼでも下げるわ」
田「あんたに頼むのは、そんなことやないわ」
七「あァ、わかった！」
田「一寸も、わかってないわ。黙って、話を聞きなはれ。あんたを、マゴ旦那というお大《だい》尽《じん》に仕立てて、島原のお茶屋で、太夫と遊ばせる。馬方と知らず、芸妓・舞妓・幇間《たいこもち》がチヤホヤするのを見て楽しむという趣向をしょうと思て」
七「そんなことをして、何が面白い？」
田「いつもと違う皆の顔が見られるのが、面白いわ」
七「何と、ケッタイな趣向じゃ。太夫というのは、女子か？」
田「男に、太夫があるか？」
七「浄瑠璃語りの太夫や、無冠の太夫に、山椒太夫がある」
田「一々、理屈を言いなはんな。取り敢えず、島原へ一緒に行って下さらんか？」
七「あァ、行って下さる！」
田「ほんまに、ケッタイな物言いじゃ。行くと決まったら、わしの着物に着替えなはれ。そこに出してある着物を着て、上から羽織を羽織って。羽織の上から、帯を締めなはんな。鰊《にしん》の昆布巻《こんまき》みたいな恰好をしてたら、太夫は寄ってこんわ」

七「寄ってこなんだら、此方から寄って行く」
田「余計嫌がられるよって、ちゃんと着なはれ。お茶屋でベラベラしゃべると、正体がバレるよって、わしが『マゴ旦那』と呼んだら、『あァ、あァ！』と言いなはれ」
七「よし、わかった。（鳥のような声を出して）アァーッ、アァーッ！」
田「それでは、鳥じゃ。馬は、ウチの裏へ繋ぎなはれ」
七「ほな、そうするわ。（手綱を引いて）ドゥドゥ！　コレ、馬。ここの旦那と、島原へ遊びに行くよって、屋敷の裏で待ってけつかれ！」
馬「太夫と遊ぶとは、羨ましい。ほな、わしも一緒に行こか？」
七「いや、来んでもええ。藁《わら》でも食うて、待ってけつかれ！」
馬「太夫と遊んで、良え夢を見てけつかれ！」
七「コラ、同じように吐《ぬ》かすな！」

いつも一緒に居ると、馬と話が出来るようで。

七「馬を、裏へ繋いできた」
田「雪駄《せった》を出したよって、履きなはれ」

七「(納まって)アァーッ、アァーッ!」
田「まだ、早いわ。手拭いは被らんと、四つに折って、懐へ入れなはれ。コレ、番頭。今晩は帰らんが、明日は早う戻るよって、お店のことは宜しゅうに」
番「どうぞ、ごゆっくり。七っつぁん、しくじらんようにしなはれ」
七「あァ、わかってるわ。島原へ行って、『アァーッ、アァーッ!』と言うてたら、二円になる。番頭も心して、店の金を誤魔化せ」
番「阿呆なことを言うな!」
田「あんたらは、仲が良えわ。さァ、行こか」

これから道を西へ取って、大宮通りまで出ると、いつも七蔵が立ち寄る店が並んでる。

七「もし、丹波屋の旦那。昨日は荷物を間違て、すまなんだ。あァ、浪花屋のご番頭。いつも水を呑ましてもろて、おおきに。コレ、河内屋の丁稚。毎日、道草を食てるのを知ってるわ。今日は、マゴ旦那じゃ。アァーッ、アァーッ!」
田「一々、何を言うてる。黙って、随いてきなはれ」

大宮通りを突き当たって、道を下ると、島原。

入口に柳が植わって、余所《よそ》の国へ行ったような気分になる。

島原で一番の大茶屋・角屋《すみや》の前まで来ると、三味や太鼓で陽気なこと。

〔ハメモノ／茶屋入りの合方。三味線・〆太鼓・大太鼓・篠笛・当たり鉦で演奏〕

田「さァ、ここじゃ。マゴ旦那は、そこで待ってなはれ。（角屋へ入って）はい、御免」
○「まァ、お越しやす。もし、お富どん。田中屋の旦さんが、お越しどすえ！」
富「ハァーーイ！」

仲居の返事は、馬の尾ぐらい長かったそうで。

富「まァ、旦さん。長いこと、お越しやおへんどした。どうぞ、お上がりやす」
田「江州《ごうしゅう》のマゴ旦那を、お連れした。わしより一枚も二枚も上の御方やよって、気を付けてもらいたい。マゴ旦那が、表で待ってはる。丁重に、お迎えしなはれ」
富「ヘェ、承知致しました」

仲居頭は旧式な髷《まげ》で、小紋縮緬《ちりめん》の紋付に、黒繻子《じゅす》の丸帯。
赤前垂《まえだれ》に、塗り下駄を履いてる。
お茶屋の者に慣れてない七蔵は、用水桶の後ろへ隠れてしもた。

富「(見廻して) マゴ旦那は、何方《どちら》どす？」
七「出たな、妖怪変化！」
富「用水桶の後ろで隠れてはる御方が、マゴ旦那のような。もし、マゴ旦那！」
七「蜂女に、用は無い！」
富「まァ、何を言いなはる。マゴ旦那は、ほんに粋《すい》な御方。どうぞ、此方《こちら》へ。もし、旦さん。マゴ旦那は、面白い御方どすな」
田「あァ、粋な御方や。お座敷へ、ご案内しなはれ」
富「へェ、承知しました。もし、マゴ旦那。どうぞ、お上がりやす」
七「アァーッ、アァーッ！」
富「ほんまに、面白い御方。どうぞ、此方へ。まァ、えらいこと！　お上がりになった、マゴ旦那のお履物が知れん」
七「わしの雪駄やったら、(懐から出して) ここにあるわ」

田「コレ！　雪駄を、懐へ入れなはんな。(笑って) わッはッはッは！　皆がマゴマゴする姿を見て、楽しんでなさるわ」
○「それで、マゴ旦那と仰る？」
田「あァ、その通り！　コレ、七《ひ》っつぁん。雪駄を、懐へ入れる奴があるか」
七「誰かに、盗られたらあかんと思て」
田「島原で一番のお茶屋で、雪駄を盗む者は居らんわ」
七「こないだ、風呂屋で下駄を盗まれた」
田「角屋と風呂屋は、一つにならん。コレ、お富どん。角屋で一番の太夫と、芸者衆や幇間も呼んでもらいたい。それから、手燭《てしょく》に灯を入れとおくれ。角屋の座敷を、ご案内するわ」
富「へェ、燭台の支度が出来ました」
田「(燭台を持って) もし、マゴ旦那。角屋の座敷を、ご案内しますわ」
七「えらい、すまんことで」
田「こんな時こそ、『アァーッ、アァーッ！』と言いなはれ」
七「あァ、そうか。アァーッ、アァーッ！」
田「(襖を開けて) 此方が、扇の間と申します」

七「（見上げて）天井に、鼠《ねずみ》の小便の跡があるわ」
田「あれは、天井板の木目じゃ。どうぞ、此方へ。これが御簾内《みすうち》の間で、隣りが松竹梅の間。襖を開けると、一間になりますわ。此方が檜垣の間で、この段を下りると、大座敷・松の間。庭先に植わってる松は、臥龍《がりょう》の松と申します。松の間に、支度が出来ました。床柱の前へ、お座り下さりませ」
七「何と、贅沢な座蒲団じゃ。（胡坐《あぐら》をかいて）どっこいしょ！」
田「コレ！　胡座をかかんと、ちゃんと座りなはれ」
七「（正座をして）座りにくいと思たら、座蒲団が腐ってる」
田「綿が上等やよって、フワフワしてるわ。脇息《きょうそく》に凭《もた》れて、納まった顔をしなはれ」
七「（脇息に凭れて）アァーッ、アァーッ！」
田「それでは、アザラシじゃ。暫く、黙ってなはれ」
松「（襖を開けて）旦さん、ご機嫌さんで。毎度、おおきに」
田「大松、此方へ入りなはれ」
小「旦那はん、お越しやす」
田「妹分の小松に、種松も来たか」
国「旦さん、お越しを」

田「あァ、国松か」
見「どうも、お越しやす」
田「あんたは、誰じゃ？」
見「へェ、見越しの松で」
田「何と、ケッタイな名前じゃ。幇間も、仰山入ってきたわ」
繁「旦那、ようお越しで！」
田「おォ、繁八か。さァ、此方へ入りなはれ」
一「旦さん、お越しやす」
田「あァ、一八か。擂八《すりばち》に、当たり八《ばち》も入りなはれ」
雀「どうも、お越しやす」
田「あんたらは、誰方じゃ？」
雀「雀八《すずめばち》に、熊ン八《くまんばち》で」
田「傍へ寄ったら、刺されるわ。さァ、此方へ入りなはれ。今日は、わしを取り持たんでも宜しい。わしの隣りに居られる、江州のマゴ旦那を、もてなしてもらいたい」
繁「マゴ旦那、繁八と申しまして。お見知り置きを願いまして、ご贔屓《ひいき》をお願い申し上げます。（笑って）わッはッはッは！」

七「あァ、喧《やかま》しい！　ワレは、何じゃ？」
繁「私は、幇間《ほうかん》でございます」
七「何ッ、羊羹《ようかん》？」
繁「羊羹やのうて、幇間。つまり、たいこもちで」
七「どこに、太鼓を持ってる？」
繁「太鼓は持ってませんけど、お座敷を浮かします」
七「ほゥ、大水で？」
繁「マゴ旦那が、ご冗談ばっかり。早い話が、お座敷を持ち上げますわ」
七「あァ、力持ちか。それやったら、わしも負けん！」
田「このままでは、ボロが出て、趣向がワヤになる。マゴ旦那の正体がバレんように、誤魔化さなあかん。さァ、マゴ旦那をもてなすのじゃ。三味線を弾いて、賑やかに踊りなはれ。やった、やった、やった、コラコラ！」〔ハメモノ／我が恋。三味線・〆太鼓・大太鼓・篠笛・当たり鉦で演奏〕
七「あァ、喧しい！　耳がビンビンして、呑んでる酒が美味《うも》ないわ。こんなことをして、何が面白い？　あァ、こんなに御馳走は食えん。ウチへ持って帰って、嬶《かか》や子どもに食べさしたろ。手拭いに包んで、懐へ入れよか。酒は湯呑みで、グイグイ行こ。（酒を呑んで）あの幇間は、わしの顔を見て、笑《わろ》てけつかる。ヤイ、コラ！　幇間は、ここへ座れ！」
繁「何か御用で？」
七「十銭でも祝儀をやりたいけど、まだ、二円の駄賃をもらわん。その代わり、近江八景へ見物に来た時は、遠慮無しに寄ってくれ。大津では、一寸は知られた男じゃ。名主の伜と、米屋の娘の駆け落ちを追い掛けて、連れて帰った。どうや、偉いやろ？　偉いと言わなんだら、承知せんわ！」
田「あァ、ベロベロに酔うてしもた。コレ、お富どん。隣り座敷へ蒲団を敷いて、マゴ旦那に休んでもらいなはれ」
富「ヘェ、承知しました。もし、マゴ旦那。隣り座敷で、お休みやす」
七「この店は、気が利くわ。一寸、横になりたかった」
富「どうぞ、此方へ。（襖を開けて）さァ、お入りを」
七「ほゥ、良え座敷や。部屋の隅に、大きな長持が置いてあるわ」
富「島原の太夫は、長持へ蒲団を入れて持って参ります」
七「ほな、長持の上に座るわ。（座って）よッ、どっこいしょ！」
富「太夫が、煙草の火を点けてくれはりました」

七「（煙管《きせる》を受け取り、喫って）あァ、良え煙草や。わしは安物の盛り粉《もこ》を買うてるけど、この煙草は上等や。（煙管を叩き、火玉を掌で転がして）早う、煙草を詰めてくれ。早うせんと、掌が熱いわ！（煙管を受け取り、喫って）ほんまに、良え煙草や。太夫は、良え着物を着てるわ。この着物は、古着で買うても高そうやけど、何ぼで買うた？そんな顔をせんと、（懐から、包みを出して）これを食べてくれ。鯛や海老もあるよって、食え！」

太「お汁が垂れて、お召し物が汚れました。手拭いの包みを、長持の上へ置くような御方は、お大尽やなさそうな。マゴ旦那、失礼します」

七「コレ、女子！　一体、どこへ行く？（太夫の帯を掴んで）一寸、待った！」

太「まァ、何をしなはる！　帯を持ちはるよって、帯が解けて、しごきが垂れてしまいました。お宅は、ほんまのお大尽やおへんやろ？」

七「わしは上品やよって、金持ちのマゴ旦那や」

太「それは、ほんまですか？」

七「身振り手振りで、大店の旦那ということがわかるわ。ほゥ、紐が下がってるな。こうなったら、お手の物じゃ。（しごきを掴んで）ドォ、ドォーッ！」

解説「馬子茶屋」

長らく上演されなかったネタの一つでしたが、『講談倶楽部』という人気雑誌の、昭和八年三月号に、二代目林家染丸の速記で残っています。

知り合いを大尽《だいじん》に仕立て、お茶屋で散財をするという落語は、このネタの他にも、「木挽《こびき》茶屋」があり、木挽・医者・八百屋をお大尽に仕立てるという構成になっており、近年、上演する者がいなくなりましたが、このネタも何とか復活させることができました。

「木挽茶屋」は今後の巻に入れ、細かく解説しますので、お待ち下さい。

この落語は、演題の通り、馬子が主人公になりますが、馬子とは、馬に人や荷物を運ばせる職業の者で、馬追い・馬方とも言います。

人類の歴史上、他の動物とは比較にならないほど、馬との関係は深いと言えましょう。

元来、ウマ科の動物が、人類の生活に深く関わっていた証拠は、フランスを中心に拡がった後期旧石器時代のマドレーヌ文化の遺物である、フランスのラスコー洞窟、スペインのアルタミラ洞窟の壁画でした。

これらが約一万五千年前に描かれて以来、長い年月の間、野生のウマ科動物は北半球一体で獲られ、少しずつ増加した人間に、肉と皮革を提供したようです。

その後、乱獲に気候変動が加わり、野生馬が減少し、ウマ科動物は、北アメリカでは、一万年前までに絶滅し、ヨーロッパから中央アジア方面に押しやられました。

約九千年前までに、西アジアは気候が激化し、乾燥が進み、人類は増加して、野生の動植物の入手が困難になったため、食物の新しい獲得法が促進されたようで、人々は穀物を栽培し始め、山羊・羊・牛・豚の飼育を始めたと言います。

縄文時代、弥生時代の日本列島に馬は居ませんでしたが、朝鮮半島から馬の飼育が持ち込まれたのは、五世紀前後、古墳時代中期のようで、最初は軍事利用が目的でした。

令和の今日まで、馬は軍事・物資の運搬・農耕・神事・芸能・賭け事など、多種多様の事柄に利用されましたが、機械の発達で、何千年もの間、馬の持つ速度や力のみで果たすことができた役割がなくなったのは、馬にとって、幸せだったのかも知れません。

馬の話が長くなりましたが、人間と馬の付き合いの深さから考えれば、まだまだ述べ足りず、また、いずれの機会で申し上げることにしましょう。

旦那と馬子が行く京都島原の角屋《すみや》についても、『写真集／角屋案内記』（角屋文芸社刊）の受け売りですが、手短に記しておきます。

京都の島原は、すべてが廓《くるわ》ではなく、天明期（一七八一～九）頃は商家もあったそうですが、幕府の命令で、六条三筋町から朱雀野《しゅじゃくの》（現在地）へ移転させられたことで、京都の中央付近から歩いて行くには不便でした。

江戸中期、祇園などが盛んになるに連れて、島原は客足が遠のきましたが、揚屋町の角屋は、座敷や庭園が世に知られ、上流階級や粋人《すいじん》に好まれる所となっていたそうです。

角屋は、揚屋文化をしのぶ唯一の存在となりました。

揚屋とは、太夫や芸妓などの遊女を一切抱えず、置屋から太夫や天神（※太夫の下位）などを呼んで、宴会を催す場所で、今で言えば、料亭と言えましょう。

太夫とは、島原の遊女の中で最高位とされ、慶長年間、四条河原で、島原の前身の、六条三筋町の遊女が女歌舞伎を催した時、優れた遊女を太夫と呼んだことに始まるそうで、太夫は単に美しいだけではなく、茶・花・詩歌・俳諧・舞踊など、あらゆる教養を身に付けた、揚屋文化の演出者なのです。

揚屋は、京島原の揚屋町、大坂新町、江戸初前期の吉原のみにあり、名流貴顕《きけん》の人々が遊宴をしたサロンで、明治以降の公娼《こうしょう》制度の下の遊所特定地を意味する「遊廓」とは、本質的に違いました。

角屋の建物は、揚屋町西側に面した間口が、十六間（約三十一メートル）にも及び、最南端以外は総二階で、一、二階共、格子造りとなし、昭和二十七年、国の重要文化財建造物に指定されています。

内部は、網代の間、緞子《どんす》の間、翠簾《みす》の間、扇の間、馬の間、孔雀の間、八景の間、梅の間、囲の間、青貝の間、檜垣の間と、数多くの立派な座敷があり、大座敷・松の間から眺める主庭の臥龍の松が、昔から評判でした。

島原は、天正十七年、豊臣秀吉の公許を得て、冷泉万里小路《れいぜいまでのこうじ》（柳馬場二条）に、傾城町《けいせい》の柳町として開かれたものの、柳町は皇居に近いため、所司代・板倉勝重の命で、慶長七年、六条の地（※南北六条〜五条、東西室町〜新町）に移転させられましたが、その二町（約二四〇メートル）四方に、上《かみ》ノ町・中ノ町・下《しも》ノ町の三筋が整理され、通称・六条三筋町や新屋敷と呼ばれ、後に西洞院《にしのとういん》を加え、大繁盛。

ところが、六条三筋町も長くは続かず、三十八年後の寛永十七年、所司代・板倉重宗の「町中の傾城町は、奢侈淫蕩《しゃしいんとう》を助長する」という理由で、朱雀野の畠中へ移転を命ぜられ、翌年、引き移ることになりました。

話は逸れますが、現在も上演されている「平林」などの落語の原話が載っている『醒睡笑』は、板倉重宗の依頼により、僧侶・茶人・知識人の安楽庵策伝がまとめた物です。

朱雀野は、六条の新屋敷より西になるため、西新屋敷と称されましたが、俗称の島原が広く呼ばれるようになったのは、あまりにも移転命令が急だったため、住人の狼狽・混乱がひどく、その様子を、寛永十四年に起こった九州島原の乱に準《なぞら》えて、「恰《あたか》も、島原の乱の如し」と流布されたことに始まりました。

角屋の初代徳右衛門は、早く柳町時代から揚屋を営み、六条三筋町に移った後、寛永十四（一六三七）年に没したと言います。

明治十七、十八年の不景気到来により、揚屋町は角屋一軒を残し、すべての揚屋が廃業か、祇園などへ移転しました。

明治三十年以降の島原は、明治の新制度による娼妓《しょうぎ》屋を中心とする遊廓となり、昭和三十三年の売春防止法の施行まで存続しましたが、角屋は揚屋として、島原の中でも、江戸初期から一貫して、名流貴顕の社交遊宴文化の伝統を守り通してきただけに、「文化性に乏しい明治以降の遊廓と、同一視されるべきではない」と言われたのは、もっともなことでしょう。

また、「廓町の構造が、島原の城郭に似ているから、島原と言うようになった」という説もあり、戦時中も空襲に遭わなかったため、大門《おおもん》や、角屋・輪違屋《わちがいや》という古い店も残りました。

長々と島原のことを述べましたが、これは氷山の一角で、歴史の重みの中、魅力満載の島原だけに、改めて、違う角度から述べたいと思います。

さて、「馬子茶屋」の話に戻りますが、主人公の馬子が、馬を可愛がっていることが、言葉の端々でわかるだけに、初めて速記に目を通した時から、ホンワカとした雰囲気のネタとして復活させることができるのではないかと考えました。

皮肉な粋人の旦那も、悪気のある人間ではなく、登場人物に嫌みのある者も出てきません。

全編コントですが、角屋の様子や、ハメモノの効果もあり、それなりに値打ちを感じるネタになっています。

このネタに使われるハメモノは、旦那と馬子が島原へ行く時、本調子の「茶屋入り」が入

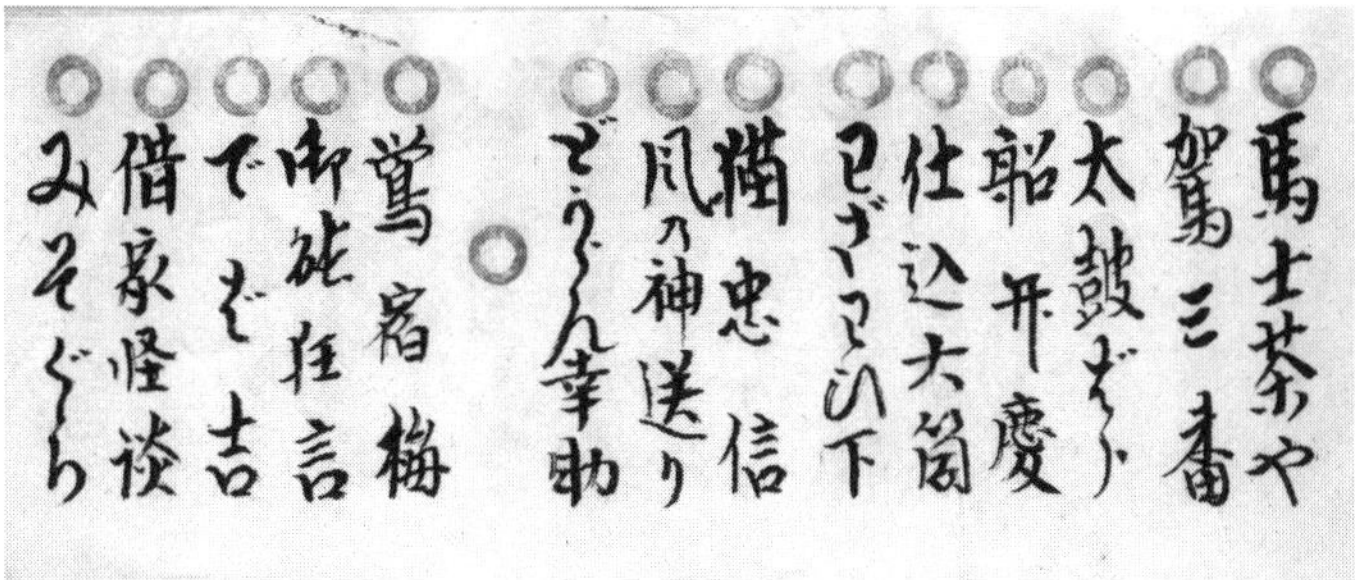

「馬士茶や」の記述がある、桂右の（之）助の落語根多控（大正11年９月）。

るのと、座敷の宴会で、三下りの「我が恋」を唄入りで演奏することになっており、「茶屋入り」は、唄なしの、三味線だけの弾き流しで、歌舞伎下座音楽の茶屋場の場面の曲の引用と思われ、このネタの他、「出歯吉《でばきち》」にも使用しますが、〆太鼓・大太鼓・当たり鉦・篠笛を、ハンナリと、抑え気味に演奏しなければなりません。

そして、「我が恋」は、上方の代表的な座敷唄で、歌詞は、

〔1〕我が恋は、細谷川の丸木橋。渡るにゃ（渡るに）怖し、渡らねば、思う御方に逢わりゃせぬ（逢いはせぬ）。

〔2〕春風に、そよと上がりし、奴凧《やっこだこ》。骨が折れよが砕けよが、糸のたぐりじゃ切れはせぬ。

〔3〕我が恋は、住吉浦の夕景色。唯、青々と待つばかり。待つは、憂いもの辛いもの

で、一番では男女の恋を細谷川の丸木橋に例え、怖くても渡らねばならぬと、恋の険しさを言い、二番では

自分を奴凧に例え、他人の忠告では切れないと意地を張り、三番ではかない恋を、松の名所・住吉浦に例え、逢おう逢おうと待つばかりという心を述べています。

落語のハメモノでは一番のみが使用され、「菊江仏壇」「稲荷俥《いなりぐるま》」「さくらん坊」などの酒宴の場面で演奏されます。

また、落語用の替え唄も作られ、「地獄八景亡者戯」は「死出の旅。芸者、舞妓を引き連れて、来てみりゃ亡者の賑わいや。これが誠の極楽か」となり、「貧乏花見」では「世の中に貧ほど辛いものは無い。置けば置くほど利が積もる。早く利上げをせにゃならぬ」というユニークな歌詞になりました。

三味線と唄は、ハンナリした演奏ができれば上々で、鳴物は〆太鼓を軽やかに打つ方が盛り上がりますし、当たり鉦は自由に入れ、笛は篠笛で曲の旋律通りに吹きますが、いつも入れるわけではありません。

さて、オチに使われている「ドォ、ドォーッ!」というせりふですが、馬や牛を使う時、動きを指示する言葉を、人間が馬や牛に言う習慣があり、それを「馬言葉」「牛言葉」と呼んだそうで、狂言に採り入れられていることもあります。

狂言の「牛馬」には、馬伯楽《うまばくろう》・牛伯楽《うしばくろう》が登場し、牛馬の新市を立てる時、「早く来て、一の杭に繋いだ者を、市の司にしよう」という高札を見て、二人の伯楽が先着を争うことになり、馬と牛を走らせる時、馬伯楽は「どう、どう」、牛伯楽は「させい、ほうせい。させい、ほうせい」と囃していますし、狂言の「木六駄《きろくだ》」でも、牛を追う声は、「させい、ほうせい。させい、ほうせい」。

東海道の箱根越えで唄った「箱根馬子唄」にも、「(ハイ、ハイ)箱根八里は(ハイ、ハイ)馬でも越すが、(ハイ、ハイ)越すに越されぬ、大井川。(ハイ、ハイ、ドー、ドード)」と、合いの手に掛け声が使われ、大蔵流の「牛馬」では、馬の「どうどう」に相当する部分が、「はいはい」となっています。

しかし、狂言の「止動方角《しどうほうがく》」では、大蔵流でも、馬を引いて進める時、「ど、どうどうどう」と声を掛けるだけに、古くから「どうどう」と「はいはい」があったのでしょう。

これらのことは、『人・他界・馬』(東京美術刊)という名著からの受け売りで、もっと詳しいことが知りたい方は、その本に目を通して下さいませ。

とにかく、馬を追う時の言葉や動作がオチになっていることがユニークで、その面白さが客席に伝わるのを、嬉しく思います。

また、馬子が登場するのは、旅の道中が多いのですが、粋で皮肉な遊びが好きな旦那のお供で、京都島原で名代の揚屋・角屋へ行くのも、演じるときの楽しめる要素であると言えましょう。

包丁間男

ほうちょうまおとこ

松「さァ、遠慮せんと食べてくれ」
辰「松っつぁんと久し振りに会《お》うて、鰻を奢《おご》ってもらえるとは思わなんだ。しかし、ケッタイな塩梅《あんばい》や。わしは『オケラの辰』で、松っつぁんは『しぶちんの松』と言われてる。銭を払う所を見たことが無い男だけに、どういう風の吹き廻しや？」
松「実は、頼みがある」
辰「ソレ、お出《い》でなすった。会うた時から、何かあると思たわ。万筋《まんすじ》の着物、献上の帯、雪駄《せった》も細鼻緒《ほそばなお》の上等。しぶちんの松にしては、良え風体《なり》や」
松「一々、『しぶちん、しぶちん』と言うな。まァ、一杯行こか」
辰「いよいよ、気色悪い。呑み食いする前に、頼み事を聞かしてもらうわ」
松「今から言うことは、誰にも言うな」

辰「鰻を奢ってもろてるよって、背中を鉈《なた》で叩き割られて、煮えたぎった鉛を流し込まれても、口を割らんだけの覚悟はある！」

松「一々、大層に言うな。（酌をして）半年ぐらい前から、横町の浄瑠璃の稽古屋へ出入りするようになって」

辰「ほゥ、一寸も知らなんだ。稽古屋の師匠は、年増で別嬪という評判や」

松「鰻が冷めるよって、箸を動かしてくれ。実は、その師匠と良え仲になって」

辰「（咳をして）ゴホッ！　ビックリしたよって、鰻を吐き出してしもた。勿体《もったい》無いよって、拾て食べるわ。惚気《のろけ》から始まるのは、殺生や。何か、奢って」

松「今、鰻を奢ってるわ」

辰「あァ、ほんまや。ウロ（※狼狽《ろうばい》すること）が来て、忘れてた。こうなったら、鰻を食べてる場合やない。鰻は折に入れて、持って帰るわ。焼き直したら、三日分のおかずになる。師匠と良え仲になったのは、何でや？」

松「ボチボチ、話をするわ。わしぐらい、女子の気を引く男は無いそうな」

辰「阿呆らしいよって、先に帰らしてもらうわ！」

松「まァ、終《しま》いまで聞け。師匠に惚れられて、亭主に納まってるという訳や」

辰「一遍、張り倒したろか！　酒の酔いも廻らん内から、何を吐《ぬ》かしてけつかる！」

松「ほんまのことやよって、仕方が無い。頼みがあるというのは、ここからや。酒や鰻を奢るだけやのうて、銭儲けをさせるわ。一口、乗らんか？」
辰「『張り倒したろか！』と言うて、すまなんだ。銭儲けやったら、一口どころやないわ。十口、百口、千口、万口も乗るわ」
松「さァ、もう一つ行こか。（酌をして）若い女子が、もう一人出来て」
辰「やっぱり、張り倒すわ！　わしは一人も出来んのに、お前ばっかり！」
松「どうやら、前世で良えことをしてきたような」
辰「わしは前世で、極悪非道なことをしたか？」
松「そうは言わんけど、どういう訳か、女子が出来やすい。師匠のすることが、鼻に付いてきた。直に小言を言うし、好きな物も着られん」
辰「良え着物を着て、文句を言うたら、罰《ばち》が当たるわ。わしは嬶《かか》が居らんよって、着物が破れても、端切れを買うてきて、上から縫うてる。柄が違う端切れだらけやよって、知らん国の旗みたいになってしもた。長屋の子どもは笑うし、女子連中はケッタイな顔をするわ。そんな思いをしてる者の前で、（泣いて）贅沢じゃ！」
松「面白い顔をして、泣くな。頼みを聞いてくれたら、良え着物が着れるわ」
辰「それを聞いたら、やる気になった。一体、何をする？」

松「若い女子と所帯を持ちたいけど、師匠に別れ話を持ち出すのも薄情な」
辰「こんな話をしてるだけで、薄情や」
松「まァ、黙って聞け。今から、稽古屋へ行ってもらいたい。浄瑠璃の稽古は、日が暮れ小前からするよって、誰も居らん。稽古屋へ行って、『此方《こちら》に、松の兄貴は居りませんか？　私は辰というケチな男で、いつも兄貴の世話になってます』と言うてくれ」
辰「いつ、お前の世話になった？　ケチな男とは、どういう訳や！」
松「これぐらいの辛抱が出来なんだら、良え着物は着られん」
辰「ほな、辛抱するわ。それから、どうする？」
松「『兄貴に相談があるよって、お家で待たしてもらいます』と言うて、上がり込め。稽古人も勝手に上がってるよって、大丈夫や。『松の兄貴に、土産』と言うて、この一升徳利を渡せ。待ってる間、湯呑みを借りて、手酌で呑め。水屋を開けると、小鉢に塩昆布があって、走り元の上げ板の、右から三枚目を上げると、漬物樽に茄子の古漬けが入ってる。それを出して、包丁で刻んで、塩出しして、一杯呑んでくれ」
辰「一寸、待った！　初めて行った家で、どこに何があるかわかるか？」
松「『大抵、こんな所にある』とか何とか言うて、誤魔化せ。一杯呑んで、良え塩梅になった所で、師匠の袖を引いてくれ」

辰「一緒に、お手水《ちょうず》へ行くか？」
松「阿呆！　年寄りの世話やのうて、色仕掛けをしてもらいたい」
辰「別嬪に、色仕掛け！　別嬪に、色、じ、じ、じ」
松「お前は、蝉か！　取り敢えず、涎《よだれ》を拭け。酔いが廻ったら、色仕掛けもしやすい。師匠の手を握った所で、わしが出刃包丁を逆手に持って、表から飛び込むわ」
辰「一寸、待った！　事が済んで、半日ぐらい経ってからにしてもらいたい」
松「ほんまの、情夫《いろ》になる訳やないわ。『コラ、間男しやがったな！　亭主の面に、泥を塗りやがった』と言うたら、表へ飛び出せ。ほな、わしが畳へ出刃包丁を突き刺して、『こんな女子に未練は無いよって、わしらの仲も今日限りじゃ！』と言うて出て行く。隣り町で、若い女子と所帯を持つ。そうなったら、師匠も文句は言えんし、わしも幸せになる。礼をするよって、お前も暮らしが楽になるわ。八方、丸う納まるという訳や」
辰「どう考えても、丸う納まるようには思えん。ほんまに、大丈夫か？」
松「あァ、心配は要らん。勘定を済ませて帰るよって、宜しゅう頼むわ！」
辰「おい、松っつぁん！　あァ、出て行った。ほんまに、難儀や。（酒を呑み、鰻を食べて）銭儲けやよって、仕方が無い。ほな、師匠の家へ行こか。（一升徳利を持ち、立って）また、寄せてもらう。（表へ出て）金があったら、こんなことは断るわ。あァ、稽古屋や。（稽古屋へ入って）えェ、御免！」
師「はい、誰方《どなた》？」
辰「松の兄貴に世話になってる、辰というケチな男ですわ。（徳利を出して）この酒は、土産代わりで」
師「おおきに、有難うございます。生憎《あいにく》、出掛けてますわ」
辰「あァ、そうですな。今、向こうの鰻屋で会《お》うて。（口を押さえて）いや、何でもない。いろんな相談もあるよって、お家に上がって、待たしてもらいます」
師「掃除も行き届いてませんし、片付けも出来てませんけど。どうぞ、お上がりやす」
辰「こんな別嬪を袖にするのは、勿体無い。（口を押さえて）いえ、此方《こっち》のことで」
師「直に、お茶を淹《い》れますわ」
辰「お茶やのうて、おチャケが宜しい。自分で持ってきた酒を呑むのは野暮ですけど、湯呑みを拝借して、この酒を呑みますわ。（湯呑みを受け取って）へェ、おおきに。（酒を注いで）ほゥ、良え色や。（酒を呑んで）あァ、美味い！　別嬪の前で、美味い酒が呑めるやなんて、今日は良え日や。師匠も一杯、如何で？」
師「お昼間は、いただかんことにしてます」
辰「口を付けてくれたら、口説きやすいのに。（口を押さえて）いえ、此方のことで」

師「生憎、お肴が無うて」
辰「塩昆布《こぶ》か、何か。はァ、無い？　ほな、(立って) 自分で出しますわ！　水屋を開けたら、小鉢があるはずで」
師「まァ、自分で出してはる。お宅は、塩昆布のある所を御存知で？」
辰「塩昆布は、大抵、水屋に入ってますわ。(塩昆布を食べて) 塩昆布に、山椒の粒が絡んで、ピリッとしてる。あァ、酒が進むわ。(酒を呑んで) 師匠、一寸ぐらい宜しい。一つ、如何で？」
師「日が暮れ小前から、お稽古がございます。お昼間は、いただきません」
辰「そんなことを言わんと、一つだけ。悪い酒やったら、こんなに勧めん」
師「お気持ちは嬉しゅうございますけど、いただきません」
辰「ほな、湯呑みに半分だけ」
師「いえ、いただきません！」
辰「愛想の無いことを仰らんと、半分だけ。一寸、湯呑みを持つだけでも」
師「いえ、ご遠慮申し上げます！」
辰「そう言われたら、仕方が無いわ。(酒を呑んで) 一人で呑んでも、面白無い。塩昆布も宜しいけど、美味い漬物があると嬉しいわ」

師「塩昆布の他は、何にもございません！」

辰「漬物樽を掻《か》き廻したら、何かあると思う。はァ、無い？　ほな、（立って）自分で出しますわ！　（床板を持ち上げて）走り元の上げ板の、右から三枚目を上げて」

師「まァ、嫌！　何でも、ウチのことを知ってはる。漬物を出して、包丁で刻んで、塩出しして。何で、漬物樽のある所を御存知で？」

辰「漬物樽を、天井に置く訳が無い。大抵、走り元の縁の下に置きますわ。（漬物を食べて）ほゥ、美味い！　良え塩梅に漬かって、食べ頃や。漬物の塩梅は、その家の嫁のコツで。昔から、糠味噌の塩梅が良えのは、その家の嫁の。（笑って）わッはッはッは！（酒を呑んで）あァ、良え酒や。『義太夫は、芸の司』と言うて、芸の良え所が詰まってる。お座敷で聞く、細棹《ほそざお》の音締《ねじ》めも宜しいけど、大阪で育った者には頼り無い。チチチンやなんて、『もっと、力を入れて弾け！』という気になりますわ。デデンデンデンという音を聞くと、『矢でも鉄砲でも持ってこい！』という気になります。お稽古のつもりで、何か聞かせとおくなはれ。一寸、短い物でも」

師「お酒の相手に、浄瑠璃は語りませんの！」

辰「まァ、冷たいお言葉。前に一寸、習《なろ》たことがあるわ。「八陣守護城／政清本城の段」は、良え節が付いてる。（浄瑠璃を語って）そのお心とは、露知らず。都で、お別れ申してより。チチリ、ツツル、テテレ、トトロ。（師匠の膝を突いて）ヨイ！」
師「（辰の手を払い退けて）もし、何をしなはる！」
辰「（浄瑠璃を語って）勿体無い事ながら、父様《とと》や母様《はわ》を思う心は」
師「（辰の手を払い退けて）コレ、触りなはんな！」
辰「一々、邪険なことを仰らんように。「三勝半七《さんかつ》」は、艶《いろ》っぽい。（浄瑠璃を語って）今頃は、半七っつぁん。どこでどうして、（師匠の胸を触って）ござろうぞ」
師「（辰の手を払い退け、頭を叩いて）ええ加減にしなはれ！」
辰「あァ、痛ァ！　いきなり、ピシャッと来た。眉間に皺《しわ》を寄せて、睨む顔が艶っぽい。そう言うと、仲の良え夫婦の「壺阪」も良えわ。（浄瑠璃を語って）三つ違いの兄さんと、言うて暮らしている内に、情けなや、こなさんは、生まれもつかぬ疱瘡《ほうそう》で。目界の見えぬ、その内に、貧苦に迫れど、何のその。一旦、殿御の沢市っつぁん。例え火の中、水の底。未来までも夫婦じゃと思うばかりか、（師匠に抱き付いて）コレ、申し！」
師「（辰の頭を、三遍叩いて）とっとと、出て行きなはれ！」
辰「あァ、痛ァ！　もう一寸で、首が飛ぶかと思た。そんなに、ドツかんでもええわ」
師「亭主の友達と思て、辛抱してた。酒に酔うて、良え気になってからに。水に浸けたポン菓子みたいな顔で、女子を口説くような柄やないわ！」

辰「何ッ、水に浸けたポン菓子？　ムカつくけど、上手に譬《たと》えたよって、笑《わろ》てしもた。もう、止めじゃ！　松に頼まれたよって、口説いてるだけや！」
師「こんなことを頼む阿呆が、どこに居る？」
辰「どこに居ると聞かれたら、ここの亭主としか言いようが無いわ」
師「阿呆も、休み休み言いなはれ！　どこの世界に、自分の女房を口説いてくれと頼む亭主が居る？」
辰「居らんと思たら、大間違いや。皆、言うたろか。松に鰻屋へ誘われて、『師匠の亭主に納まってるけど、若い女子が出来た。師匠と別れたいよって、一升徳利を持って、ウチで酒を呑んで、師匠の袖を引け。出刃包丁を持って飛び込むよって、表へ飛び出してくれたら、礼をする』と頼まれた。頭をドツかれて、水に浸けたポン菓子と言われたら、止めとうもなるわ」
師「それは、ほんま？」
辰「嘘も、ほんまもあるか。そんなことでも無かったら、初めて来た家で、どこに塩昆布があって、漬物樽があると知ってる訳が無いわ。八卦見《はっけみ》でも、わからん！」
師「(泣いて) まァ、酷いこと！　世話をさせるだけさせて、若い女子が出来たやなんて！　今まで、どれぐらい苦労したことか！」

辰「そんなことは知らんし、勝手に悔やめ！　人の頭をドツいて、水に浸けたポン菓子と吐《ぬ》かしやがって」
師「何も知らんよって、無茶を言いました。ウチの人が帰ってきたら、私と一緒に毒吐《どくづ》いとおくなはれ。恥をかかせて、ここから追い出します。あァ、悔しい！　他に頼める人が無いよって、どうぞ、宜しゅう！」
辰「何やら、ケッタイな風向きになってきた。頼みを聞いたら、どうしてくれる？」
師「腹が立ち過ぎて、訳がわからんようになってきた。あの人が若い女子を拵《こしら》えた腹いせに、私も男を拵えます！　お宅は、何という名前で？」
辰「わしは辰蔵で、オケラの辰と言われてるわ」
師「ほな、辰っつぁん。私を、情婦《いろ》にしとおくなはれ」
辰「一寸、待った！　師匠の方が、酒に酔うてるのと違うか？　何が何やら、訳がわからんようになってきた。ほんまに、わしの情婦になるつもりか？」
師「手っ取り早い所で、お宅に情婦になってもろて」
辰「情婦は、手っ取り早《ばよ》うなる物と違うわ」
師「取り敢えず、恥を掻かせたい。お宅は面白い顔でも、人間が良さそうな」
辰「面白い顔は、余計や」

師「今日から、嫁にしてもろても宜しいわ」
辰「師匠みたいな別嬪と所帯が持てたら、盆と正月が一緒に来て、いつ死んでも、悔いは残らん。水に浸けたポン菓子のような顔でも、文句は無いか？」
師「腹が立ったよって、あんな憎まれ口を利いただけ。嫌やったら、誰かに頼みます」
辰「よし、引き受けた！　ほな、死ぬまで大事にするわ」
師「あァ、悔しい！　世話をさせるだけさせて、若い女子を拵えるやなんて」
辰「わしも、そう思う！　天に代わって、成敗しょう！」
師「ほな、お願いします。そやけど、ケッタイな恰好。いろんな端切れを接いで、裏長屋の鯉のぼりみたいな。それは脱いで、ウチの人の着物を着なはれ。追い出すとなったら、手拭い一本持たせることも無い。ほんまは、お刺身も、良えお酒もありますわ」
辰「あァ、運が向いてきた！　遠慮無しに、よばれるわ」
松「(家の中を覗いて) ほゥ、上手にやってるわ。わしの着物を着て、酒の酌までさせてる。さァ、わしの出番や。(出刃包丁を、逆手に持って) コラ、間男をしやがったな！　亭主の面に、泥を塗りやがって！」
辰「あァ、松っつぁんが入ってきたわ。まァ、お入り」
松「何を吐かしてけつかる。早う、表へ飛び出せ！　ようも、間男をしやがって！」

師「野中の一軒家やないよって、大きな声を出しなはんな！　どの面を下げて、間男をしたと言うてる。若い女子と一緒になるために、私と別れるやなんて。罰が当たって、根腐りするわ。さァ、着物を脱ぎ！　それは、私が拵えた着物や。裏長屋の鯉のぼりみたいな着物があるよって、それを着て、とっとと出て行け！　今日から、私の亭主は辰っつぁんや。逆恨みをしたら、承知せんわ。辰っつぁん、何とか言うて！」
辰「まァ、そういう訳や。世の中は、『瓢簞《ひょうたん》から駒』ということがある。松っつぁんは、『驕《おご》る平家は久しからず』やよって、諦めたほうがええわ」
師「とっとと、出て行け！　二度と来んように、塩を撒《ま》くわ」
松「亭主に、塩を撒きやがった。ナメクジやったら、溶けてしまうわ」
師「あァ、ベチャベチャに溶けてしまえ！　追い出して、サッパリした。さァ、辰っつぁん。後のことを相談するよって、今から呑み直しや」
辰「おォ、そうさせてもらうわ。人生、薔薇《ばら》色や！」
松「コラ、辰！　最前、持ってきた出刃を出せ！」
辰「また、入ってきた。逆恨みをして、重ねといて、四つにしょうと考えたか。最前、持ってきた出刃包丁は、ここにあるわ。斬るなり、突くなり、勝手にせえ！」
松「そんなことをしょうと思て、『出刃を出せ！』と言うた訳やないわ」

辰「ほな、出刃は、どうするつもりや？」
松「あァ、魚屋へ返しに行くのじゃ！」

解説「包丁間男」

このネタの決定版と言えば、東京落語界で「昭和の名人」と言われた、六代目三遊亭圓生師でしょう。

五代目立川談志師（平成二十三年没。七五歳）が、紀伊國屋ホールの「ひとり会」で上演すると発表し、稽古もしましたが、形にならず、仕方がないので、柏木の圓生宅を訪れ、「出演料は弾みますから、本物の「包丁」を演ってください」と頼み、それを引き受けた圓生師は、会の当日、実に見事な「包丁」を演じ、談志ファンを堪能させたという、ユニークなエピソードが残っています。

圓生師が少年時代、このネタを頻繁に演っていたという、大正時代に活躍した音曲師・三遊亭橘園（大正十二年没）の高座を参考に、昭和二十三年、満州から帰ってきた時、この噺を思い出し、無性に演ってみたくなり、上演し始めました。

「昭和二十三年秋（十月？）、記憶によると、新富亭（新富町）で初演したと思ふが、日は確かでない。十日か、十一日ではないかと思ふ」と、圓生自身が日記に記していたそうですから、間違いないでしょう。

五代目三遊亭圓生（昭和十五年没。五六歳）師は、大正五、六年頃、初代三遊亭圓右（大

正十三年没。六五歳）が第一次落語研究会の高座で演じたのを、聞いたそうです。落語研究会で演ったという記録はあるそうですが、六代目圓生師は聞いていないとのことです。

圓生師の十八番であったことは、自他共に認める所で、ここ一番という会には、このネタを出しました。

明治初年から営業していた東京の寄席・人形町末広は、昭和四十五年一月二十日、二之席の十日間で幕を閉じましたが、そこで開催していた圓生独演会は、昭和四十四年十二月二十七日が最後の会で、ラストの演目も、「包丁」だったのです。

圓生師の「包丁」は、登場人物の寅が、端唄「八重一重《やえひとえ》」を口ずさみながら、清元の女師匠を口説く場面が聞かせ所でした。

ちなみに、三遊亭橘園は「梅にも春」を唄ったそうです。

元来、東京落語の演題は「包丁の間男」と言い、明治中期頃までは「恵比寿様《えびっちゃま》」で、「『俺もあそこへ近頃、えびっちゃまだ』というのが、オチだった」と圓生師が述べています。

恵比寿様は、香具師《やし》の隠語で、「ニコニコ笑いながら、胡坐《あぐら》をかいて、ゆする。向こうから、何かを釣り上げる」という意味であり、七福神の恵比寿の容姿にちなんでいるだけに、このネタの趣旨に合致していると言えましょう。

昔の速記本は、初代三遊亭圓右の口演で『圓右小さん新落語集』『三遊やなぎ名人落語大全』、「出刃庖丁」という演題で『雷門助六落語全集二』『柳亭左楽落語会』、「グズ虎」で『圓橘の

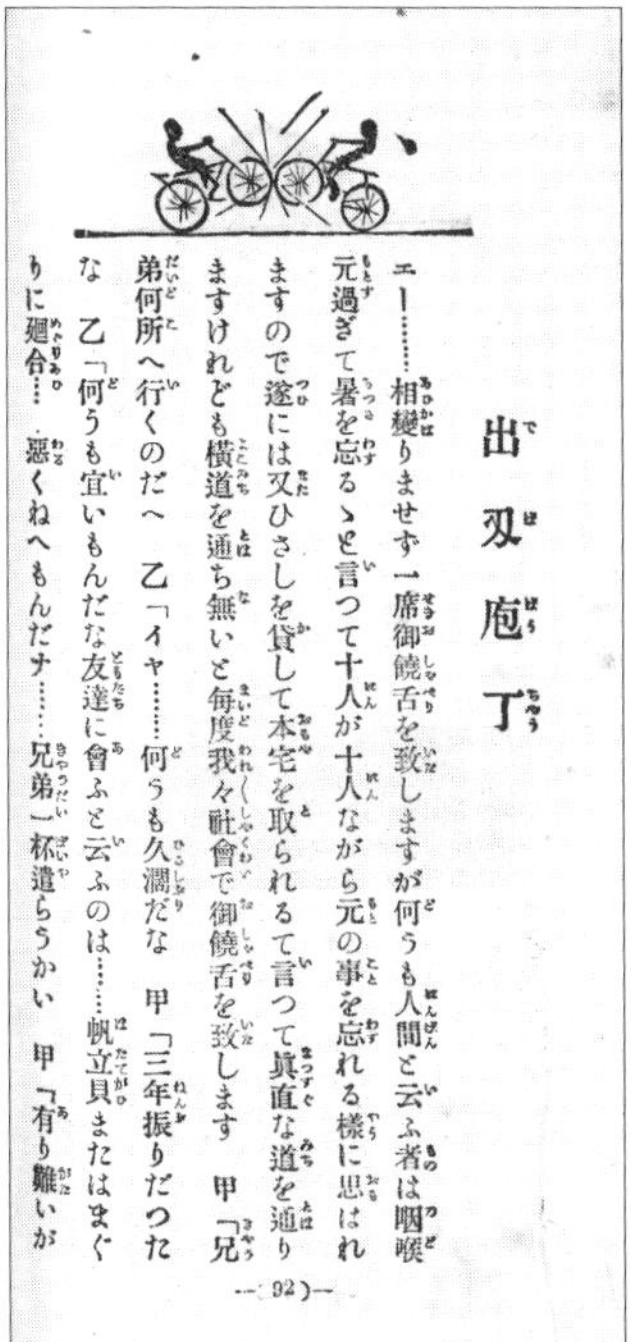

出刃庖丁《でばぼうちやう》

エー……相變《あひかは》りませず一席御饒舌《せきおしやべり》を致《いた》しますが何《ど》うも人間《にんげん》と云《い》ふ者《もの》は咽喉《のど》元《もと》過《す》ぎて暑《あつさ》を忘《わす》るゝと言《い》つて十人《にん》が十人《にん》ながら元《もと》の事《こと》を忘《わす》れる樣《やう》に思《おも》はれますので遂《つひ》には叉《また》ひさしを貸《か》して本宅《おもや》を取《と》られるて言《い》つて眞直《まつすぐ》な道《みち》を通《とほ》りますけれども横道《よこみち》を通《とほ》ち無《な》いと毎度《まいど》我々《われわれ》社會《しやくわい》で御饒舌《おしやべり》を致《いた》します　甲「兄弟《きやうだい》何所《ど》へ行《い》くのだへ　乙「イヤ……何《ど》うも久濶《ひさしぶり》だな　甲「三年《ねん》振《ぶ》りだつたな　乙「何《ど》うも宜《い》いもんだな友達《ともだち》に會《あ》ふと云《い》ふのは……帆立貝《はたてがひ》またはまぐりに廻合《めぐりあひ》……惡《わる》くねへもんだナ……兄弟《きやうだい》一杯遣《ぱいや》らうかい　甲「有《あ》り難《がた》いが

—（92）—

『柳亭左楽落語会』（明治41年刊）の表紙と、「出刃庖丁」の速記。

落語』があります。

「東京落語より先に、上方落語で上演されていた」と言われていますが、上方落語の速記は残っていません。

ＳＰレコードに吹き込んだ者もなく、ＬＰ時代になっても、六代目圓生師の録音のみです。

私の場合、昔の速記を土台にして、平成十年三月十日、大阪梅田の太融寺で開催した、第十六回桂文我上方落語選（大阪編）で初演しました。

端唄「八重一重」は、上方風で義太夫にしましたが、それもできるだけ、軽く語ることにしています。どちらにしても、唄や義太夫を聞かせるより、コント仕立ての構成と、登場人物の心のやりとりを楽しんでいただくことが主になる方が良いでしょう。

圓生師のように、絶品の「八重一重」が唄えるのであれば、話は別ですが……。

下品に演じるのは最悪としても、上品に演り過ぎると、噺本来の面白さが消えてしまいますし、普通に演りながら、粋《すい》というスパイスを少しばかり振り掛けるという程度に止めておくほうが、フワフワとした面白さが出ると思います。

切実な色事の話は、軽く演じるほうが、観客にも楽しさが伝わるでしょう。

どのネタを演っても思うことですが、このネタは特に、「この後は、どうなったのだろう？」と考えてしまいます。切実な話も、オチで全部が消えてしまう所に、落語の一番の良さがあると思いますが、いかがでしょうか。

厄払い

やくはらい

甚「さァ、此方《こっち》へ入り。お前が遊んでると聞いたよって、小遣い儲けを教えたろ。今日は節分やよって、年越しの銭儲けがあるわ」

○「年越しの銭儲けは、懲《こ》りてる。去年、人に教えてもろて、よばし麦を売って」

甚「年越しは、よばし麦を飯へ入れて炊くよって、よう売れたやろ？」

○「麦を一升買うて、水でふやかして売りに行ったら、皆、売れて。これは良えと思て、次の日、三升の麦を仕入れて売りに行ったけど、一寸も売れん」

甚「それは、当たり前じゃ。年越しが済んだら、よばし麦は売れんわ」

○「人に聞いたら、『大阪の年越しは、夕べ済んだ』と言うよって、尼へ走って」

甚「何で、尼崎へ行った？」

○「尼の年越しは、今日かも知れんと思て。ほな、『尼の年越しも、昨日済んだ』と言うよって、油断がならんと思て。慌てて、神戸へ走っても、昨日済んだ。明石やったら追い付くと思たけど、ここへも手が廻って」
甚「手が廻ってやなんて、ケッタイな言い方をしなはんな」
○「西のほうの年越しが同じ日やったら、東へ行ったら良かったと思て」
甚「どこへ行っても、日本の年越しは同じ日じゃ。三升の麦は、どうした？」
○「捨てるのは勿体無いよって、麦ばっかり食べて。尻が、プゥプゥ鳴り通し」
甚「一寸、考えてやりなはれ。元手の要る商売をしても、損をするだけじゃ。元手要らずの、厄払いをやりなはれ。皆に喜ばれて、口だけで商いが出来て、縁起《げん》が良うなる。『去年は悪かったよって、今年は縁起直しに、厄払いに出よか』と言うて、大店《おおだな》の旦那が縁起直しをするぐらいじゃ」
○「厄払いは、難しいように思う」
甚「厄払いも、一寸したコツがある。厄を払う前に、『ご家内は、何人で？』と尋ねるわ。奉公人を使う店は大勢やよって、『皆の厄を払わしていただきます』と言うたら、二銭包むつもりが、三銭入れる気になる。銭は大したことはないけど、一銭でも増やそうとするのが気持ちじゃ。この頃は、五厘玉を入れる家は無いわ。少《すけ》のうても、一銭は入れる。大抵は二銭で、家内の多い家は三銭。気前の良え家は、五銭と豆を入れて、半紙で包んでくれる。銭は小遣いにして、白紙は紙屑屋へ売ったらええわ」
○「ほな、豆は食べるか？」
甚「豆は豆で、売りに行く所があるわ」
○「やっぱり、豆腐屋か？」
甚「豆腐は生の豆で拵《こしら》えるけど、年越しの豆は煎《い》ってある。煎った豆は、豆腐にならん」
○「いや、焼き豆腐になると思う」
甚「阿呆は、阿呆なりに考えるだけ面白い。煎った豆は、駄菓子屋へ持って行くと、豆板や、猫の糞《ふん》という安物の菓子になる。何も捨てる物が無い、結構な商売やけど、厄払いの文句を覚えなあかん。『役者尽くし、相撲尽くし、花尽くしと色々ございますけど、めでたいので払わしてもらいます』と言うたら、向こうも張り込んで、銭や豆を仰山入れてくれる。それをもろたら、いつもの奴を言うたらええわ」
○「ほゥ、いつもの奴と言うと？」
甚「いや、誰でも知ってる奴じゃ」
○「はァ、誰でも知ってる奴と言うと？」
甚「誰でも知ってる奴を、お前は知らんか？　厄払いの文句は、子どもでも知ってるわ」
○「大人の私は、知らん」

甚「ほんまに、難儀な男じゃ。大人を百人集めたら、九十九人まで知ってるわ」
○「私が、百人目！」
甚「ケッタイなことで、喜びなはんな。厄払いの文句は、子どもの時分から知らん内に覚えて、大抵の人が知ってるわ。『アァラ、めでたやな、めでたやな。めでたいことで払おなら、鶴は千年・亀万年、浦島太郎は八千歳、東方朔《とうぼうさく》は九千歳。三浦の大助《おおすけ》、百六つ。斯《か》かる目出たき折柄に、如何なる悪魔が来ようとも、この厄払いが引っ捕え、東の海へと思えども、西の海へサラリ。厄、払いまひょ！』と言いなはれ」
○「それを、誰が言う？」
甚「誰が言うて、お前が言うわ」
○「お前は、とても、よう言うてやない」
甚「人事みたいに言うてるな。晩まで暇があるし、わしが紙に仮名で書いたるよって、ちゃんと覚えなはれ。（書いて）さァ、文句を書いといた」
○「ほな、これを向こうへ突き出して、お辞儀をする」
甚「それでは、新米の乞食じゃ。ちゃんと、文句を呑み込みなはれ」
○「お茶より、白湯のほうが良えか？」
甚「コレ、薬を呑むように言いなはんな。しっかり、腹へ叩き込みなはれ」

○「あァ、金槌で？」
甚「ちゃんと、空で言えるようにしなはれ」
○「あァ、屋根から飛んで？」
甚「嬲《なぶ》ってたら、張り倒すで！　しっかり、覚えなはれ。厄払いへ行く時は、縁起付けやよって、ウチで一番初めに払て、余所《よそ》へ行きなはれ。建前は、後で教えたる」
○「ほな、そうするわ」

ズボラな男で、家に帰っても、厄払いの文句を覚えることはせん。

当時、火事になったら、籠へ屋財家財を放り込んで、それを担いで逃げる、子どもが三人ぐらい入って遊べるような、用心籠という大きな籠を、どこの家も置いてたそうで。

何を思たか、紙と糊を持ってきて、ベタベタと用心籠を貼り出す。

綺麗に貼り上がった時分には、日が暮れて、夜更けになると、これを担《かた》げてやってきた。
○「（表の戸を叩いて）一寸、開けて。えェ、厄払いに来た」
甚「ほんまに、力の入れ甲斐の無い男じゃ。何で、ウチへ一番に来ん！」
○「いや、ここが口開けや」

甚「今から、厄払いに行くつもりか？　気の利いた厄払いやったら、ボチボチ帰る時分じゃ？　今時分まで、何をしてた？」
○「用心籠を、紙で貼って」
甚「背中に担げてるのは、用心籠か？　そんな物に紙を貼って、どうする？」
○「これへ、銭と豆を入れてもらう」
甚「そんなに仰山、もらうつもりか？　その籠に一杯やったら、余程の数じゃ」
○「一杯もらうやなんて、そんな厚かましいことは思てない。せめて、七分目」
甚「それが厚かましいわ。そんな大きな物に、七分目も溜まるか」
○「早う、厄を払わして」
甚「待ってても来んよって、他の厄払いに払わしたわ」
○「もう一遍、払わしなはれ」
甚「二遍も三遍も、厄払いする奴があるか。もう、厄は無いわ」
○「部屋の隅に、厄が残ってる」
甚「縁起の悪いことを言いなはんな！　早う、帰れ！」
○「(表へ出て)あァ、終《しま》いに怒られた。世間はシィーンとしてるけど、厄を払てない家があると思う。あァ、誰か呼ばんか？　黙ってたら、道を歩いてるだけや。何でもええよって、声を出してみたろ。えェ、通ってます！　通ってるでは、わからんわ。厄払いということが知れんと、何にもならん。えェ、厄払いです！　この辺りに、厄を払おうという家はございませんか？　こんなに、長いのはあかんわ。厄払いの建前を習う前に、放り出された。一体、どう言うたらええ？」
厄「厄、払いまひょ！　めでたいので、払いまひょ！　厄、払いまひょ！　めでたいので払いまひょ！」
○「アレは、玄人の厄払いや。ほんまに、良え調子やな。おい、厄払い！」
厄「ヘェ！　お呼びになったのは、誰方《どなた》？　一体、どこの家や？。厄、払いまひょ！　めでたいので、払いまひょ！」
○「おい、厄払い！」
厄「ヘェ！　呼んだのは、お宅ですか？　道の真ん中で、厄を払うつもりで？」
○「私も、厄払い」
厄「あんたも、厄払いか？」
○「ほんまに、上手に建前を言うてるな。私は新米の厄払いで、どんな風に建前を言うたらええかわからん。一寸、教えて」
厄「夜が更けて、急《せ》いてるよって、教えてる暇は無いわ。さァ、其方《そっち》へ行き。厄払いが、二人並んでも、仕方が無い。厄、払いまひょ！」
○「おい、厄払い！」
厄「一々、呼んだらあかん！　もう、私の後を随《つ》いてきなはんな」
○「懐や袂《たもと》は、豆と銭で一杯や。それだけ儲けたら、もうええわ。一寸、教えて」
厄「この辺りは馴染みで、呼んでもろたら、わしが払うよって、あんたはあかん」
○「建前を教えてもらうのに、私が横取りをして、厄を払うという、そんな厚かましいことはせんわ。呼ばれたら、あんたが厄を払いなはれ」
厄「ほな、何で随いてくる？」
○「銭と豆は、私がもらう」
厄「ほんまに、ドツかれるで！　早う、向こうへ行け！」
○「あァ、ケチ！　仰山、儲けやがって。しかし、あんな良え声は出んわ」
う「なアべやアーきィ、うどん！」
○「あァ、うどん屋や。今まで何とも思わなんだけど、うどん屋も良え建前や」
う「なアべやアーきィ、うどん！」
○「おい、うどん屋。中々、建前が上手や」
う「もし、嬲《なぶ》りなはんな。呼んだのは、うどんの注文と違うか？」

○「新米の厄払いで、建前が出んよって、困ってる。道の真ん中で、声は出んわ。どないしたら、そんな良え調子が出る？」
う「どうもこうも、『なァべやァーきィ、うどん』と、楽に言うてるだけや」
○「そんな風に、『なァべやァーきィ、うどん』とは言えん」
う「いや、ちゃんと言えてるわ」
○「えッ、言えたか？　なァべやァーきィ、うどん！　あァ、言えてる」
う「その要領で、厄払いを言うたらええわ」
○「(声が詰まって) やッ！　やッ！　あァ、出ん。(声が詰まって) やッ、やッ！　なァべやァーきィ、うどん！　『な』は出るけど、『や』は出にくい」
う「いや、そんなことはない。鍋焼きにも、『や』が入ってるわ」
○「あァ、なるほど。『なァべやァーッ』と、ここに『や』が入ってる」
う「鍋焼きの『や』を使《つこ》て、言うたらええわ」
○「これは、面白い！　なァべ、やァーくはらい！　これやったら、言えるわ。なァべ、やァーくはらい！」
甲「おい、うどん屋。中々、良え声してるな。一つ、熱うしてくれるか」
う「へェ、直に拵えます。さァ、もっと稽古しなはれ」

○「なァべやァーくはらい！」
乙「一寸、うどん屋はん。今晩の声は、よう聞こえるわ。あの家へ、二つ持ってきて」
う「ヘェ、おおきに。さァ、もっと大きな声で稽古しなはれ」
○「なァべやァーッ、止めじゃ！　何で、お前の商売を手伝わなあかん。人に建前を言わせやがって、阿呆らしい。こうなったら、ヤケクソで言うたろ。厄払い、厄払い！　本日開店の厄払い、安売りの厄払い！　呼べ、呼べ！」

旦「コレ、番頭どん。厄払いは、まだ来んか？」
番「同じことやったら、毎年の厄払いに払わしてやろうと思て、宵の内から待ってますけど、参りません。ひょっとしたら、今年は商売に出てないかも知れません」
旦「それは、具合が悪い。その内に、年越しが済んで、厄払いが居らんようになる。誰でもええよって、表へ来た厄払いを捕まえて、厄を払わしなはれ」
○「厄払い、厄払い！　本日開店の厄払い、安売りの厄払い！」
番「向こうから、厄払いが来た。今年は、アレに払わしたろ。おォーい、厄払い」
○「何じゃ！」
番「何じゃという奴があるか。一寸、此方へ来なはれ」

○「何か、用か！」
番「コレ、何という物言いや。厄を払てもらおと思て、呼んでるわ」
○「あァ、払わしてもらいますわ。『役者尽くし』『相撲尽くし』『花尽くし』と、色々ございますけど、めでたいので払わしていただきます。ご家内は、何人で？」
番「ウチは奉公人が多いよって、十八人や」
○「皆の厄を払うよって、銭を張り込めよ！」
番「いやらしいことを言うな。紙に銭と豆が包んであるよって、受け取りなはれ」
○「ヘェ、おおきに。（紙包みを、後ろの籠へ放り込んで）よいしょ！」
番「渡した物を、放かす奴があるか」
○「いや、後ろの籠へ放り込んだ」
番「後ろに置いてある、大きな籠へ放り込んだか。早う、払いなはれ」
○「ヘェ、宜しゅうございます！　あァ、えらいことをした。用心籠へ紙を貼ってて、厄払いの文句を覚えるのを忘れてたわ。（懐を探って）文句が書いてある紙があるよって、これを読んだろ。障子を開けて、皆が並んで、此方を見てたらあかん」
番「厄を払てもらうのを、皆で待ってるわ」
○「皆が此方を見てたら、払いにくい。一寸、障子を閉めさしてもらいます」

番「コレ、障子は開けときなはれ」
○「障子を閉めても払えるよって、大丈夫！（障子を閉め、紙を見て）障子を閉めたら、暗《くろ》なって、字が読めん。一寸、開けときます」
番「一体、何をしてる。早う、払いなはれ」
○「（障子を開け、紙を見て）ほな、払います。（紙を読んで）えェ、あらめ、うでたやな、うでたやな？　一寸、お尋ねします」
番「はい、誰方？」
○「アノ、厄払いです」
番「まだ、居ったか。厄を払て、行ってしもたかと思た。一体、何や？」
○「やっぱり、アラメは茹《う》でた方が宜しいか？」
番「一体、何を言うてる？」
○「いえ、アラメ茹でたやな」
番「一々、ケッタイな節を付けるな。それは、『アァラ、めでたやな』と違うか？」
○「（紙を見て）あァ、『アァラ、めでたやな』や。あァ、めでたい」
番「何の、めでたいことがあるか。しっかり、次を言いなはれ」
○「アァラ、めでたやな、めでたやな。めでたいことで、はらおなら。はら、オナラ！」

番「もう一寸、スッと行ったら、臭いで」

○「スッと行ったら、臭いで」

番「阿呆なことを言いなはんな！」

○「あァ、めでたい！」

番「何が、めでたい？　早う、次を言いなはれ」

○「えェ、鶴は十年」

番「何ッ？　鶴は十年とは、寿命の短い鶴やな」

○「へェ、若死《わかじに》の鶴」

番「コレ！　縁起の悪いことを言いなはんな」

○「あァ、めでたい！」

番「何が、めでたい？　鶴は、千年と違うか？」

○「十の上に、シャッポンが付いてるわ。鶴の帽子で、ツルクハット！」

番「しょうもない洒落を言うな！」

○「あァ、鶴は千年や。鶴は千年、亀は一カ年」

番「何ッ？　亀は、万年と違うか？」

○「『一』と『カ』が、引っ付いてるわ。亀は万年で、おまんねん」

番「一々、しょうもない洒落を言うな。しっかり、次を言いなはれ」
○「浦島、浦島たらうは……。墨が掠《かす》れて、読み辛い。一寸、お尋ねします」
番「チョイチョイ、尋ねなはんな」
○「浦島太郎は、何です？」
番「ほんまに、難儀やな。浦島太郎は、八千歳じゃ」
○「あァ、そうそう。えェ、それから？」
番「東方朔は、九千歳」
○「なるほど」
番「三浦の大助、百六つ」
○「そうそう」
番「斯かる目出たき折からに」
○「違いない、違いない」
番「如何なる悪魔が来ようとも、この厄払いが引っ捕らえ」
○「ヘェヘェ」
番「東の海へと思えども、西の海へサラリ。厄、払いまひょ」
○「皆、払いなはった。ほな、さいなら！」

番「コラコラ！　人に払わして、帰ってしもた。旦さん、けしからん厄払いですわ」
旦「いや、結構。ウチの者が払うのも、面白い。皆、此方で腹を抱えてた。毎年のご祝儀も済んだよって、めでとう休むことにしょうか」
番「旦さん、雨が降ってきました」
旦「年越しの晩に雨が降るとは、縁起が悪い」
番「いえ、年越しの雨は、めでたいことで。『降るは千年、雨は万年』と申します」
旦「ほゥ、縁起の良えことを言うてくれたな。皆、バタバタして、どうした？」
□「裏の戸を閉めましたよって、裏閉めたるは八千歳」
旦「あァ、これも良う出来たな」
△「方々の戸を差したよって、方々差すは九千歳」
旦「これも中々、上手いな。コレ、権助。そんな所で震えて、どうした？」
権「身震いの権助、百六つで」
旦「おォ、面白い！　コレ、お清。繻子《しゅす》の帯を持ち出して、何をしてる？」
清「斯かる目出たき折柄に、如何なる悪魔が来ようとも、この清が引っ捕らえ、繻子の帯へサラリ」
旦「コレ、定吉。蒲団《ふとん》を振り廻して、何をしてる？」

定「夜具、払いまひょ！」

解説「厄払い」

コント仕立てで、無邪気な内容ですが、日本の風俗が濃厚に含まれています。

私が幼い頃、節分の日になると、祖母が豆を煎り、焼いた鰯に、柊の葉を用意し、夜になると、子どもが「鬼は外、福は内」と言いながら、鬼の面を被った父に、豆を投げて過ごしました。

厳格で、しつけには厳しかった父が、この日ばかりは、子どもに豆を投げられ、外へ逃げるのですから、一年一度の「親が許してくれる、子どものいたずら」だったのかも知れません。

三重県松阪市の山村の節分行事は、豆撒《ま》きぐらいだったので、厄払いという仕事があると、落語で知った時は、驚きました。

昔の節分は、立春が「年の改まる日」と考えられていたため、立春の前日は、正月を前にした大晦日となったわけで、節分の日暮れ時が、日本中で一番多忙だったようです。

関西では、節分の夜を「年越し」と呼び、どの家も氏神様に詣で、大量の豆を煎り、塩鰯、大根の味噌汁、麦飯が夕食となり、食後、鰯の頭を柊に刺して、玄関、裏口の軒先に挟み、その家の主人が「鬼は外、福は内」と、部屋の隅々まで、豆を撒きました。

鰯と柊には諸説ありますが、鰯の匂いに辟易《へきえき》しながら、家の中へ入ろうとする鬼が、豆つ

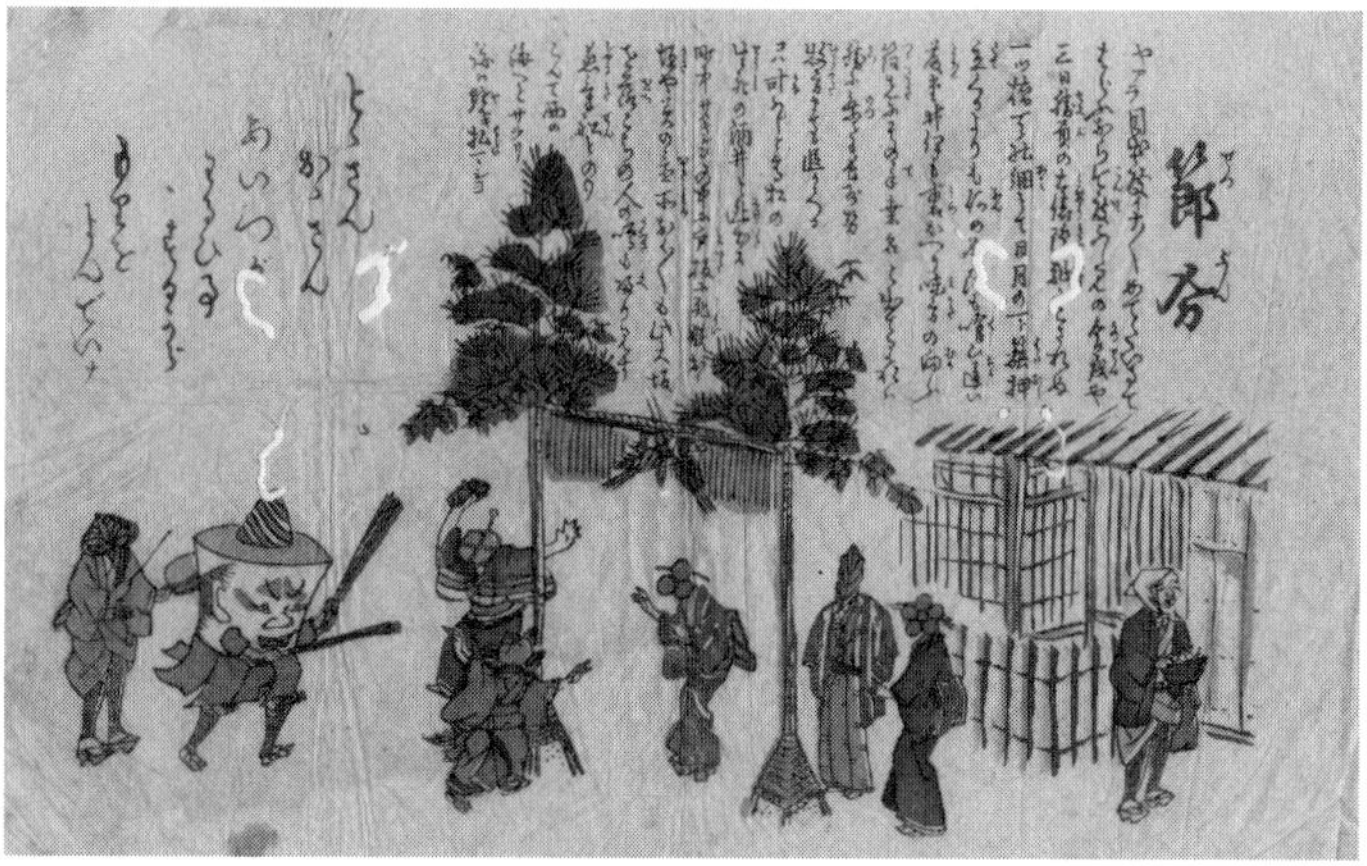

節分の刷物。

ぶてで目をやられ、表へ逃げ出すと、柊の葉のとげが体を刺すという、極めて単純な迷信が、一般には信じられていたと言います。

節分の昼前は、米屋、魚屋、柊売り、豆売り、焙烙《ほうろく》売りなどが忙しく、夕方になると、厄払いが町内を廻りましたが、大阪の厄払いは、風除けの頭巾（頬被り）を被り、綿入れ布子《ぬのこ》に身を固め、片裾を捲《めく》り上げ、片手は懐に入れ、丸い提灯を帯に差し、長い棒を一本（※近世半ばまでで、後は笊《ざる》や袋になった）携えていました。

関東では「おん厄払いましょう、厄払い」、関西は「厄、払いましょう」、名古屋では「払いましょ。厄、払いましょうと言って歩いたそうですが、「厄、払いましょう」。目出度いことで払うなら、鶴は千年、亀は万年。東方朔は、九千年。浦島太郎は、八千年。三浦の大助、百六つ。かほど目出度き折柄に、如何

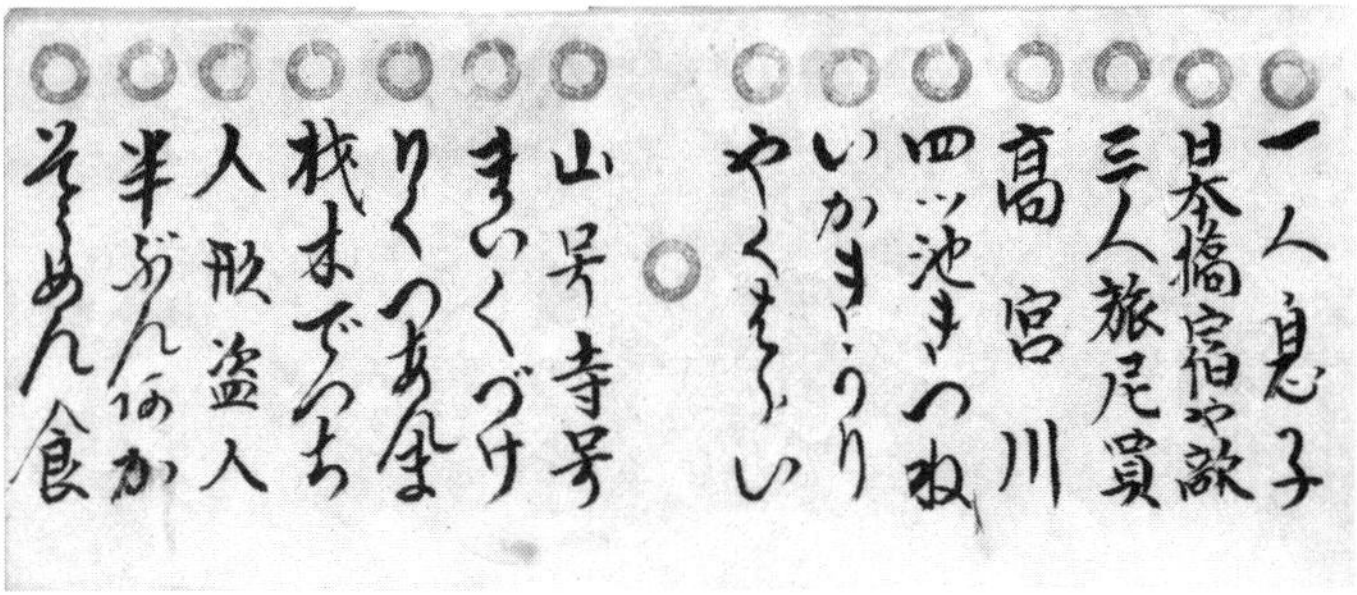

「やくはらい」の記述がある、桂右の（之）助の落語根多控（大正11年９月）。

なる悪魔が来ようとも、この厄払いが引っ掴み、千倉《ちくら》の沖とは思えども、西の海へ真っ逆様に、さらりさらり」という口上が代表的だったようで、豆と祝儀をもらい、次の家へ移ります。

近世の上方では、厄払いの末尾に、鶏の啼き声の「コッカコー」を添えたそうですが、明治に入って絶えました。

男は二十五歳と四十二歳、女は十九歳と三十三歳の、厄年の者がいる家は、率先して、厄を払ってもらい、年の数だけの豆と、わずかな金を紙に包んで渡したそうです。

さて、落語の「厄払い」は、戦前の速記本に数多く掲載され、同じ速記を転用している場合もありますが、初代桂枝雀（昭和三年没。六六歳）は「節分」の演題で『浪華落語真打連講演傑作落語名人揃』『新選落語集』、初代桂雀三郎（昭和六年没。五十三歳。後の二代目桂小文枝）は「附やきば」で『傑作落語豆たぬき』『滑稽

『大福帳・第四九号／落語能巻』（明治41年刊）の表紙。

名人落語十八番』『滑稽落語腹鼓』、三代目三遊亭圓馬は「節分」で『滑稽落語おへその逆立ち』、初代桂春團治は『名作落語選集』『名人落語十八番』、その他『落語はら鼓』『寿々め会張扇』に掲載されています。

　雑誌には、『大福帳・第四九号／落語之巻』（明治四十一年）と、『はなし／神無月之巻』（同年）に「節分厄拂」の演題で初代桂枝雀、『百千鳥・第二巻第一号』（明治二十四年）に、初代桂小文枝（明治四十三年没。四十七歳。後の三代目桂文枝）の速記が掲載されました。

　また、ＳＰレコードには、初代柳家三語楼（昭和十三年没。六四歳）、二代目立花家花橘（昭和二十六年没。六八歳）、五代目柳亭芝楽（昭和十六年没。

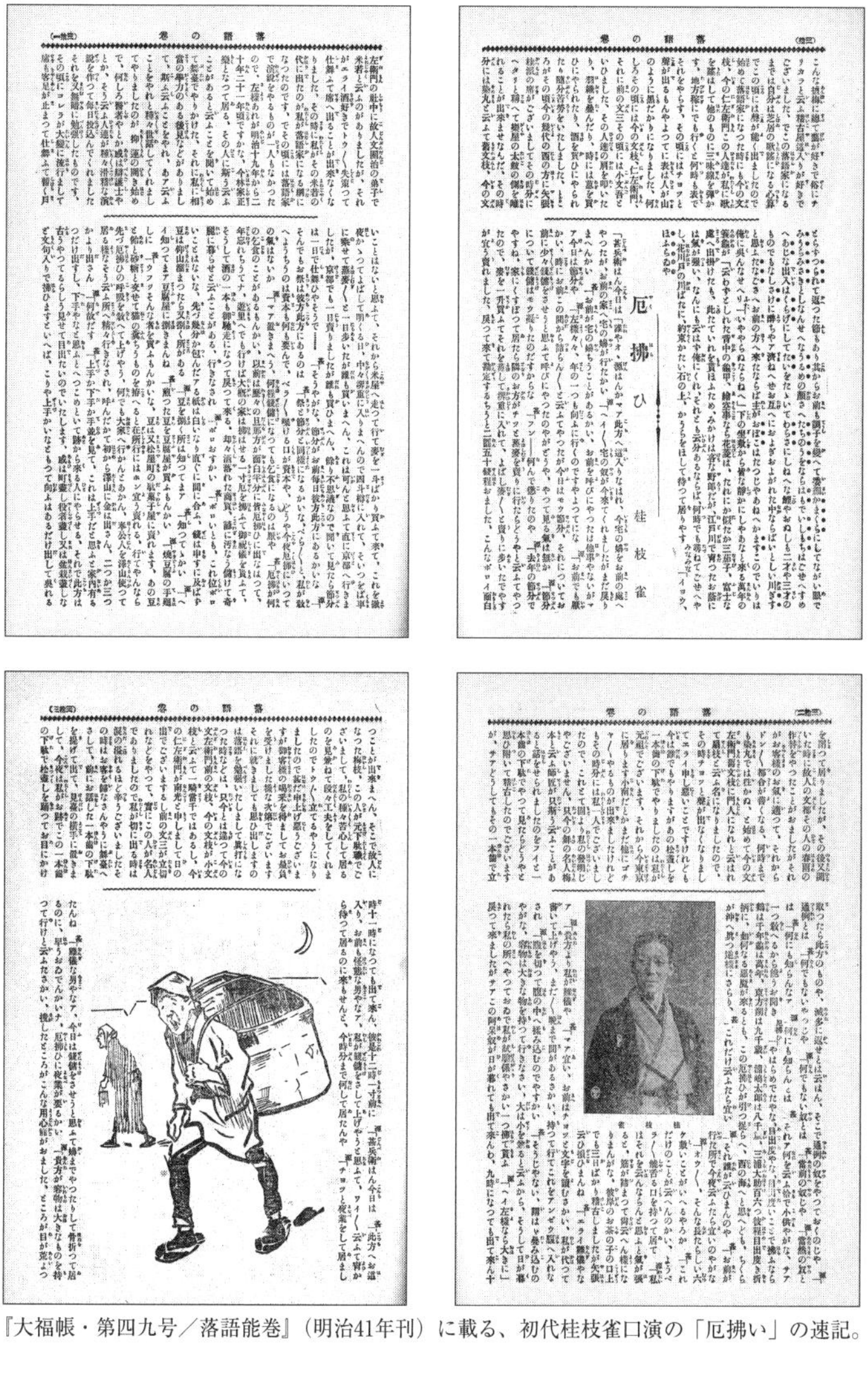

『大福帳・第四九号／落語能巻』（明治41年刊）に載る、初代桂枝雀口演の「厄拂い」の速記。

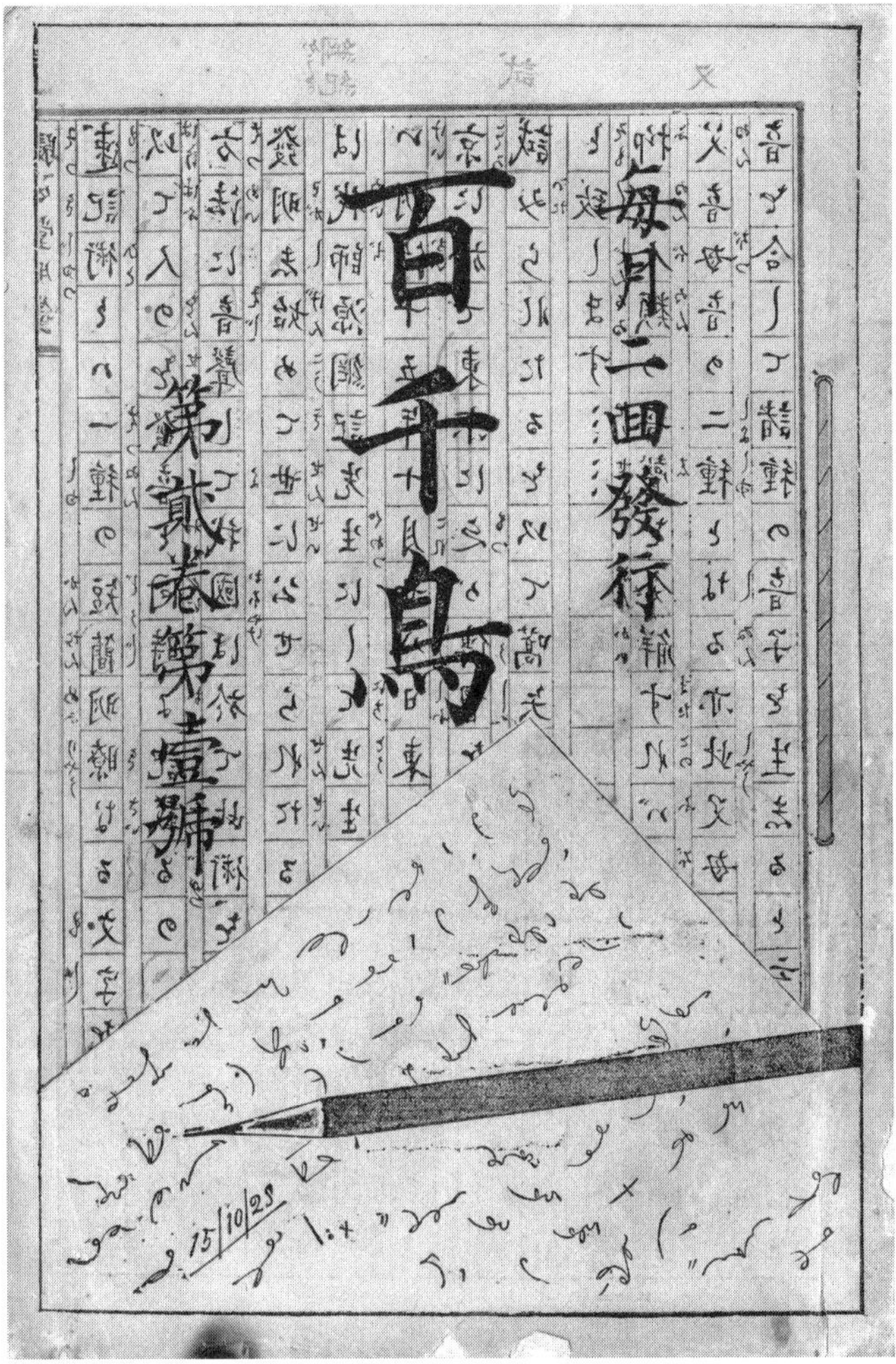

『百千鳥・第二巻第一号』（明治24年刊）の表紙。

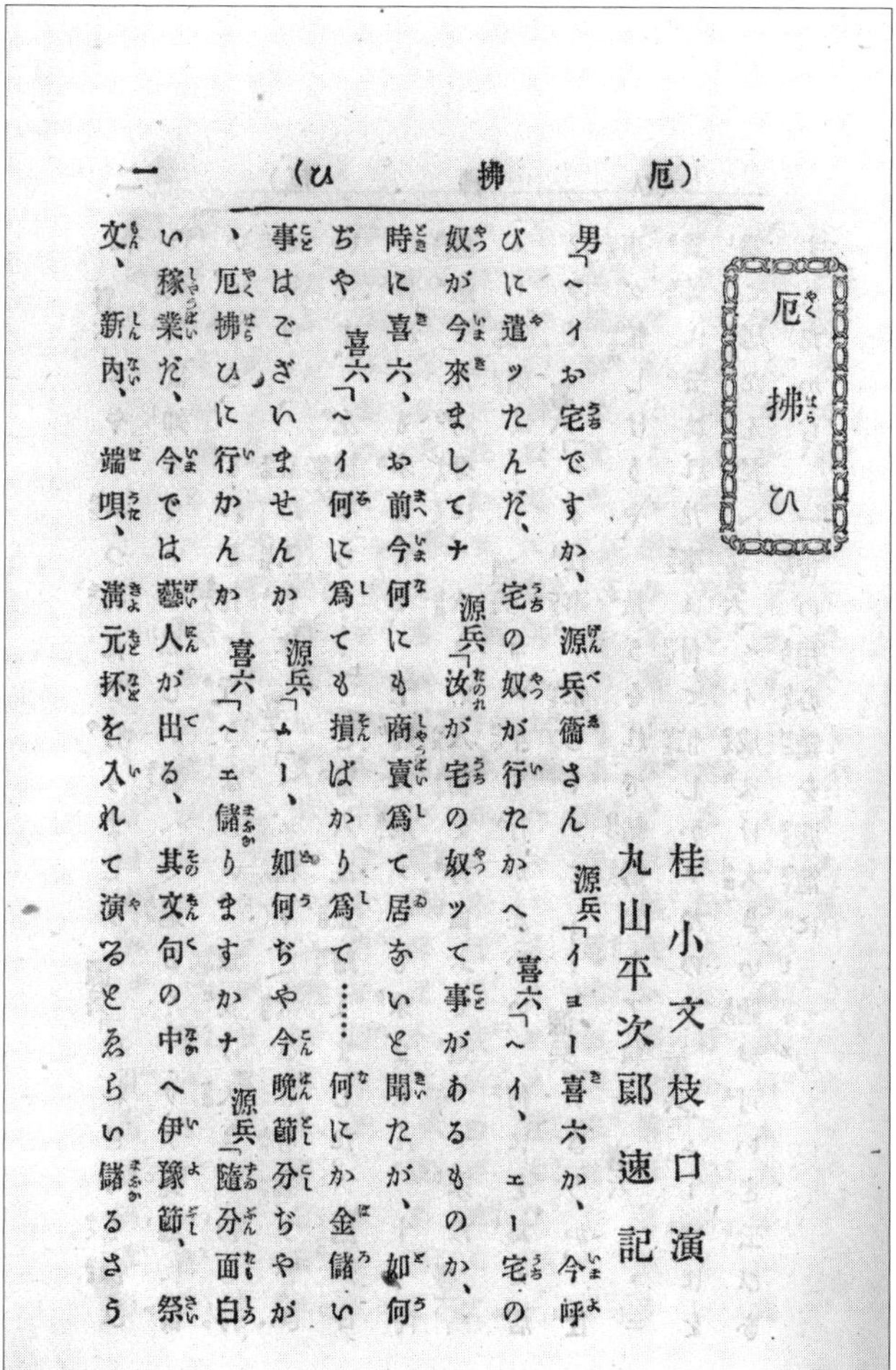

（厄　拂　ひ）　一

厄《やく》拂《はら》ひ

桂小文枝口演

丸山平次郎速記

男「ヘイお宅《うち》ですか、源《げん》兵《べ》衞《ゑ》さん　源兵「イヨー喜《き》六か、今《いま》呼《よ》びに遣《や》ッたんだ、宅《うち》の奴《やつ》が行《い》たかへ、喜六「ヘイ、エー宅《うち》の奴《やつ》が今《いま》來《き》ましてナ　源兵「汝《おのれ》が宅《うち》の奴《やつ》ッて事《こと》があるものか、時《とき》に喜《き》六、お前《まへ》今《いま》何《な》にも商賣《しやうばい》爲《し》て居《ゐ》ないと聞《きい》たが、如《ど》何《う》ぢや　喜六「ヘイ何《な》に爲《し》ても損《そん》ばかり爲《し》て……何《な》にか金《ぼ》儲《ろ》い事《こと》はございませんか　源兵「ムー、如《ど》何《う》ぢや今《こん》晩《ばん》節《とし》分《こし》ぢやが、厄《やく》拂《はら》ひに行《い》かんか　喜六「ヘエ儲《まふか》りますかナ　源兵「隨《ずゐ》分《ぶん》面《おも》白《しろ》い稼業《しやうばい》だ、今《いま》では藝《げい》人《にん》が出《で》る、其《その》文《もん》句《く》の中《なか》へ伊《い》豫《よ》節《ぶし》、祭《さい》文《もん》、新《しん》内《ない》、端《は》唄《うた》、清《きよ》元《もと》抔《など》を入《い》れて演《や》るとゑらい儲《まふか》るさう

『百千鳥・第二巻第一号』（明治24年刊）に載る、初代桂小文枝口演の「厄拂い」の速記。

四九歳。後の七代目春風亭柳枝）、初代桂春團治が吹き込んでいます。

東京落語では、八代目桂文楽の名演が有名で、前座時代（※二つ目の、さん生時代という説あり）、三代目三遊亭圓橘（柳橋の圓橘）の弟子の文七に教わり、大切に上演し続けましたが、明治二十五年生まれの桂文楽でさえ、実際に厄払いを見たのは、二、三回だったそうです。

現在、上演されている上方落語の「厄払い」で、噺の冒頭の、よばし麦を売りに行く場面のばかばかしさは、初代春團治のアイデアであり、うどん屋に厄払いの文句を習うシーンは、四代目米團治（昭和二十六年没。五六歳）の演出と、桂米朝師に伺いました。

私の場合、内弟子修業を終えた後で、早々に高座に掛けたネタの一つです。

米朝師の高座の聞き覚えですが、楽しく演じることができましたし、ウケも良かったので、頻繁に高座に掛けていました。

冬以外は演りにくいネタだけに、いつの間にか、縁遠いネタになってしまいましたが、近年、改めて演じてみると、新しい発見もあり、今後も続けて、高座に掛けて行こうと思っています。

噺の冒頭の、よばし麦の場面は、無邪気で、とても落語らしい雰囲気に包まれていると言えましょう。

よばし麦とは、麦を一晩、水に浸けた物で、節分の日に、米と混ぜて炊くのです。

「よばす」とは、麦や豆などを、水に浸けて柔らかくすることですが、三重県松阪市生まれの私は、「厄払い」を聞くまで、全く知らない言葉でした。

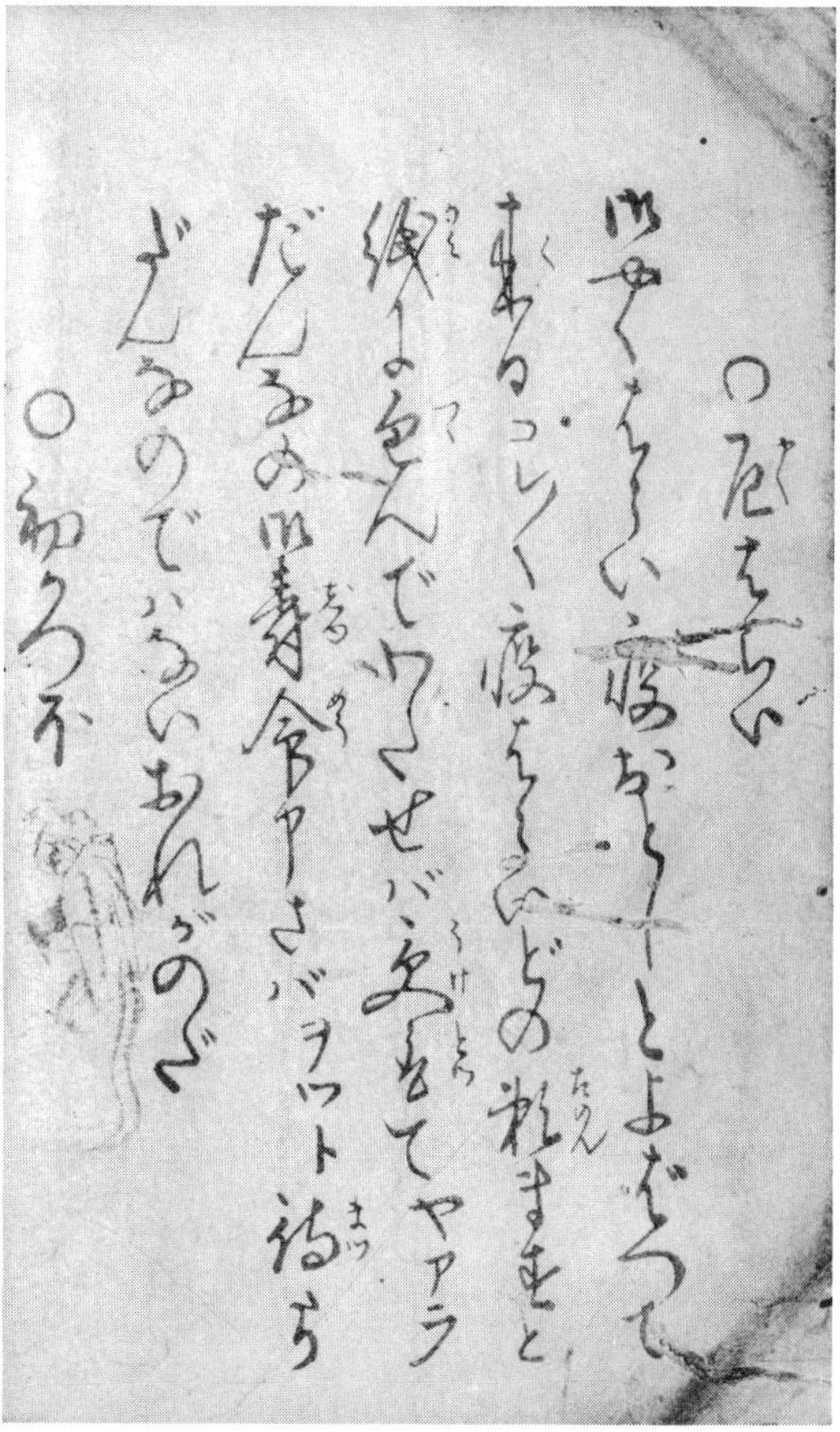

江戸版『聞上手』に載る「厄はらい」。

ちなみに、歌舞伎「三人吉三／大川端庚申塚の場」で、お嬢吉三が「月も朧《おぼろ》に白魚《しらうお》の、かがりも霞む春の空。冷たい風も、ほろ酔いに」の後、「思いがけなく、手に入る百両」と言った後、上手《かみて》から「おん厄払いましょう、厄おとし」と聞こえ、「ほんに、今夜は節分か。西の海より、川の中。落ちた夜鷹は、厄落し」という文句は、歌舞伎ファンには知られているせりふでしょう。

最後に、オマケとして、江戸版『聞上手』（安永二年）に、厄払いのネタが載っているので、紹介しておきます。

厄はらい

「御やくはらい、疫おとし」と、呼ばって来る。

「コレコレ、疫はらい殿。頼んます」と紙に包んで渡せば、受け取って、

「ヤアラ、旦那の御寿命申さば」

「オット、待ったり。旦那のではない。俺がのだ」

コラム・上方演芸の残された資料より

『サンデー毎日』の元編集長・渡辺均氏の自筆原稿を入手することができた。

若い頃、江戸の文化文政時代にのめり込み、新進作家として、祇園小説に才を発揮し、織田作之助にも影響を与えた上、戦前・戦後の噺家と付き合いもあり、落語研究家として、『落語の研究』という本まで著したのである。

入手した中に、新聞連載されたと思われる「昭和奇人伝・落語家の巻」が入っていたが、掲載されてから五十年以上経っており、今後も衆人の目に触れることは無いと思われるため、この度の全集のコラム欄として採り上げることにした。

まず、私の大々師匠・四代目桂米團治から紹介した結果、「早く、続きが読みたい」という意見を多々いただいたことは、望外の喜びとなった次第である。

五代目笑福亭松鶴が刊行し、後の者のバイブル的存在になった雑誌『上方はなし』（全四十九巻）は、執筆・編集を米團治が引き受けたことにより、大仕事が継続されたと言っても過言ではない。

才人であり、奇人と呼ばれた米團治の、当時の姿を垣間見ていただければ幸せである。

桂米團治の巻 ④

　ＢＫを怒らせた話はもう一つある。

　これも戦争中のことだが、今度は十三の或る工場での慰問演藝に米團治と或る女浪曲家とが出向いた。そして彼の落語が十五分で、次に女浪曲家の浪花節が四十五分、二つ合せて一時間をこれもＢＫの中継放送になるのだった。

　ところで、いよいよその放送の時間が来たのだけれど、會場にはまだ殆んど人が集まってゐない。しかし中継せられるのだから、幾ら會場での聴衆が少くとも時間が来れば始めない譯には行かないので彼は高座へ上ったのだが、漸くその頃からボツボツ集まり出して、會場内はただ徒らに雑鬧するばかり、そこでやむを得ず彼は本筋に関係のないマクラを、皆の集まり終るまで長々と喋舌り續けて、會場の静まるのを待つこと約十分間、ふと氣がついてみると、彼自身の持ち時間はあと僅に五分足らずしか残ってゐない。

　彼は内心、一寸當惑したのだが、そこは落語の高座ばかりが續く場合の、幾らか融通性のある時間観念だけしか彼にはなかったし、それに全体からいへば放送時間は次の番組も合せて一時間もあるのだから、次の番組へもう五分や七分位は時間が食ひ込んだとしても、元来會場雑閙のためにかうなったことなのだし、やむを得ないことなのだから、それは次の番組の方でどうにかしてくれてもいいだろうとタカをくって、さてそれからおもむろに更めて本筋に入って行ったものである。

はらはらしたのはＢＫだし、怒り出したのは次の出番の女浪曲家だった。浪曲の方では、極まり文句をさう簡単に伸縮することは出来ない。しかし彼はもう本題に入った以上、そんなことは最早念頭にさへなく、知らぬが佛で平氣で話を續けたために、次の浪花節は尻切れのままで中継の時間が終わってしまった。ＢＫと女浪曲家と双方から彼は散々に油をしぼられて、しかもそこで始めて自分の失策に氣がついたといふ仕末だった。

「あんなに時間の観念のない人はない」といって、ＢＫの係の人が呆れながら愚痴ってゐたのを、その當時私も聞いた記憶がある。放送局では、二度もこんなことが續いたものだから、呆れもし、よッぽど困ったらしいが、しかし、それ以来、彼自身さすが肝に銘じたと見えて、萬事大に心がけてゐるので、さうした意味の失敗などは、今では勿論有らう筈がない。過ぎ去った日の笑ひ話である。

桂米團治の巻 ⑤

米團治の住居も、この間歿くなった松鶴の住居も今里にあるので、米團治は始終松鶴のところへ遊びに行ってゐた。

風呂もわざわざ松鶴の近所の風呂屋を選んで、その帰りには松鶴の宅へ立寄って、お互に好きな酒を飲みながら藝の話をたたかはしたり、或は集まってくる若い連中に加はって麻雀で夜を明かしたりすることが多かった。

ところが、肝腎のお風呂へ持って行った金盥は、その風呂屋を出る時こそ彼もさすがに忘れはしないのだが、それからさて松鶴のところへ立寄って話をしたり酒を飲んだり、殊に麻雀にでもなった場合は、必ず松鶴の家へ忘れてくるのである。

その次の日、風呂へ行く時になって、道具がないのを不審がりながら、さて一向に捜さうともせず尋ねて見ようともせず、又別に新しい金盥と石鹸と手拭とを途中で買ひ求めて風呂へ行く。風呂を出て松鶴の家へ立寄ると、それもそのまま又忘れてくる。次もまたその通りである。松鶴の家では面白がって、そのまま幾つでも一ト纏めにして預かっておく。

かうして何回も新しい金盥を買ってみて、彼は漸く始めて氣がついたらしいが、結局そ

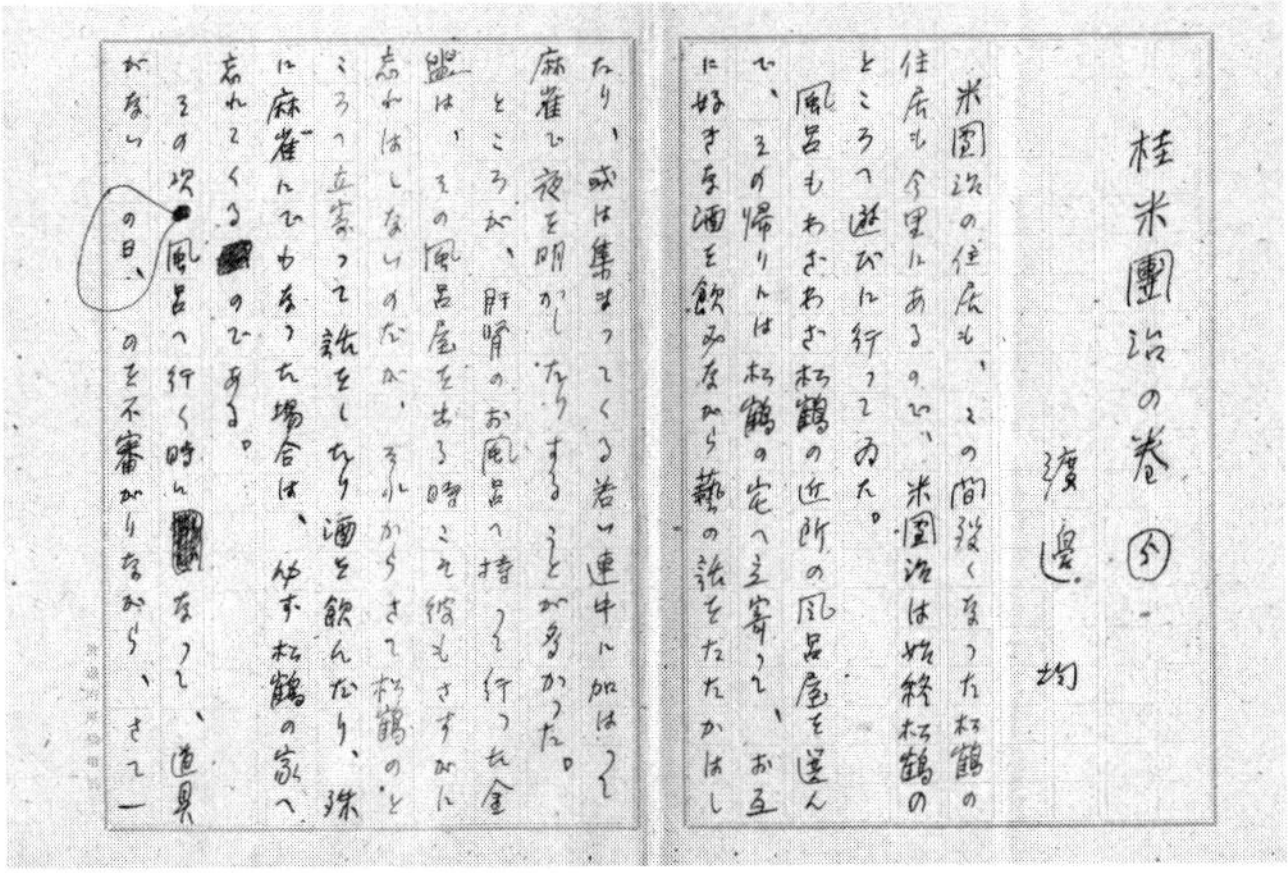
桂米團治の巻 (5)
渡邊均
米團治の住居も、この間被くなった松鶴の住居も今里にあるので、米團治は始終松鶴のところへ遊びに行ってゐた。
風呂もわざわざ松鶴の近所の風呂屋を選んで、その帰りには松鶴の宅へ立寄って、お互に好きな酒を飲みながら藝の話をたたかはしたり、或は集まってくる若い連中に加はって麻雀で夜を明かしたりすることが多かった。
ところが、肝腎のお風呂へ持って行った金盥は、その風呂屋を出る時こそ後もさすがに忘れはしないのだが、それからさて松鶴のところへ立寄って話をしたり酒を飲んだり、殊に麻雀にでもなった場合は、必ず松鶴の家へ忘れてくるのである。
その次の日、風呂へ行く時になって、道具がないのを不審がりながら、さて一

「桂米團治の巻・５」の渡辺均の自筆原稿。

のお蔭で、米團治家においては、彼専用の風呂行き金盥が五つ位あることになったが、しかもその五つ全部が自宅に揃っていることは決して有り得ない譯で、彼の細君も、幾ら注意しても同じことだから黙って放ってあるといふ。

そのうちに松鶴のところでも萬事心得て、金盥が五つ溜まると、彼の帰りがけに、

「中濱さん（彼の本姓）、今夜は金盥を持って帰っときなはれや。お宅にはもう残りがおまへんで。」

と笑ひながら五つの金盥を全部積み重ねて渡す。

「そやそや。」

彼も笑ひながら、そこで金盥五個と石鹸五個と手拭五本とを肩の上に差上げて持って帰るといふ風景が繰返されるやうになったさうである。

これが更に麻雀をやり始めると、もう一つ景物が加はって……

米團治の眼は、彼自身の説によると、近視の遠視なのださうで、普通の場合には眼鏡をかけなくても先づ大してまごつかない程度に遠近ともが見えるさうだが、書物を讀んだりする時には勿論遠視の眼鏡をかけねばならず、更にこれが麻雀となると、自分の持ってゐる牌と突差が人が場へ棄てた牌とを見比べたりする急の場合、その眼鏡だけでは、目の遠近の調節が急には十分出来ないので、別にもっと複雑な麻雀用眼鏡を必要とするのださうである。

彼は高座へ上れば、もうひたすらその藝にのみ熱中専念してしまふが、それと同じやうに、麻雀を始めればもう頭の中は牌のことばかりで、その麻雀用の特製眼鏡に映るのは牌面だけに限られ、その他のものは、見れども見えざる状態になる。

そこへ大の煙草好きと来てゐるので、何時となく煙草を口にくはえてゐたい。それに今言った通り特製眼鏡で目がうろうろするために、殊に麻雀の場合は、ケースをそのあたりへ出しておけば一々捜すのも不便だし、そこで一本取り出して火をつけてしまへば、習慣的な無意識のうちに、そのまま煙草ケースもマッチもすぐ再び懐ろへ入れておく癖になってゐる。

それが又、感違ひのあわて者なので、口にくはえた煙草が、火をつけた積りなのについてゐなかったり、たとへ暫くはついてゐたとしても、國産煙草はすぐ消えてしまふ。火が消えてゐることに氣がつくと、それを棄てて又懐ろから新しいのを取出して火をつけるのだが、その古い方のを灰皿へ棄てるのが面倒なのか、或は持ち牌と場の牌とまだその上に灰皿との三つにも目を移す動作がむつかしいのか、とも角これも無意識に自分の袂の中へ放り込む。少くとも袂の中だといふ意識はないらしい。しかし、どの煙草も殆ど一口だけしか吸はないうちに消えてしまっては袂へ放り込むのだから、幾ら煙草があってもすぐなくなってしまふ勘定である。

やがて懐ろのケースの煙草が全部なくなってしまふと、今度は慌て出してあたりを見廻しながら、

「不思議やなあ、もう吸うてしもたんかいな」

と呟きながら、

「誰ぞ煙草買うて来てんか。」

と、手のすいてゐる者に買ひにやる。他愛のないものである。

『桂文我上方落語全集・第二巻』発刊によせて

江上　剛

今年八月に義母が亡くなった。九〇歳だった。

四年前になるが、義母を妻と一緒に伊勢神宮おかげ横丁のみそか寄せに連れて行った。古色蒼然としたすし久の二階に上がる。開け放たれた窓から蝙蝠が飛び込んでくることもあるという古典落語を聴くのに最高の会場だ。

落語初体験の義母は、そわそわとした様子で文我さんの登場を待っていた。私は、面白かったら遠慮なく笑ったらいいんだからねと耳元に囁いた。

文我さんが笑みを浮かべて舞台に座る。関西の落語家は、こんなことを言うと失礼だが、どちらかというと厚かましい印象がある。しかし文我さんには、典雅と表現してもいい上品さがある。義母好みだったのだろうか、文我さんが登場した瞬間に義母は微笑んだ。噺が始まると、ツボを違えず大笑い。控えめな義母が、身を捩るようにして笑う姿を見て、いい親孝行ができたと妻と喜び合った。

文我さんが、東京で落語会を開催すると聞くと、私と妻は数人の友人を引き連れて足を運ぶ。

東京は、落語ブームだ。スター扱いされる噺家の落語会は満員御礼になることも多い。しかし文我さんのような関西の噺家の人気はまだまだ途上と言ったところで、会場は満員御礼とはならない。私は、そのことを残念に思うが、文我さんはいつも笑顔で、手を抜くということはない。

文我さんの大師匠である桂米朝さんが復活させたという「地獄八景亡者戯」を聴いたときは、震えるほど感動した。

鳴り物入りで、踊るような仕草を交えつつ、何人もの亡者を演じ分ける。時々の時事ネタを巧みに織り交ぜ、笑いを誘う。聴き終わった後には地獄の亡者と私とが重なり合い、生きている喜びや楽しさで胸がいっぱいになった。

文我さんの落語会の楽しみは、初めての噺を聴くことができることだ。

東京の噺家は、観客に馴染みのある噺が多い。珍しい噺を高座にかけることは極めて少ない。それも悪くはないが、またこの噺か、と少々飽きがくることがある。

しかし文我さんの落語会ではそんなことは絶対にない。いつも珍しい、聞いたことがない噺が必ずかけられる。これは嬉しい。なにせ文我さんは七〇〇以上もの噺を持っていると聞く。その上に、絶えず新しい噺を発掘されているのだから枯れることのない泉のような噺家なのだ。

もう一つは、落語博士の異名を取る文我さんならではの楽しみがある。それは、多くの資料を見せてくれたり、レコードを回し、昔の名人の声を聴かせてくれたりすることだ。

これも嬉しい。今、目の前で聴いた噺の背景や落語の歴史を知ることで、より一層、噺を楽しむことが出来る。

本書は、『桂文我上方落語全集』の第二巻である。

第一巻には「網船、小倉船、小間物屋小四郎、田舎芝居、猫芝居、子ほめ、素麺喰い、魔風、寝床、外科本道、米揚げ笊、不動坊、尿瓶の花括け、辻八卦、船弁慶」の一五噺が収録されている。

第二巻は「強欲五右衛門、蛸芝居、京の茶漬、能狂言、紺田屋、佐々木裁き、雑穀八、四十六、青菜、秋刀魚芝居、住吉駕籠、短気息子、馬子茶屋、包丁間男、厄払い」の一五噺だ。

第一巻、第二巻とも、中には知っている噺もあるが、ほとんどは知らない噺ばかりだ。そしてこれまで文我さんが収集してきた貴重な演芸資料をふんだんに活用した詳細な解説付きである。

そんな解説なんか不要ではないかと考える人がいるかもしれないが、それは大いなる間違い。この解説が、まるで文我さんが噺の枕《まくら》を語っているようで面白い。

文我さんの枕は、よく脱線してあらぬ方向に話題が飛んでいくことがあるが、それを彷彿とさせるのだ。

例えば、「馬子茶屋」の解説。馬子を大尽に仕立て上げ、「島原のお茶屋で、太夫と遊ばせる。馬子とは知らず、芸妓、舞妓、幇間がチヤホヤするのを見て楽しむ趣向」のドタバタ喜劇である。

解説で、いきなり馬の話になる。馬と人間との関係の説明で石器時代のラスコー洞窟が登場する。そうかと思うと、縄文、弥生時代には日本列島には馬がいなかったという話になる。へぇー、そうだったのか。いったい「馬子茶屋」の解説はどうなったのだとマゴマゴ（ダジャレ）していると、今度は噺の舞台となる揚屋と遊郭との違い。またまたへぇー、そうだったのか。極めつけはなぜ京都に九州天草の島原という地名が定着したのかという謎解き。トリビアの連発で、へぇー、へぇーと、頷きっぱなしになる。

解説は、噺の後に掲載されているが、これを枕だと思って読むと、面白さが倍増するに違いない。

落語を文字で読んで何が面白いという声も聞こえて来る。確かにその通りで、噺家本であまり面白いものに出会わない。

しかし三遊亭円朝の『怪談牡丹灯篭』や『塩原多助一代記』などは、フランスの大作家バルザック並みのワクワクドキドキの面白さだ。さすがに明治期の言文一致体の先駆となっただけのことはある。

本書も、円朝本と同様に読んで面白い落語本であることを保証する。落語全集などと重々しく、ちょっと気取った感じもするが、全くそんなことはない。ただし電車の中では絶対に読まない方がいい。コロナ禍の現在、電車の中では誰もがマスクをしている。笑い声で飛沫が飛ぶと、周囲の顰蹙を買うことになる。私は、第二巻の「青菜」を読んでいて、笑い過ぎ、周囲の乗客から睨まれてしまった。電車内が、寄席に変貌し、目の前で文我さんが語ってくれているような錯覚に陥ってしまったのだ。くわばら、くわばらである。

本全集は、「一巻につき約一五席の落語を載せると、四〇巻以上になる」計画だと第一巻の前書きにある。完成すれば、落語のネタ本というばかりでなく、解説を含めると落語研究の歴史的成果となるだろう。

文我さんには健康に留意し、頑張っていただき、ぜひとも全巻、最後まで刊行してもらいたいと本気で願う次第である。

●参考文献

『米朝上方落語選』（立風書房）
『文廼家文之助落語集』（三芳屋書店）
『露五郎兵衛新はなし』（初代露の五郎兵衛）
『名作落語全集／芝居音曲編』（騒人社）
『名作落語全集／開運長者編』（騒人社）
『一のもり』
『梅屋舗』
『圓生〔六代目三遊亭圓生〕全集』（青蛙房）
『圓馬〔三代目三遊亭圓馬〕十八番』（三芳屋書店）
『落語全集』（大日本雄辯會講談社）
『はなし』（田中書店）
『上方はなし〔五代目笑福亭松鶴〕』（楽語荘）
『七代目朝寝坊むらく落語全集』（三芳屋書店）
『落語演題見立番付』
『聞上手』
『軽口五色帋』
『楽牽頭』
『春笑一刻』
『かつら小南〔初代桂小南〕落語全集』（三芳屋書店）
『新作落語扇拍子』（名倉昭文館）

『守貞謾稿』
『柳家小さん〔三代目柳家小さん〕落語全集』（三芳屋書店）
『新作当世話』
『本朝食鑑』
『和漢三才図会』
『日本産物誌』
『浮世絵ばなし』
『軽口福徳利』
『江戸自慢』
『軽口初商買』
『通者茶話太郎』
『傑作落語豆たぬき』（登美屋書店）
『傑作揃落語全集』（榎本書店／進文堂）
『滑稽落語名家名人揃』（明文館）
『花の下影』（清文堂）
『笑辞典／落語の根多』（宇井無愁）
『浪速みやげ』
『百千鳥』（駸々堂）
『写真集／角屋案内記』（角屋文芸社）
『人・他界・馬』（東京美術）
『圓右〔初代三遊亭圓右〕小さん〔三代目柳家小さん〕新落語集』（三芳屋書店）

『三遊やなぎ名人落語大全』（三芳屋書店）
『雷門助六〔七代目雷門助六〕落語全集』（大衆社）
『柳亭左楽〔四代目柳亭左楽〕落語会』（三芳屋書店）
『新選落語集』（春江堂）
『滑稽落語おへその逆立ち』（一書堂書店）
『名作落語選集』
『落語はら鼓』（登美屋書店／田中書店）
『寿々め会張扇』（文楽堂書店）
『大福帳』（毎日繁昌社）

■著者紹介

四代目 桂 文我（かつら ぶんが）

昭和35年８月15日生まれ、三重県松阪市出身。昭和54年３月、二代目桂枝雀に入門し、桂雀司を名乗る。平成７年２月、四代目桂文我を襲名。全国各地で、桂文我独演会・桂文我の会や、親子で落語を楽しむ「おやこ寄席」も開催。平成25年４月より、相愛大学客員教授に就任し、「上方落語論」を講義。国立演芸場花形演芸大賞、大阪市咲くやこの花賞、NHK新人演芸大賞優秀賞、芸術選奨文部科学大臣新人賞など、多数の受賞歴あり。

・主な著書

『桂文我 上方落語全集 第一巻』（パンローリング）
『復活珍品上方落語選集』（全３巻・燃焼社）
『らくごＣＤ絵本　おやこ寄席』（小学館）
『落語まんが　じごくごくらく伊勢まいり』（童心社）
『ようこそ！　おやこ寄席へ』（岩崎書店）など。

・主なオーディオブック（CD）

『桂文我 上方落語全集 第一巻【上】』
『桂文我 上方落語全集 第一巻【下】』
『上方落語 桂文我 ベスト ライブシリーズ１』
『上方落語 桂文我 ベスト ライブシリーズ２』
『おやこ寄席ライブ１～10』（いずれもパンローリング）など。
他に、CDブック、DVDも多数刊行。

2021年2月2日　初版第1刷発行

桂文我 上方落語全集 <第二巻>

著　者　桂文我
発行者　後藤康徳
発行所　パンローリング株式会社
〒160-0023　東京都新宿区西新宿7-9-18　6階
TEL 03-5386-7391　FAX 03-5386-7393
http://www.panrolling.com/
E-mail　info@panrolling.com
装　丁　パンローリング装丁室
組　版　パンローリング制作室
印刷·製本　株式会社シナノ

ISBN978-4-7759-4242-0